Eugénie Grandet

H. de Balzac

Eugénie Grandet

Éditions Garnier Frères
6, Rue des Saints-Pères, Paris

Texte établi avec une introduction
et des notes par
Maurice Allem

Édition illustrée

« *Chère Eugénie, un cousin est mieux qu'un frère,
il peut t'épouser, ...* » (p. 167).

Illustration de Staal pour l'édition Marescq et Havard (1852).

Cl. B. N.

STAAL   JARDIN

INTRODUCTION

Le roman d'Eugénie Grandet est l'un des plus beaux que Balzac ait écrits et l'un des plus justement célèbres. Il présente deux des figures les plus marquantes de cette Comédie humaine où il a, avec tant de vérité, animé tout un peuple de personnages.

Parmi ceux qui s'imposent à la mémoire et à l'admiration comme des types, c'est-à-dire comme ayant porté au plus haut degré et, si l'on peut dire, à son point de perfection, la passion qu'ils incarnent et qui les mène, l'on ne manque jamais de mentionner le dur vieillard qui, dans l'édition de 1834, était encore presque toujours appelé monsieur Grandet, mais qui devint ensuite (et restera dans notre littérature) le père Grandet.

Le père Grandet, c'est l'avarice. Les avares ne sont pas rares, et, dans l'œuvre balzacienne même, il y en a d'autres. Il y a Nucingen, Hochon, Rigou, Gobseck ; mais M. André Bellessort qui, dans son livre sur Balzac et son œuvre, les énumère et les caractérise, ajoute avec raison qu'aucun d'eux ne rassemble tous les traits de l'avarice, et il reconnaît en Grandet qui a, au contraire, le privilège de les rassembler tous, « le plus grand maître en avarice que l'imagination ait dressé devant nous ».

Les traits de ce caractère sont cruels, mais aucun ne paraît invraisemblable. Plus qu'aucun autre vice peut-être, l'avarice

INTRODUCTION

*endurcit le cœur. Grandet, qui est habile en affaires et qui sait
utiliser toutes les circonstances en vue de l'accroissement de
sa fortune, semble croître en avarice en même temps qu'en
richesse. Dans l'entourage de Balzac, quelques personnes
trouvèrent qu'il excédait les limites du vrai, et que Grandet
s'enrichissait trop et trop rapidement.*

*La sœur de Balzac, Mme Laure Surville et une amie,
Mme Zulma Carraud, lui firent des objections sur ce point.
A Mme Zulma Carraud il répondit, vers la fin de
décembre 1833 : « Je ne puis rien dire de vos critiques si ce
n'est que les faits sont contre vous. A Tours, il y a un épicier
en boutique qui a huit millions ; M. Eynard, simple colporteur,
en a vingt, et a eu treize millions en or chez lui ; il les a placés
en 1814 sur le grand livre, à cinquante-six francs, et s'en est
ainsi fait vingt. Néanmoins, à la prochaine édition, je baisserai
de six millions la fortune de Grandet * ».*

*A sa sœur, à peu près à la même date, il répondait avec
plus de familiarité et plus de vivacité : « Ah ! Il y a trop de
millions dans Eugénie Grandet ! Mais, bête, puisque
l'histoire est vraie, veux-tu que je fasse mieux que la vérité ?
Tu ignores comme l'argent pousse dans les mains des avares.
Enfin, si tes criailleries sont justes, aux autres éditions je
justifierai encore mieux les chiffres, ou je les réduirai **...»*

*Il les a réduits, en effet, comme l'on pourra s'en rendre
compte par les nombreuses variantes relatives aux opérations
commerciales ou financières de Grandet.*

*Mais ceci est un détail. L'affirmation que « l'histoire est
vraie » a paru bien autrement importante. Une histoire vraie,
ou, tout au moins, des faits vrais, ne sont pas, dans un roman,*

---

* *Œuvres complètes de Balzac* : édition Calmann-Lévy, in-8°.
T. XXIV : Correspondance, p. 190.

** *Op. cit.*, p. 188.

chose rare ; cependant cette vérité y est, en général, voilée ou travestie. Aussi est-ce une tentation, et fort vive, que de rechercher, sous la vérité arrangée, la vérité toute nue ; plus d'un érudit s'est mis en quête du véritable Grandet et de sa véritable histoire, afin de doser la part de vrai qu'il peut y avoir dans cette histoire telle que Balzac l'a contée. Naturellement les érudits angevins et tourangeaux ont été assez nombreux. M. André Hallays, dans ses Voyages à travers la France, *est passé par la Touraine et, y passant, il n'a pu éviter d'y rechercher la trace de Grandet ; on trouvera le détail de toutes ces enquêtes dans une plaquette intitulée* Autour d'Eugénie Grandet (d'après des documents inédits), *publiée à la librairie Champion, en 1924, et dont l'auteur,* M. Maurice Serval, *a fait lui-même, au sujet de plusieurs ouvrages de Balzac, les enquêtes les plus patientes et les plus sérieuses. Postérieurement à la publication de son travail,* MM. Curnonsky et J. W. Bienstock *ont publié dans la* Revue bleue, *en l'intitulant :* le Prototype du « Grandet » de Balzac, *un récit qu'ils ont inséré ensuite dans leur livre :* le Compartiment des fumeurs, *mais que l'on connaissait déjà par un article publié dans* le Journal, *le 22 décembre 1911, et dont* M. Maurice Serval, *dans une lettre rectificative* (Un dernier mot sur le Grandet de Balzac, Revue bleue, 7 mars 1925) *a démontré l'invraisemblance.*

Le seul point sur lequel les divers enquêteurs se trouvent d'accord, c'est l'existence à Saumur, au temps où Balzac composait Eugénie Grandet, *d'un certain Jean Nivelleau, réputé pour son avarice. De conversations avec des nonagénaires saumurois qui assuraient l'avoir connu et qui prétendaient se souvenir de lui, on n'a obtenu que des indications contradictoires, donc inutilisables.* M. Maurice Serval a *recouru alors aux documents : pièces de greffes, de mairies, de paroisses, d'études de notaires, archives des descendants de Jean Nivelleau. De leur dépouillement il résulte que Jean Nivelleau était riche, mais bien moins que Grandet ; qu'en vieillissant il devint avare mais mesquinement, c'est-à-dire bien moins que ne l'est Grandet ; qu'en tout cas, il ne le fut pas pour sa fille qu'il choya, à qui il fit donner une éducation excellente, — et coûteuse, — qu'il maria le 1ᵉʳ septembre 1829 en lui constituant une dot de trois cent mille francs payables en trois ans. Enfin, Jean Nivelleau, au contraire du père Grandet, était encore vivant en 1833 quand le roman de Balzac parut.*

M. Maurice Serval s'il a pu trouver quelques ressemblances entre Grandet et Jean Nivelleau, a trouvé entre eux des différences nombreuses et considérables. Aussi arrive-t-il à cette conclusion que « si Balzac a certainement pensé à l'avare de Saumur et à sa famille, il les a profondément modifiés », et que « presque certainement il a eu recours à d'autres modèles », sans que rien puisse « être avancé à cet égard avec certitude ».

Peu importe d'ailleurs la réalité des détails. La vérité psychologique est d'un autre prix, et c'est elle que, sans nier l'intérêt ni le mérite des recherches auxquelles il a donné lieu, l'on trouvera et l'on appréciera dans ce roman magistral.

On y a surtout vu le roman de l'avarice et c'est le père Grandet surtout qui a excité la curiosité. Mais ce n'est pas le nom du père Grandet qui est inscrit au titre, c'est celui de sa fille : c'est l'histoire d'Eugénie Grandet qui est au premier plan. C'est cette pure et charmante victime qu'entre un père féroce et un fiancé ingrat, Balzac a surtout voulu peindre.

Quand il l'a peinte, il était dans tout le feu de sa passion pour Mᵐᵉ Hanska à qui il écrivait, le 9 octobre 1833, tandis qu'il travaillait à son roman : « Eugénie Grandet, un de mes tableaux les plus achevés, est à moitié. J'en suis très content. Eugénie Grandet *ne ressemble à rien de ce que j'ai fait jusqu'ici. Trouver* Eugénie Grandet *après* Madame Jules, *sans vanité cela annonce du talent*.* » *Et pas du talent seulement, car le* 1er *décembre suivant, deux semaines à peu près avant d'aller rejoindre* Mme *Hanska en Suisse, il lui écrivit :* « *Il faut aimer, mon Ève, ma chérie, pour faire l'amour d'*Eugénie Grandet, *amour pur, immense, fier ** !* »

C'est donc un roman d'amour, et un douloureux roman d'amour que nous avons ici, et l'avarice du père Grandet y peut être considérée comme l'un des éléments, et sans doute le principal, du malheur de la pauvre amoureuse.

* * *

*Ce roman commença de paraître dans l'*Europe littéraire, *sous la rubrique* Variétés, *avec le titre de :* Eugénie Grandet, histoire de province, *le 19 septembre 1833. Il y parut, à cette date, la préface et le premier chapitre, moins ses cinq ou six dernières pages. La suite, plusieurs fois annoncée, ne parut jamais ***.*

Le roman fut publié en librairie en 1834, formant, dans la série Études de mœurs au xixe siècle, *le premier volume des* Scènes de la vie de province ****. *Il était divisé en six chapitres et une conclusion. Il contenait, à quelques menues variantes près, la préface et aussi une postface.*

---

* *Lettres à l'Étrangère*, I, 52.
** *Ibid.*, p. 95.
*** Voir, à ce propos la note 100.
**** *Études de mœurs au XIXe siècle*, tome V; *Scènes de la vie de province*, par M. de Balzac; premier volume. Paris, Madame Charles-Béchet, éditeur, quai des Grands-Augustins, n° 39; 1834.

Une deuxième édition « *revue et corrigée* » *parut en* 1839 *chez Charpentier. La division en chapitres, la conclusion exceptée, n'y a pas été maintenue, mais il y a été ajouté une dédicace* *.

« *Les divisions en chapitres des ouvrages de Balzac, dit* M. *de Lovenjoul* **, *furent enlevées, au grand regret de l'auteur, comme faisant perdre trop de place, dans la première* édition de la Comédie humaine, *qui fut imprimée aussi compacte que possible ; il les regretta toujours...* » *Pour* Eugénie Grandet *cette suppression fut, on l'a vu, antérieure à l'édition de* la Comédie humaine, *où elle prit place, en* 1843, *y formant le tome premier des* Scènes de la vie de province ***.

Ces divisions en chapitres que Balzac « regretta toujours », nous les avons rétablies dans la présente édition. Le texte que nous réimprimons est celui de 1843. *Il présente des variantes nombreuses, mais, pour la plupart, peu importantes, avec celui de l'édition de* 1834 *qui, lui-même, dans son premier chapitre, diffère un peu du texte publié dans l'*Europe littéraire.

Il nous a paru inutile, dans une édition comme celle-ci, de mentionner minutieusement toutes ces variantes. Ainsi, quand Balzac se borne à changer un temps de verbe et à mettre « ces principes de mélancolie existent » *au lieu de « existaient »* (p. 1) *ou à ajouter une conjonction : « s'élancent les œillets* ou *les rosiers* (p. 2) *au lieu de « les œillets, les rosiers », ou*

---

* *Eugénie Grandet*, par M. de Balzac; nouvelle édition revue et augmentée. Paris, Charpentier, libraire-éditeur, 6, rue des Beaux-Arts, 1839.
** *Histoire des Œuvres de Balzac*, 3ᵉ édition (1887), p. 1-2.
*** *Scènes de la vie de province ;* T. I *Ursule Mirouët ; Eugénie Grandet ; Les Célibataires ; Pierrette.* (Paris, Furne; J.-J. Dubochet et Cⁱᵉ; J. Hetzel; 1843, in-8º.)

bien, au contraire, à la supprimer ; « quoique le vieux Cru-chot » (p. 8) au lieu de « mais quoique le vieux Cruchot », ou à faire d'autres modifications aussi menues, nous nous dispensons de les relever. Mais nous relevons toutes celles qui nous ont paru faites en vue d'améliorer plus sérieusement le style et notamment certaines interversions de termes ou de membres de phrases qui ont pour effet soit de donner à ces phrases plus d'harmonie, soit de les délivrer de quelque ambiguïté. Nous avons enfin, et cela a son importance, signalé les trans-positions, les suppressions et les additions de texte.

Le relevé de ces variantes constitue la plus grande partie des notes. Mais nous y avons aussi donné quelques brefs éclaircissements sur les personnages nommés dans le roman, qu'il s'agisse de personnages réels ou de personnages de la Comédie humaine.

Enfin nous avons transcrit, à la note 4 la préface, et à la note 381 la postface qui, depuis 1843, ne sont plus imprimées avec le roman et que le lecteur sera, pensons-nous, satisfait de retrouver ici.

M. A.

A MARIA [1]

Que votre nom, vous dont le portrait
est le plus bel ornement de cet ouvrage,
soit ici comme une branche de buis bénit,
prise on ne sait à quel arbre, mais certainement sanctifiée par la religion et renou-
velée, toujours verte, par des mains pieuses [2],
pour protéger la maison.

DE BALZAC [3].

EUGÉNIE GRANDET

PHYSIONOMIES BOURGEOISES

Il [4] se trouve dans certaines villes de province des maisons dont la vue [5] inspire une mélancolie égale à celle que provoquent les cloîtres les plus sombres, les landes les plus ternes ou les ruines les plus tristes. Peut-être y a-t-il à la fois dans ces maisons et le silence du cloître, et l'aridité des landes, et les ossements des ruines ; la vie et le mouvement y sont si tranquilles, qu'un étranger les croirait inhabitées, s'il ne rencontrait tout à coup le regard pâle et froid d'une personne immobile dont la figure à demi monastique dépasse l'appui de la croisée, au bruit d'un pas inconnu [6].

Ces principes de mélancolie existent dans la physionomie d'un logis situé à Saumur, au bout de la rue montueuse qui mène au château, par le haut de la ville. Cette rue [7], maintenant peu fréquentée, chaude en été, froide en hiver, obscure en quelques endroits, est remarquable par la sonorité de son petit pavé caillouteux, toujours propre et sec, par l'étroitesse de sa voie tortueuse, par la paix de ses maisons, qui appartiennent à la vieille ville et que dominent les remparts.

Des habitations trois fois séculaires y sont encore solides quoique construites en bois et leurs divers aspects contribuent à l'originalité qui recommande cette partie de Saumur à l'attention des antiquaires et des artistes. Il est difficile de passer devant ces maisons sans admirer les énormes madriers dont les bouts sont taillés en figures bizarres et qui couronnent d'un bas-relief noir le rez-de-chaussée de la plupart d'entre elles.

Ici, des pièces de bois transversales sont couvertes en ardoises et dessinent des lignes bleues sur les frêles murailles d'un logis terminé par un toit en colombage que les ans ont fait plier, dont les bardeaux pourris ont été tordus par l'action alternative de la pluie et du soleil [8]. Là, se présentent des appuis de fenêtre usés, noircis, dont les délicates sculptures se voient à peine, et qui semblent trop légers pour le pot d'argile brune d'où s'élancent les œillets ou les rosiers d'une pauvre ouvrière. Plus loin, c'est des portes garnies de clous énormes où le génie de nos ancêtres a tracé des hiéroglyphes domestiques dont le sens ne se retrouvera jamais. Tantôt un protestant y a signé sa foi, tantôt un ligueur y a maudit Henri IV. Quelque bourgeois y a gravé les insignes de sa *noblesse de cloches* [9], la gloire de son échevinage oublié. L'histoire de France est là tout entière. A côté de la tremblante maison à pans hourdés où l'artisan a déifié son rabot s'élève l'hôtel d'un gentilhomme où, sur le plein cintre de la porte en pierre, se voient encore quelques vestiges de ses armes, brisées par les diverses révolutions qui depuis 1789 ont agité le pays.

Dans cette rue, les rez-de-chaussée commerçants

ne sont ni des boutiques ni des magasins, les amis
du moyen âge y retrouveraient l'ouvrouère de nos
pères en toute sa naïve simplicité. Ces salles basses,
qui n'ont ni devanture, ni montre, ni vitrages, sont
profondes, obscures et sans ornements extérieurs ou
intérieurs. Leur porte est ouverte en deux parties
pleines, grossièrement ferrées, dont la supérieure se
replie intérieurement et dont l'inférieure, armée
d'une sonnette à ressort, va et vient constamment.
L'air et le jour arrivent à cette espèce d'antre humide
ou par le haut de la porte, ou par l'espace qui se
trouve entre la voûte, le plancher et le petit mur à
hauteur d'appui dans lequel s'encastrent de solides
volets, ôtés le matin, remis et maintenus le soir avec
des barres de fer boulonnées. Ce mur sert à étaler
les marchandises du négociant. Là, nul charlata-
nisme. Suivant la nature du commerce, les échan-
tillons consistent en deux ou trois baquets pleins
de sel et de morue, en quelques paquets de toile à
voiles, des cordages, du laiton pendu aux solives
du plancher, des cercles le long des murs, ou quelques pièces de drap sur des rayons.

Entrez. Une fille propre, pimpante de jeunesse,
au blanc fichu, aux bras rouges, quitte son tricot,
appelle son père ou sa mère, qui vient et vous vend
à vos souhaits, flegmatiquement, complaisamment,
arrogamment, selon son caractère, soit pour deux
sous, soit pour vingt mille francs de marchandise.

Vous verrez un marchand de merrain assis à sa
porte et qui tourne ses pouces en causant avec un
voisin, il ne possède, en apparence, que de mauvaises
planches à bouteilles et deux ou trois paquets de
lattes; mais sur le port son chantier plein fournit

tous les tonneliers de l'Anjou; il sait, à une planche près, combien il *peut* de tonneaux si la récolte est bonne; un coup de soleil l'enrichit, un temps de pluie le ruine : en une seule matinée, les poinçons valent onze francs ou tombent à six livres.

Dans ce pays, comme en Touraine, les vicissitudes de l'atmosphère dominent la vie commerciale. Vignerons, propriétaires, marchands de bois, tonneliers, aubergistes, mariniers, sont tous à l'affût d'un rayon de soleil; ils tremblent en se couchant le soir d'apprendre le lendemain matin qu'il a gelé pendant la nuit; ils redoutent la pluie, le vent, la sécheresse, et veulent de l'eau, du chaud, des nuages, à leur fantaisie. Il y a un duel constant entre le ciel et les intérêts terrestres. Le baromètre attriste, déride, égaye tour à tour les physionomies.

D'un bout à l'autre de cette rue, l'ancienne Grand'Rue de Saumur, ces mots : « Voilà un temps d'or ! » se chiffrent de porte en porte. Aussi chacun répond-il au voisin : « Il pleut des louis ! » en sachant ce qu'un rayon de soleil, ce qu'une pluie opportune lui en apporte. Le samedi, vers midi [10], dans la belle saison, vous n'obtiendrez pas pour un sou de marchandise chez ces braves industriels. Chacun a sa vigne, sa closerie, et va passer deux jours à la campagne. Là, tout étant prévu, l'achat, la vente, le profit, les commerçants se trouvent avoir dix heures sur douze à employer en joyeuses parties, en observations, commentaires, espionnages continuels. Une ménagère n'achète pas une perdrix sans que les voisins demandent au mari si elle était cuite à point [11]. Une jeune fille ne met pas la tête à sa fenêtre sans y être vue par tous les groupes inoc-

cupés [12]. Là donc, les consciences sont à jour, de
même que ces maisons impénétrables, noires et
silencieuses n'ont point de mystères.

La vie est presque toujours en plein air : chaque
ménage s'assied à sa porte, y déjeune, y dîne, s'y
querelle. Il ne passe personne dans la rue qui ne soit
étudié. Aussi, jadis, quand un étranger arrivait dans
une ville de province, était-il gaussé de porte en
porte. De là les bons contes, de là le surnom de
copieux [13] donné aux habitants d'Angers, qui excel-
laient à ces railleries urbaines.

Les anciens hôtels de la vieille ville sont situés en
haut de cette rue, autrefois habitée par les gentils-
hommes du pays. La maison, pleine de mélancolie,
où se sont accomplis les événements de cette histoire
était précisément un de ces logis, restes vénérables
d'un siècle où les choses et les hommes avaient ce
caractère de simplicité que les mœurs françaises
perdent de jour en jour [14].

Après avoir suivi les détours de ce chemin pitto-
resque, dont les moindres accidents réveillent des
souvenirs et dont l'effet général tend à plonger dans
une sorte de rêverie machinale, vous apercevez un
renfoncement assez sombre, au centre duquel est
cachée la porte de la maison à M. Grandet.

Il est impossible de comprendre la valeur de cette
expression provinciale sans donner la biographie de
M. Grandet.

M. Grandet jouissait à Saumur d'une réputation
dont les causes et les effets ne seront pas entièrement
compris par les personnes qui n'ont point, peu ou
prou, vécu en province [15]. M. Grandet, encore
nommé par certaines gens le père Grandet, mais le

nombre de ces vieillards diminuait sensiblement [16], était en 1789 un maître tonnelier fort à son aise, sachant lire, écrire et compter. Lorsque la République française mit en vente, dans l'arrondissement de Saumur, les biens du clergé, le tonnelier, alors âgé de quarante ans, venait d'épouser la fille d'un riche marchand de planches. Grandet alla, muni de sa fortune liquide et de la dot, muni de deux mille louis d'or, au district, où, moyennant deux cents doubles louis offerts par son beau-père au farouche républicain qui surveillait la vente des domaines nationaux, il eut pour un morceau de pain, légalement, sinon légitimement, les plus beaux vignobles de l'arrondissement, une vieille abbaye et quelques métairies.

Les habitants de Saumur étant peu révolutionnaires, le père Grandet passa pour un homme hardi, un républicain, un patriote, pour un esprit qui donnait dans les nouvelles idées, tandis que le tonnelier donnait tout bonnement dans les vignes. Il fut nommé membre de l'administration du district de Saumur, et son influence pacifique s'y fit sentir politiquement et commercialement.

Politiquement, il protégea les ci-devant et empêcha de tout son pouvoir la vente des biens des émigrés; commercialement, il fournit aux armées républicaines un ou deux milliers de pièces de vin blanc, et se fit payer en superbes prairies dépendant d'une communauté de femmes que l'on avait réservée pour un dernier lot [17].

Sous le Consulat, le bonhomme Grandet devint maire, administra sagement, vendangea mieux encore; sous l'Empire, il fut M. Grandet. Napoléon n'aimait pas les républicains : il remplaça M. Grandet, qui passait pour avoir porté le bonnet rouge, par un grand propriétaire, un homme à particule, un futur baron de l'Empire. M. Grandet quitta les honneurs municipaux sans aucun regret. Il avait fait faire, dans l'intérêt de la ville, d'excellents chemins qui menaient à ses propriétés. Sa maison et ses biens, très avantageusement cadastrés, payaient des impôts modérés. Depuis le classement de ses différents clos, ses vignes, grâce à des soins constants, étaient devenues la tête du pays, mot technique en usage pour indiquer les vignobles qui produisent la première qualité de vin. Il aurait pu demander la croix de la Légion d'honneur.

Cet événement eut lieu en 1806. M. Grandet avait alors cinquante-sept ans et sa femme environ trente-six. Une fille unique, fruit de leurs légitimes amours, était âgée de dix ans.

M. Grandet, que la Providence voulut sans doute consoler de sa disgrâce administrative, hérita successivement pendant cette année de Mme de la Gaudinière, née de la Bertellière, mère de Mme Grandet; puis du vieux M. de la Bertellière, père de la défunte; et encore de Mme Gentillet, grand'mère du côté maternel : trois successions dont l'importance ne fut connue de personne. L'avarice de ces trois vieillards était si passionnée, que depuis longtemps ils entassaient leur argent pour pouvoir le contempler secrètement. Le vieux M. de la Bertellière appelait un placement une prodigalité, trouvant de plus gros intérêts dans l'aspect de l'or que dans les bénéfices de l'usure. La ville de Saumur présuma donc la

valeur des économies d'après les revenus des biens
au soleil.

M. Grandet obtint alors le nouveau titre de
noblesse que notre manie d'égalité n'effacera jamais,
il devint *le plus imposé* de l'arrondissement. Il exploi-
tait cent arpents de vignes [18], qui, dans les années
plantureuses, lui donnaient sept à huit cents [19] poinçons de vin [20]. Il possédait treize métairies, une
vieille abbaye, où, par économie, il avait muré les
croisées, les ogives, les vitraux, ce qui les conserva;
et cent vingt-sept arpents de prairies où croissaient
et grossissaient trois mille peupliers plantés en 1793.
Enfin la maison dans laquelle il demeurait était la
sienne [21].

Ainsi établissait-on sa fortune visible. Quant à
ses capitaux, deux seules personnes pouvaient
vaguement en présumer l'importance : l'une était
M. Cruchot, notaire, chargé des placements usu-
raires de M. Grandet; l'autre, M. des Grassins, le
plus riche banquier de Saumur, aux bénéfices
duquel le vigneron participait à sa convenance et
secrètement. Quoique le vieux Cruchot et M. des
Grassins possédassent cette profonde discrétion qui
engendre en province la confiance et la fortune, ils
témoignaient publiquement à M. Grandet un si
grand respect, que les observateurs pouvaient mesurer l'étendue des capitaux de l'ancien maire d'après
la portée de l'obséquieuse considération dont il
était l'objet.

Il n'y avait dans Saumur personne qui ne fût
persuadé que M. Grandet n'eût un trésor particulier, une cachette pleine de louis, et ne se donnât
nuitamment les ineffables jouissances que procure

la vue d'une grande masse d'or. Les avaricieux en avaient une sorte de certitude en voyant les yeux du bonhomme, auxquels le métal jaune semblait avoir communiqué ses teintes. Le regard d'un homme accoutumé à tirer de ses capitaux un intérêt énorme contracte nécessairement, comme celui du voluptueux, du joueur ou du courtisan, certaines habitudes indéfinissables, des mouvements furtifs, avides, mystérieux, qui n'échappent point à ses coreligionnaires. Ce langage secret forme en quelque sorte la franc-maçonnerie des passions.

M. Grandet inspirait donc l'estime respectueuse à laquelle avait droit un homme qui ne devait jamais rien à personne, qui, vieux tonnelier, vieux vigneron, devinait avec la précision [22] d'un astronome quand il fallait fabriquer pour sa récolte mille poinçons ou seulement cinq cents; qui ne manquait pas une seule spéculation, avait toujours des tonneaux à vendre alors que le tonneau valait plus cher que la denrée à recueillir, pouvait mettre sa vendange dans ses celliers et attendre le moment de livrer son poinçon à deux cents francs quand les petits propriétaires donnaient le leur à cinq louis. Sa fameuse récolte de 1811, sagement serrée, lentement vendue, lui avait rapporté plus de deux cent quarante mille livres. Financièrement parlant, M. Grandet tenait du tigre et du boa : il savait se coucher, se blottir, envisager longtemps sa proie, sauter dessus; puis il ouvrait la gueule de sa bourse, y engloutissait une charge d'écus, et se couchait tranquillement, comme le serpent qui digère, impassible, froid, méthodique.

Personne ne le voyait passer sans éprouver un sentiment d'admiration mélangé de respect et de

terreur. Chacun dans Saumur n'avait-il pas senti le
déchirement poli de ses griffes d'acier ? A celui-ci,
maître Cruchot avait procuré l'argent nécessaire à
l'achat d'un domaine, mais à onze pour cent [23]; à
celui-là, M. des Grassins avait escompté des traites,
mais avec un effroyable prélèvement d'intérêts. Il
s'écoulait peu de jours sans que le nom de M. Grandet
fût prononcé soit au marché, soit pendant les soirées
dans les conversations de la ville [24]. Pour quelques
personnes, la fortune du vieux vigneron était l'objet
d'un orgueil patriotique. Aussi plus d'un négociant,
plus d'un aubergiste disait-il aux étrangers, avec un
certain contentement :

— Monsieur, nous avons ici deux ou trois maisons millionnaires; mais, quant à M. Grandet, il ne
connaît pas lui-même sa fortune !

En 1816, les plus habiles calculateurs de Saumur
estimaient les biens territoriaux du bonhomme à
près de quatre millions [25]; mais, comme, terme
moyen, il avait dû tirer par an, depuis 1793 jusqu'en
1817, cent mille francs [26] de ses propriétés, il était
présumable qu'il possédait en argent une somme
presque égale [27] à celle de ses biens-fonds. Aussi,
lorsque, après une partie de boston, ou quelque
entretien sur les vignes, on venait à parler de
M. Grandet, les gens capables disaient-ils : « Le
père Grandet ?... le père Grandet doit avoir cinq
à six millions [28]. »

— Vous êtes plus habile que je ne le suis, je n'ai
jamais pu savoir le total, répondaient M. Cruchot
ou M. des Grassins, s'ils entendaient le propos.

Quelque Parisien parlait-il des Rothschild ou de
M. Laffitte [29], les gens de Saumur demandaient s'ils

étaient aussi riches que M. Grandet. Si le Parisien leur jetait, en souriant, une dédaigneuse affirmation, ils se regardaient en hochant la tête d'un air d'incrédulité.

Une si grande fortune couvrait d'un manteau d'or toutes les actions de cet homme. Si d'abord quelques particularités de sa vie donnèrent prise au ridicule et à la moquerie, la moquerie et le ridicule s'étaient usés. En ses moindres actes [30], M. Grandet avait pour lui l'autorité de la chose jugée. Sa parole, son vêtement, ses gestes, le clignement de ses yeux, faisaient loi dans le pays, où chacun, après l'avoir étudié comme un naturaliste étudie les effets de l'instinct chez les animaux, avait pu reconnaître la profonde et muette sagesse de ses plus légers mouvements.

— L'hiver sera rude, disait-on, le père Grandet a mis ses gants fourrés : il faut vendanger. — Le père Grandet prend beaucoup de merrain, il y aura du vin cette année.

M. Grandet n'achetait jamais ni viande ni pain. Ses fermiers lui apportaient par semaine [31] une provision suffisante de chapons, de poulets, d'œufs, de beurre et de blé de rente. Il possédait un moulin dont le locataire [32] devait, en sus du bail, venir chercher une certaine quantité de grains et lui en rapporter le son et la farine. La grande Nanon, son unique servante, quoi qu'elle ne fût plus jeune, boulangeait elle-même tous les samedis le pain de la maison. M. Grandet s'était arrangé avec les maraîchers, ses locataires, pour qu'ils le fournissent de légumes. Quant aux fruits, il en récoltait une telle quantité, qu'il en faisait vendre une grande

partie au marché. Son bois de chauffage était coupé
dans ses haies ou pris dans les vieilles *truisses* [33] à
moitié pourries qu'il enlevait au bord de ses champs [34],
et ses fermiers le lui charroyaient en ville tout débité,
le rangeaient par complaisance dans son bûcher et
recevaient ses remercîments [35]. Ses seules dépenses
connues étaient le pain bénit, la toilette de sa femme,
celle de sa fille et le payement de leurs chaises à
l'église; la lumière, les gages de la grande Nanon,
l'étamage de ses casseroles; l'acquittement des
impositions, les réparations de ses bâtiments et
les frais de ses exploitations. Il avait six cents
arpents [36] de bois, récemment achetés, qu'il faisait
surveiller par le garde d'un voisin, auquel il promet-
tait une indemnité. Depuis cette acquisition seulement, il mangeait du gibier [37].

Les manières de cet homme étaient fort simples.
Il parlait peu. Généralement, il exprimait ses idées
par de petites phrases sentencieuses et dites d'une
voix douce. Depuis la Révolution, époque à laquelle
il attira les regards, le bonhomme bégayait d'une
manière fatigante aussitôt qu'il avait à discourir
longuement ou à soutenir une discussion. Ce bredouillement, l'incohérence de ses paroles, le flux de
mots où il noyait sa pensée, son manque apparent
de logique, attribués à un défaut d'éducation,
étaient affectés, et seront suffisamment expliqués
par quelques événements de cette histoire. D'ailleurs,
quatre phrases, exactes autant que des formules
algébriques, lui servaient habituellement à embrasser,
à résoudre toutes les difficultés de la vie et du commerce : « Je ne sais pas, je ne puis pas, je ne veux
pas, nous verrons cela. »

Il ne disait jamais ni *oui* ni *non*, et n'écrivait point. Lui parlait-on, il écoutait froidement, se tenait le menton dans la main droite en appuyant son coude droit sur le revers de la main gauche, et se formait en toute affaire des opinions desquelles il ne revenait point. Il méditait longuement les moindres marchés. Quand, après une savante conversation, son adversaire lui avait livré le secret de ses prétentions en croyant le tenir, il lui répondait :

— Je ne puis rien conclure sans avoir consulté ma femme.

Sa femme, qu'il avait réduite à un ilotisme complet, était en affaires son paravent le plus commode [38]. Il n'allait jamais chez personne, ne voulait ni recevoir ni donner à dîner; il ne faisait jamais de bruit, et semblait économiser tout, même le mouvement. Il ne dérangeait rien chez les autres par un respect constant de la propriété.

Néanmoins, malgré la douceur de sa voix, malgré sa tenue circonspecte, le langage et les habitudes du tonnelier perçaient, surtout quand il était au logis, où il se contraignait moins que partout ailleurs.

Au physique, Grandet était un homme de cinq pieds, trapu, carré, ayant des mollets de douze pouces de circonférence, des rotules noueuses et de larges épaules; son visage était rond, tanné, marqué de petite vérole; son menton était droit, ses lèvres n'offraient aucune sinuosité, et ses dents étaient blanches [39]; ses yeux avaient l'expression calme et dévoratrice que le peuple [40] accorde au basilic; son front, plein de lignes transversales, ne manquait pas de protubérances significatives; ses

cheveux, jaunâtres et grisonnants, étaient blanc et
or, disaient quelques jeunes gens qui ne connaissaient
pas la gravité d'une plaisanterie faite sur M. Grandet.
Son nez, gros par le bout, supportait une loupe
veinée que le vulgaire disait, non sans raison, pleine
de malice. Cette figure annonçait une finesse dange-
reuse, une probité sans chaleur, l'égoïsme d'un
homme habitué à concentrer ses sentiments dans la
jouissance de l'avarice et sur le seul être qui lui fût
réellement quelque chose, sa fille Eugénie, sa seule
héritière. Attitude, manières, démarche, tout en lui,
d'ailleurs, attestait cette croyance en soi que donne
l'habitude d'avoir toujours réussi dans ses entreprises. Aussi, quoique de mœurs faciles et molles en
apparence, M. Grandet avait-il un caractère de
bronze [41].

Toujours vêtu de la même manière, qui le voyait
aujourd'hui le voyait tel qu'il était depuis 1791. Ses
forts souliers se nouaient avec des cordons de cuir;
il portait en tout temps des bas de laine drapés,
une culotte courte de gros drap marron à boucles
d'argent, un gilet de velours à raies alternativement
jaune et puce, boutonné carrément, un large habit
marron à grands pans, une cravate noire et un
chapeau de quaker. Ses gants, aussi solides que ceux
des gendarmes, lui duraient vingt mois, et, pour les
conserver propres, il les posait sur le bord de son
chapeau à la même place, par un geste méthodique.

Saumur ne savait rien de plus sur ce personnage.

Six habitants seulement avaient le droit de venir
dans cette maison. Le plus considérable des trois
premiers était le neveu de M. Cruchot. Depuis sa
nomination de président au tribunal de première

instance de Saumur, ce jeune homme avait joint au nom de Cruchot celui de Bonfons, et travaillait à faire prévaloir Bonfons sur Cruchot. Il signait déjà C. de Bonfons. Le plaideur assez malavisé pour l'appeler « monsieur Cruchot » s'apercevait bientôt, à l'audience, de sa sottise. Le magistrat protégeait ceux qui le nommaient « monsieur le président », mais il favorisait de ses plus gracieux sourires les flatteurs qui lui disaient « monsieur de Bonfons [42] ». M. le président était âgé de trente-trois ans, possédait le domaine de Bonfons *(Boni Fontis)*, valant sept mille livres de rente ; il attendait la succession de son oncle le notaire et celle de son oncle l'abbé Cruchot, dignitaire du chapitre de Saint-Martin de Tours, qui tous deux passaient pour être assez riches. Ces trois Cruchot, soutenus par bon nombre de cousins, alliés à vingt maisons de la ville, formaient un parti, comme jadis à Florence les Médicis ; et, comme les Médicis, les Cruchot avaient leurs Pazzi [43].

Mme des Grassins, mère d'un fils de vingt-trois ans, venait très assidûment faire la partie de Mme Grandet, espérant marier son cher Adolphe avec Mlle Eugénie [44]. M. des Grassins le banquier favorisait vigoureusement les manœuvres de sa femme par de constants services secrètement rendus au vieil avare, et arrivait toujours à temps sur le champ de bataille. Ces trois des Grassins avaient également leurs adhérents, leurs cousins, leurs alliés fidèles.

Du côté des Cruchot, l'abbé, le Talleyrand [45] de la famille, bien appuyé par son frère le notaire, disputait vivement le terrain à la financière, et tentait de réserver le riche héritage à son neveu le président. Ce combat secret entre les Cruchot et les des Grassins, dont le prix était la main d'Eugénie Grandet, occupait passionnément les diverses sociétés de Saumur[46]. Mlle Grandet épousera-t-elle M. le président ou M. Adolphe des Grassins ?

A ce problème, les uns répondaient que M. Grandet ne donnerait sa fille ni à l'un ni à l'autre. L'ancien tonnelier, rongé d'ambition, cherchait, disaient ils, pour gendre quelque pair de France, à qui trois cent mille livres[47] de rente feraient accepter tous les tonneaux passés, présents et futurs des Grandet. D'autres répliquaient que M. et Mme des Grassins étaient nobles, puissamment riches, qu'Adolphe était un bien gentil cavalier, et qu'à moins d'avoir un neveu du pape dans sa manche, une alliance si convenable devait satisfaire des gens de rien, un homme que tout Saumur avait vu la doloire en main, et qui, d'ailleurs, avait porté le bonnet rouge[48]. Les plus sensés faisaient observer que M. Cruchot de Bonfons avait ses entrées à toute heure au logis, tandis que son rival n'y était reçu que les dimanches. Ceux-ci soutenaient que Mme des Grassins, plus liée avec les femmes de la maison Grandet que les Cruchot, pouvait leur inculquer certaines idées qui la feraient, tôt ou tard, réussir[49]. Ceux-là répliquaient que l'abbé Cruchot était l'homme le plus insinuant du monde, et que, femme contre moine, la partie se trouvait égale.

— Ils sont manche à manche, disait un bel esprit de Saumur[50].

Plus instruits, les anciens du pays prétendaient que, les Grandet étant trop avisés pour laisser sortir les biens de leur famille, Mlle Eugénie Grandet, de Saumur, serait mariée au fils de M. Grandet, de

Paris, riche marchand de vins en gros [51]. A cela les cruchotins et les grassinistes répondaient :

— D'abord, les deux frères ne se sont pas vus deux fois depuis trente ans. Puis M. Grandet, de Paris, a de hautes prétentions pour son fils. Il est maire d'un arrondissement, député, colonel de la garde nationale, juge au tribunal de commerce ; il renie les Grandet de Saumur, et prétend s'allier à quelque famille ducale par la grâce de Napoléon.

Que ne disait-on pas d'une héritière dont on parlait à vingt lieues à la ronde et jusque dans les voitures publiques, d'Angers à Blois inclusivement !

Au commencement de 1818, les Cruchotins remportèrent un avantage signalé sur les Grassinistes. La terre de Froidfond, remarquable par son parc, son admirable château, ses fermes, rivières, étangs, forêts, et valant trois millions [52], fut mise en vente par le jeune marquis de Froidfond, obligé de réaliser ses capitaux. Maître Cruchot, le président Cruchot, l'abbé Cruchot, aidés par leurs adhérents, surent empêcher la vente par petits lots. Le notaire conclut avec le jeune homme un marché d'or en lui persuadant qu'il y aurait des poursuites sans nombre à diriger contre les adjudicataires avant de rentrer dans le prix des lots ; il valait mieux vendre à M. Grandet, homme solvable, et capable d'ailleurs de payer la terre en argent comptant. Le beau marquisat de Froidfond fut alors convoyé [53] vers l'œsophage de M. Grandet, qui, au grand étonnement de Saumur, le paya, sous escompte, après les formalités [54]. Cette affaire eut du retentissement à Nantes et à Orléans.

M. Grandet alla voir son château par l'occasion d'une charrette qui y retournait. Après avoir jeté sur sa propriété le coup d'œil du maître, il revint à Saumur, certain d'avoir placé ses fonds à cinq, et saisi de la magnifique pensée d'arrondir le marquisat de Froidfond en y réunissant tous ses biens [55]. Puis, pour remplir de nouveau son trésor presque vide, il décida de couper à blanc ses bois, ses forêts, et d'exploiter les peupliers de ses prairies.

Il est maintenant facile de comprendre toute la valeur de ce mot : la maison à M. Grandet, cette maison pâle, froide, silencieuse, située en haut de la ville, et abritée par les ruines des remparts [56].

Les deux piliers et la voûte formant la baie de la porte avaient été, comme la maison, construits en tuffeau, pierre blanche particulière au littoral de la Loire, et si molle, que sa durée moyenne est à peine de deux cents ans.

Les trous inégaux et nombreux que les intempéries du climat y avaient bizarrement pratiqués donnaient au cintre et aux jambages de la baie l'apparence des pierres vermiculées de l'architecture française et quelque ressemblance avec le porche d'une geôle. Au-dessus du cintre régnait un long bas-relief de pierre dure sculptée, représentant les quatre Saisons, figures déjà rongées et toutes noires. Ce bas-relief était surmonté d'une plinthe saillante, sur laquelle s'élevaient plusieurs de ces végétations dues au hasard, des pariétaires jaunes, des liserons, des convolvulus, du plantain, et un petit cerisier assez haut déjà.

La porte, en chêne massif, brune, desséchée [57], fendue de toutes parts, frêle en apparence, était solidement maintenue par le système de ses boulons, qui figuraient des dessins symétriques. Une grille carrée, petite, mais à barreaux serrés et rouges de rouille, occupait le milieu de la porte bâtarde et servait, pour ainsi dire, de motif à un marteau qui s'y rattachait par un anneau, et frappait sur la tête grimaçante d'un maître clou. Ce marteau, de forme oblongue et du genre de ceux que nos ancêtres nommaient jaquemart, ressemblait à un gros point d'admiration; en l'examinant avec attention, un antiquaire y aurait retrouvé quelques indices de la figure essentiellement bouffonne qu'il représentait jadis, et qu'un long usage avait effacée.

Par la petite grille, destinée à reconnaître les amis au temps des guerres civiles, les curieux pouvaient apercevoir, au fond d'une voûte obscure [58] et verdâtre, quelques marches dégradées par lesquelles on montait dans un jardin que bornaient pittoresquement des murs épais, humides, pleins de suintements et de touffes d'arbustes malingres [59]. Ces murs étaient ceux du rempart, sur lequel s'élevaient les jardins de quelques maisons voisines. Au rez-de-chaussée de la maison, la pièce la plus considérable était une *salle* dont l'entrée se trouvait sous la voûte de la porte cochère. Peu de personnes connaissent l'importance d'une salle dans les petites villes de l'Anjou, de la Touraine et du Berry. La salle est à la fois l'antichambre, le salon, le cabinet, le boudoir, la salle à manger; elle est le théâtre de la vie domestique, le foyer commun; là, le coiffeur du quartier venait couper deux fois l'an les cheveux de M. Grandet; là entraient les fermiers, le curé, le sous-préfet, le garçon meunier. Cette pièce, dont les deux croisées donnaient sur la rue, était planchéiée; des panneaux gris, à moulures antiques, la boisaient de haut en

bas; son plafond se composait de poutres apparentes,
également peintes en gris, dont les entre-deux étaient
remplis de blanc en bourre qui avait jauni.

Un vieux cartel de cuivre incrusté d'arabesques
en écaille ornait le manteau de la cheminée en pierre
blanche, mal sculpté, sur lequel était une glace verdâtre, dont les côtés, coupés en biseau pour en montrer l'épaisseur, reflétaient un filet de lumière le long
d'un trumeau gothique en acier damasquiné [60]. Les
deux girandoles de cuivre doré qui décoraient chacun des coins de la cheminée étaient à deux fins : en
enlevant les roses qui leur servaient de bobèches, et
dont la maîtresse branche s'adaptait au piédestal
de marbre bleuâtre agencé de vieux cuivre, ce
piédestal formait un chandelier pour les petits
jours.

Les sièges, de forme antique, étaient garnis en
tapisseries représentant les fables de la Fontaine;
mais il fallait le savoir pour en reconnaître les sujets,
tant les couleurs passées et les figures criblées de
reprises se voyaient difficilement. Aux quatre angles
de cette salle se trouvaient des encoignures, espèces
de buffets terminés par de crasseuses étagères. Une
vieille table à jouer en marqueterie, dont le dessus
faisait échiquier, était placée dans le tableau qui
séparait les deux fenêtres. Au-dessus de cette table,
il y avait un baromètre ovale, à bordure noire, enjo-
livé par des rubans de bois doré, où les mouches
avaient si licencieusement folâtré [61], que la dorure
en était un problème.

Sur la paroi opposée à la cheminée, deux portraits au pastel étaient censés représenter l'aïeul de
Mme Grandet, le vieux M. de la Bertellière, en lieu-

tenant aux gardes-françaises, et défunt Mme Gentillet, en bergère. Aux deux fenêtres étaient drapés des rideaux en gros de Tours rouge, relevés par des cordons de soie à glands d'église. Cette luxueuse décoration, si peu en harmonie avec les habitudes de Grandet, avait été comprise dans l'achat de la maison, ainsi que le trumeau, le cartel, le meuble en tapisserie et les encoignures en bois de rose.

Dans la croisée la plus rapprochée de la porte se trouvait une chaise de paille dont les pieds étaient montés sur des patins, afin d'élever Mme Grandet à une hauteur qui lui permît de voir les passants. Une travailleuse [62] en bois de merisier déteint remplissait l'embrasure, et le petit fauteuil d'Eugénie Grandet était placé tout auprès.

Depuis quinze ans, toutes les journées de la mère et de la fille s'étaient paisiblement écoulées à cette place, dans un travail constant, à compter du mois d'avril jusqu'au mois de novembre. Le 1er de ce dernier mois, elles pouvaient prendre leur station d'hiver à la cheminée. Ce jour-là seulement, Grandet permettait qu'on allumât du feu dans la salle, et il le faisait éteindre au 31 mars, sans avoir égard ni aux premiers froids du printemps ni à ceux de l'automne. Une chaufferette, entretenue avec la braise provenant du feu de la cuisine que la grande Nanon leur réservait en usant d'adresse, aidait Mme et Mlle Grandet à passer les matinées ou les soirées les plus fraîches des mois d'avril et d'octobre.

La mère et la fille entretenaient tout le linge de la maison, et employaient si consciencieusement leurs journées à ce véritable labeur d'ouvrière, que, si Eugénie voulait broder une collerette à sa mère, elle

était forcée de prendre sur ses heures de sommeil en
trompant son père pour avoir de la lumière. Depuis
longtemps, l'avare distribuait la chandelle [63] à sa
fille et à la grande Nanon, de même qu'il distribuait dès le matin le pain et les denrées nécessaires
à la consommation journalière.

La grande Nanon était peut-être la seule créature
humaine capable d'accepter le despotisme de son
maître. Toute la ville l'enviait à M. et Mme Grandet.
La grande Nanon, ainsi nommée à cause de sa taille
haute de cinq pieds huit pouces, appartenait à Grandet depuis trente-cinq ans. Quoiqu'elle n'eût que
soixante livres de gages, elle passait pour une des
plus riches servantes de Saumur. Ces soixante livres,
accumulées depuis trente-cinq ans, lui avaient permis
de placer récemment quatre mille livres en viager
chez maître Cruchot. Ce résultat des longues et persistantes économies de la grande Nanon parut gigan-
tesque. Chaque servante, voyant à la pauvre sexa-
génaire du pain pour ses vieux jours, était jalouse
d'elle, sans penser au dur servage par lequel il avait
été acquis.

A l'âge de vingt-deux ans [64], la pauvre fille n'avait
pu se placer chez personne, tant sa figure était
repoussante [65]; et certes ce sentiment était bien
injuste : sa figure eût été fort admirée sur les épaules
d'un grenadier de la garde; mais en tout il faut,
dit-on, l'à-propos. Forcée de quitter une ferme
incendiée où elle gardait les vaches, elle vint à Saumur, où elle chercha du service, animée de ce
robuste courage qui ne se refuse à rien.

M. Grandet pensait alors à se marier, et voulait
déjà monter son ménage. Il avisa cette fille, rebutée

de porte en porte. Juge de la force corporelle en sa qualité de tonnelier, il devina le parti qu'on pouvait tirer d'une créature femelle taillée en Hercule, plantée sur ses pieds comme un chêne de soixante ans sur ses racines, forte des hanches, carrée du dos, ayant des mains de charretier et une probité vigoureuse comme l'était son intacte vertu. Ni les verrues qui ornaient ce visage martial, ni le teint de brique, ni les bras nerveux, ni les haillons de la Nanon n'épouvantèrent le tonnelier, qui se trouvait encore dans l'âge où le cœur tressaille. Il vêtit alors, chaussa, nourrit la pauvre fille, lui donna des gages, et l'employa sans trop la rudoyer.

En se voyant ainsi accueillie, la grande Nanon pleura secrètement de joie, et s'attacha sincèrement au tonnelier, qui, d'ailleurs, l'exploita féodalement. Nanon faisait tout : elle faisait la cuisine, elle faisait les buées, elle allait laver le linge à la Loire, le rapportait sur ses épaules; elle se levait au jour, se couchait tard; faisait à manger à tous les vendangeurs pendant les récoltes, surveillait les halleboteurs [66]; défendait, comme un chien fidèle, le bien de son maître; enfin, pleine d'une confiance aveugle en lui, elle obéissait sans murmure à ses fantaisies les plus saugrenues.

Lors de la fameuse année 1811, dont la récolte coûta des peines inouïes [67], après vingt ans de service, Grandet résolut de donner sa vieille montre à Nanon, seul présent qu'elle reçut jamais de lui. Quoiqu'il lui abandonnât ses vieux souliers (elle pouvait les mettre), il est impossible [68] de considérer le profit trimestriel des souliers de Grandet comme un cadeau, tant ils étaient usés. La nécessité rendit cette pauvre fille si avare, que Grandet avait fini par l'aimer comme on aime un chien, et Nanon s'était laissé mettre au cou un collier garni de pointes dont les piqûres ne la piquaient plus [69].

Si Grandet coupait le pain avec un peu trop de parcimonie, elle ne s'en plaignait pas; elle participait gaiement aux profits hygiéniques que procurait le régime sévère de la maison, où jamais personne n'était malade. Puis la Nanon faisait partie de la famille : elle riait quand riait Grandet, s'attristait, gelait, se chauffait, travaillait avec lui. Combien de douces compensations dans cette égalité ! Jamais le maître n'avait reproché à la servante ni l'alberge ou la pêche de vigne, ni les prunes ou les brugnons mangés sous l'arbre.

— Allons, régale-toi, Nanon, lui disait-il dans les années où les branches pliaient sous les fruits, que les fermiers étaient obligés de donner aux cochons.

Pour une fille des champs qui dans sa jeunesse n'avait récolté que de mauvais traitements, pour une pauvresse recueillie par charité, le rire équivoque [70] du père Grandet était un vrai rayon de soleil. D'ailleurs, le cœur simple, la tête étroite de Nanon ne pouvait contenir qu'un sentiment et une idée. Depuis trente-cinq ans, elle se voyait toujours arrivant devant le chantier de M. Grandet, pieds nus, en haillons, et entendait toujours le tonnelier lui disant : « Que voulez-vous, ma mignonne [71] ? » et sa reconnaissance était toujours jeune.

Quelquefois, Grandet, songeant que cette pauvre créature n'avait jamais entendu le moindre mot flatteur, qu'elle ignorait tous les sentiments doux que la femme inspire, et pouvait comparaître un

jour devant Dieu, plus chaste que ne l'était la vierge
Marie elle-même, Grandet, saisi de pitié, disait en
la regardant :

— Cette pauvre Nanon !

Son exclamation était toujours suivie [72] d'un
regard indéfinissable que lui jetait la vieille servante.
Ce mot, dit de temps à autre, formait depuis longtemps une chaîne d'amitié non interrompue, et à
laquelle chaque exclamation ajoutait un chaînon.
Cette pitié, placée au cœur de Grandet et prise tout
en gré par la vieille fille, avait je ne sais quoi d'horrible. Cette atroce pitié d'avare, qui réveillait mille
plaisirs au cœur du vieux tonnelier, était pour Nanon
sa somme de bonheur [73]. Qui ne dira pas aussi :
« Pauvre Nanon ! » Dieu reconnaîtra ses anges aux
inflexions de leur voix et de leurs mystérieux regrets.

Il y avait dans Saumur une grande quantité de
ménages où les domestiques étaient mieux traités,
mais où les maîtres n'en recevaient néanmoins
aucun contentement. De là cette autre phrase :

— Qu'est-ce que les Grandet font donc à leur
grande Nanon, pour qu'elle leur soit si attachée ?
Elle passerait dans le feu pour eux !

Sa cuisine, dont les fenêtres grillées donnaient sur
la cour, était toujours propre, nette, froide, véritable cuisine d'avare où rien ne devait se perdre.
Quand Nanon avait lavé sa vaisselle, serré les restes
du dîner, éteint son feu, elle quittait sa cuisine,
séparée de la salle par un couloir, et venait filer du
chanvre auprès de ses maîtres. Une seule chandelle
suffisait à la famille pour la soirée. La servante
couchait au fond de ce couloir, dans un bouge
éclairé par un jour de souffrance. Sa robuste santé

lui permettait d'habiter impunément cette espèce
de trou, d'où elle pouvait entendre [74] le moindre
bruit par le silence profond qui régnait nuit et jour
dans la maison. Elle devait, comme un dogue chargé
de la police, ne dormir que d'une oreille et se
reposer en veillant.

La description des autres portions du logis se
trouvera liée aux événements de cette histoire ; mais
d'ailleurs le croquis de la salle où éclatait tout le
luxe du ménage peut faire soupçonner par avance
la nudité des étages supérieurs.

En 1819, vers le commencement de la soirée,
au milieu du mois de novembre, la grande Nanon
alluma le feu pour la première fois. L'automne avait
été très beau. Ce jour était un jour de fête bien
connu des cruchotins et des grassinistes. Aussi les
six antagonistes se préparaient-ils à venir, armés de
toutes pièces, pour se rencontrer dans la salle et
s'y surpasser en preuves d'amitié.

Le matin, tout Saumur [75] avait vu Mme et
Mlle Grandet, accompagnées de Nanon, se rendant
à l'église paroissiale pour y entendre la messe, et
chacun se souvint que ce jour était l'anniversaire de
la naissance de Mlle Eugénie. Aussi, calculant
l'heure où le dîner devait finir, maître Cruchot,
l'abbé Cruchot et M. C. de Bonfons s'empres-
saient-ils d'arriver avant les des Grassins pour fêter
Mlle Grandet. Tous trois apportaient d'énormes
bouquets cueillis dans leurs petites serres. La queue
des fleurs que le président voulait présenter était
ingénieusement enveloppée d'un ruban de satin
blanc orné de franges d'or.

Le matin, M. Grandet, suivant sa coutume pour

les jours mémorables de la naissance et de la fête
d'Eugénie, était venu la surprendre au lit, et lui
avait solennellement offert son présent paternel,
consistant, depuis treize années, en une curieuse
pièce d'or [76].

Mme Grandet donnait ordinairement à sa fille une
robe d'hiver [77] ou d'été, selon la circonstance. Ces
deux robes, les pièces d'or qu'elle récoltait [78] au
premier jour de l'an et à la fête de son père, lui
composaient un petit revenu de cent écus environ,
que Grandet aimait à lui voir entasser. N'était-ce
pas mettre son argent d'une caisse dans une autre,
et, pour ainsi dire, élever à la brochette l'avarice
de son héritière, à laquelle il demandait parfois
compte de son trésor, autrefois grossi par les la
Bertellière, en lui disant :

— Ce sera ton *douzain* de mariage.

Le douzain est un antique usage encore en vigueur
et saintement conservé dans quelques pays situés
au centre de la France. En Berry, en Anjou, quand
une jeune fille se marie, sa famille ou celle de l'époux
doit lui donner une bourse où se trouvent, suivant
les fortunes, douze pièces, ou douze douzaines de
pièces, ou douze cents pièces d'argent ou d'or. La
plus pauvre des bergères ne se marierait pas sans
son douzain, ne fût-il composé que de gros sous.
On parle encore à Issoudun de je ne sais quel douzain offert à une riche héritière et qui contenait cent
quarante-quatre portugaises d'or. Le pape Clément VII, oncle de Catherine de Médicis, lui fit
présent, en la mariant à Henri II, d'une douzaine
de médailles d'or antiques de la plus grande valeur [79].

Pendant le dîner, le père, tout joyeux de voir

son Eugénie plus belle dans une robe neuve, s'était écrié :

— Puisque c'est la fête d'Eugénie, faisons du feu ! ce sera de bon augure.

— Mademoiselle se mariera dans l'année, c'est sûr, dit la grande Nanon en remportant les restes d'une oie, ce faisan des tonneliers.

— Je ne vois point de parti pour elle à Saumur, répondit Mᵐᵉ Grandet en regardant son mari d'un air timide, qui, vu son âge, annonçait l'entière servitude conjugale sous laquelle gémissait la pauvre femme.

Grandet contempla sa fille et s'écria gaiement :

— Elle a vingt-trois ans aujourd'hui, l'enfant ; il faudra bientôt s'occuper d'elle [80].

Eugénie et sa mère se jetèrent silencieusement un coup d'œil d'intelligence [81].

Mᵐᵉ Grandet était une femme sèche et maigre, jaune comme un coing, gauche, lente ; une de ces femmes qui semblent faites pour être tyrannisées. Elle avait de gros os, un gros nez, un gros front, de gros yeux, et offrait, au premier aspect, une vague ressemblance avec ces fruits cotonneux qui n'ont plus ni saveur ni suc. Ses dents étaient noires et rares, sa bouche était ridée, son menton affectait la forme dite en galoche. C'était une excellente femme, une vraie la Bertellière. L'abbé Cruchot savait trouver quelques occasions de lui dire qu'elle n'avait pas été trop mal, et elle le croyait. Une douceur angélique, une résignation d'insecte tourmenté par des enfants, une piété rare, une inaltérable égalité d'âme, un bon cœur, la faisaient universellement plaindre et respecter.

Son mari ne lui donnait jamais plus de six francs à la fois pour ses menues dépenses. Quoique ridicule en apparence, cette femme qui, par sa dot et ses successions, avait apporté à M. Grandet plus de trois cent mille francs, s'était toujours sentie si profondément humiliée d'une dépendance et d'un ilotisme contre lequel la douceur de son âme lui interdisait de se révolter, qu'elle n'avait jamais demandé un sou, ni fait une observation sur les actes que maître Cruchot lui présentait à signer. Cette fierté sotte et secrète, cette noblesse d'âme constamment méconnue et blessée par Grandet [82], dominaient la conduite de cette femme.

Mme Grandet mettait invariablement une robe de levantine verdâtre, qu'elle s'était accoutumée à faire durer près d'une année ; elle portait un grand fichu de cotonnade blanche, un chapeau de paille cousue, et gardait presque toujours un tablier de taffetas noir. Sortant peu du logis, elle usait peu de souliers. Enfin, elle ne voulait jamais rien pour elle [83].

Aussi Grandet, saisi parfois d'un remords en se rappelant le long temps écoulé depuis le jour où il avait donné six francs à sa femme, stipulait-il toujours des épingles pour elle en vendant ses récoltes de l'année. Les quatre ou cinq louis offerts par le Hollandais ou le Belge acquéreur de la vendange Grandet formaient le plus clair des revenus annuels de Mme Grandet.

Mais, quand elle avait reçu ses cinq louis, son mari lui disait souvent, comme si leur bourse eût été commune : « As-tu quelques sous à me prêter ? » Et la pauvre femme, heureuse de pouvoir faire

quelque chose pour un homme que son confesseur
lui représentait comme son seigneur et maître, lui
rendait, dans le courant de l'hiver, quelques écus
sur l'argent des épingles.

Lorsque Grandet tirait de sa poche la pièce de
cent sous allouée par mois pour les menues dépenses,
le fil, les aiguilles et la toilette de sa fille, il ne manquait jamais, après avoir boutonné son gousset, de
dire à sa femme :

— Et toi, la mère, veux-tu quelque chose ?

— Mon ami, répondait Mme Grandet, animée par
un sentiment de dignité maternelle, nous verrons
cela.

Sublimité perdue [84] ! Grandet se croyait très généreux envers sa femme. Les philosophes [85] qui ren-
contrent des Nanon, des Mme Grandet, des Eugénie,
ne sont-ils pas en droit de trouver que l'ironie est
le fond du caractère de la Providence ?

Après ce dîner, où, pour la première fois, il fut
question du mariage d'Eugénie, Nanon alla [86] chercher une bouteille de cassis dans la chambre de
M. Grandet, et manqua de tomber en descendant.

— Grande bête, lui dit son maître, est-ce que tu
te laisserais choir comme une autre, toi ?

— Monsieur, c'est cette marche de votre escalier
qui ne tient pas.

— Elle a raison, dit Mme Grandet. Vous auriez
dû la faire raccommoder depuis longtemps. Hier,
Eugénie a failli s'y fouler le pied.

— Tiens, dit Grandet à Nanon en la voyant toute
pâle, puisque c'est la naissance d'Eugénie, et que
tu as manqué de tomber, prends un petit verre de
cassis pour te remettre.

— Ma foi, je l'ai bien gagné, dit Nanon. A ma place, il y a bien des gens qui auraient cassé la bouteille ; mais je me serais plutôt cassé le coude pour la tenir en l'air.

— C'te pauvre Nanon ! dit Grandet en lui versant le cassis.

— T'es-tu fait mal ? lui dit Eugénie en la regardant avec intérêt.

— Non, puisque je me suis retenue en me fichant sur mes reins.

— Eh bien, puisque c'est la naissance d'Eugénie, dit Grandet, je vais vous raccommoder votre marche. Vous ne savez pas, vous autres, mettre le pied dans le coin à l'endroit où elle est encore solide [87].

Grandet prit la chandelle, laissa sa femme, sa fille et sa servante sans autre lumière que celle du foyer qui jetait de vives flammes, et alla dans le fournil chercher des planches, des clous et ses outils.

— Faut-il vous aider ? lui cria Nanon en l'entendant frapper dans l'escalier.

— Non ! non ! ça me connaît, répondit l'ancien tonnelier.

Au moment où Grandet raccommodait lui-même son escalier vermoulu, et sifflait à tue-tête en souvenir de ses jeunes années, les trois Cruchot frappèrent à la porte.

— C'est-y vous, monsieur Cruchot ? demanda Nanon en regardant par la petite grille.

— Oui, répondit le président.

Nanon ouvrit la porte, et la lueur du foyer, qui se reflétait sous la voûte, permit aux trois Cruchot d'apercevoir l'entrée de la salle.

— Ah ! vous êtes des fêteux, leur dit Nanon en sentant les fleurs.

— Excusez, messieurs, cria Grandet en reconnaissant la voix de ses amis, je suis à vous ! Je ne suis pas fier, je rafistole moi-même une marche de mon escalier [88].

— Faites, faites, monsieur Grandet ! *Charbonnier est maître chez lui*, dit sentencieusement le président [89], en riant tout seul de son allusion que personne ne comprit.

Mme et Mlle Grandet se levèrent. Le président, profitant de l'obscurité, dit alors à Eugénie :

— Me permettez-vous, mademoiselle, de vous souhaiter, aujourd'hui que vous venez de naître, une suite d'années heureuses, et la continuation de la santé dont vous jouissez ?

Il offrit un gros bouquet de fleurs rares à Saumur; puis, serrant l'héritière par les coudes, il l'embrassa des deux côtés du cou, avec une complaisance qui rendit [90] Eugénie honteuse. Le président, qui ressemblait à un grand clou rouillé, croyait ainsi faire sa cour.

— Ne vous gênez pas, dit Grandet en rentrant. Comme vous y allez les jours de fête, monsieur le président !

— Mais, avec mademoiselle, répondit l'abbé Cruchot, armé de son bouquet [91], tous les jours seraient pour mon neveu des jours de fête.

L'abbé baisa la main d'Eugénie. Quant à maître Cruchot, il embrassa la jeune fille tout bonnement sur les deux joues, et dit :

— Comme ça nous pousse, ça ! Tous les ans douze mois.

En replaçant la lumière devant le cartel, Grandet, qui ne quittait jamais une plaisanterie et la répétait à satiété quand elle lui semblait drôle, dit :

— Puisque c'est la fête d'Eugénie, allumons les flambeaux !

Il ôta soigneusement les branches des candélabres, mit la bobèche à chaque piédestal, prit des mains de Nanon une chandelle neuve entortillée d'un bout de papier, la ficha dans le trou, l'assura, l'alluma, et vint s'asseoir à côté de sa femme, en regardant alternativement ses amis, sa fille et les deux chandelles. L'abbé Cruchot, petit homme dodu, grassouillet, à perruque rousse et plate, à figure de vieille femme joueuse, dit en avançant ses pieds bien chaussés dans de forts souliers à agrafes d'argent :

— Les des Grassins ne sont pas venus ?

— Pas encore, dit Grandet.

— Mais doivent-ils venir ? demanda le vieux notaire en faisant grimacer sa face trouée comme une écumoire [92].

— Je le crois, répondit Mme Grandet.

— Vos vendanges sont-elles finies ? demanda le président de Bonfons à Grandet.

— Partout ! lui dit le vieux vigneron, en se levant pour se promener de long en long dans la salle [93] et se haussant le thorax par un mouvement plein d'orgueil comme son mot : partout !

Par la porte du couloir qui allait à la cuisine, il vit alors la grande Nanon, assise à son feu, ayant une lumière et se préparant à filer là, pour ne pas se mêler à la fête.

— Nanon, dit-il en s'avançant dans le couloir

veux-tu bien éteindre ton feu, ta lumière, et venir
avec nous ? Pardieu ! la salle est assez grande pour
nous tous.

— Mais, monsieur, vous aurez du beau monde.

— Ne les vaux-tu pas bien ? Ils sont de la côte
d'Adam tout comme toi.

Grandet revint vers le président et lui dit :

— Avez-vous vendu votre récolte ?

— Non, ma foi, je la garde. Si maintenant le vin
est bon, dans deux ans il sera meilleur. Les propriétaires, vous le savez bien, se sont juré de tenir les
prix convenus, et, cette année, les Belges ne l'em-
porteront pas sur nous. S'ils s'en vont, eh bien, ils
reviendront.

— Oui, mais tenons-nous bien, dit Grandet, d'un
ton qui fit frémir le président.

—Serait-il en marché ? pensa Cruchot.

En ce moment, un coup de marteau [94] annonça
la famille des Grassins, et leur arrivée interrompit
une conversation commencée entre Mme Grandet et
l'abbé.

Mme des Grassins était une de ces petites femmes
vives, dodues, blanches et roses, qui, grâce au
régime claustral des provinces et aux habitudes
d'une vie vertueuse, se sont conservées jeunes encore
à quarante ans. Elles sont comme ces dernières
roses de l'arrière-saison, dont la vue fait plaisir,
mais dont les pétales ont je ne sais quelle froideur
et dont le parfum s'affaiblit. Elle se mettait assez
bien, faisait venir ses modes de Paris, donnait le
ton à la ville de Saumur, et avait des soirées.

Son mari, ancien quartier-maître dans la garde
impériale, grièvement blessé à Austerlitz et retraité,

conservait, malgré sa considération pour Grandet, l'apparente franchise des militaires.

— Bonjour, Grandet, dit-il au vigneron en lui tendant la main et affectant une sorte de supériorité sous laquelle il écrasait toujours les Cruchot. Mademoiselle, dit-il à Eugénie après avoir salué Mme Grandet, vous êtes toujours belle et sage, je ne sais, en vérité, ce que l'on peut vous souhaiter.

Puis il présenta une petite caisse que son domestique portait, et qui contenait une bruyère du Cap, fleur nouvellement apportée en Europe et fort rare.

Mme des Grassins embrassa très affectueusement Eugénie, lui serra la main et lui dit :

— Adolphe s'est chargé de vous présenter mon petit souvenir.

Un grand jeune homme blond, pâle et frêle, ayant d'assez bonnes façons, timide en apparence, mais qui venait de dépenser à Paris, où il était allé faire son droit, huit ou dix mille francs en sus de sa pension, s'avança vers Eugénie, l'embrassa sur les deux joues et lui offrit une boîte à ouvrage dont tous les ustensiles étaient en vermeil, véritable marchandise de pacotille, malgré l'écusson sur lequel un E. G. gothique assez bien gravé pouvait faire croire à une façon très soignée.

En l'ouvrant, Eugénie eut une de ces joies [95] inespérées et complètes qui font rougir, tressaillir, trembler d'aise les jeunes filles. Elle tourna les yeux sur son père, comme pour savoir s'il lui était permis d'accepter, et M. Grandet dit un « Prends, ma fille ! » dont l'accent eût illustré un acteur [96].

Les trois Cruchot restèrent stupéfaits en voyant le regard joyeux et animé lancé sur Adolphe des

Grassins par l'héritière, à qui de semblables richesses parurent inouïes. M. des Grassins offrit à Grandet une prise de tabac, en saisit une, secoua les grains tombés sur le ruban de la Légion d'honneur attaché à la boutonnière de son habit bleu, puis regarda les Cruchot d'un air qui semblait dire : « Parez-moi cette botte-là ! »

Mme des Grassins jeta les yeux sur les bocaux bleus où étaient les bouquets des Cruchot, en cherchant leurs cadeaux avec la bonne foi jouée d'une femme moqueuse. Dans cette conjoncture délicate, l'abbé Cruchot laissa la société s'asseoir en cercle devant le feu et alla se promener au fond de la salle avec Grandet. Quand ces deux vieillards furent dans l'embrasure de la fenêtre la plus éloignée des des Grassins :

— Ces gens-là, dit le prêtre à l'oreille de l'avare, jettent l'argent par les fenêtres.

— Qu'est-ce que cela fait, s'il rentre dans ma cave ? répliqua le vieux vigneron.

— Si vous vouliez donner des ciseaux d'or à votre fille, vous en auriez bien le moyen, dit l'abbé.

— Je lui donne mieux que des ciseaux, répondit Grandet.

— Mon neveu est une cruche, pensa l'abbé en regardant le président, dont les cheveux ébouriffés ajoutaient encore à la mauvaise grâce de sa physionomie brune. Ne pouvait-il inventer une petite bêtise qui eût du prix ?

— Nous allons faire votre partie, madame Grandet, dit Mme des Grassins.

— Mais nous sommes tous réunis, *nous pouvons* deux tables [97]...

— Puisque c'est la fête d'Eugénie, faites votre loto général, dit le père Grandet, ces deux enfants en seront.

L'ancien tonnelier, qui ne jouait jamais à aucun jeu, montra sa fille et Adolphe.

— Allons, Nanon, mets les tables.

— Nous allons vous aider, mademoiselle Nanon, dit gaiement Mme des Grassins, toute joyeuse de la joie qu'elle avait causée à Eugénie.

— Je n'ai jamais de ma vie été si contente, lui dit l'héritière. Je n'ai rien vu de si joli nulle part.

— C'est Adolphe [98] qui l'a rapportée de Paris et qui l'a choisie, lui dit Mme des Grassins à l'oreille.

— Va, va ton train, damnée intrigante ! se disait le président; si tu es jamais en procès, toi ou ton mari, votre affaire aura du mal à être bonne [99].

Le notaire, assis dans son coin, regardait l'abbé d'un air calme en se disant :

— Les des Grassins ont beau faire, ma fortune, celle de mon frère et celle de mon neveu montent en somme à onze cent mille francs. Les des Grassins en ont tout au plus la moitié, et ils ont une fille; ils peuvent offrir ce qu'ils voudront ! héritière et cadeaux, tout sera pour nous un jour [100].

A huit heures et demie du soir, deux tables étaient dressées. La jolie Mme des Grassins avait réussi à mettre son fils à côté d'Eugénie. Les acteurs de cette scène pleine d'intérêt, quoique vulgaire en apparence, munis de cartons bariolés, chiffrés, et de jetons en verre bleu, semblaient écouter les plaisanteries du vieux notaire, qui ne tirait pas un numéro sans faire une remarque; mais tous pensaient aux millions de M. Grandet.

Le vieux tonnelier contemplait vaniteusement les plumes roses, la toilette fraîche de Mme des Grassins, la tête martiale du banquier, celle d'Adolphe, le président, l'abbé, le notaire, et se disait intérieurement :

— Ils sont là pour mes écus. Ils viennent s'ennuyer ici pour ma fille. Hé ! ma fille ne sera ni pour les uns ni pour les autres, et tous ces gens-là me servent de harpons pour pêcher [101] !

Cette gaieté de famille, dans ce vieux salon gris, mal éclairé par deux chandelles; ces rires, accompagnés par le bruit du rouet de la grande Nanon, et qui n'étaient sincères que sur les lèvres d'Eugénie ou de sa mère; cette petitesse jointe à de si grands intérêts; cette jeune fille qui, semblable à ces oiseaux victimes [102] du haut prix auquel on les met et qu'ils ignorent, se trouvait traquée, serrée par des preuves d'amitié dont elle était la dupe : tout contribuait à rendre cette scène tristement comique. N'est-ce pas d'ailleurs une scène de tous les temps et de tous les lieux, mais ramenée à sa plus simple expression ? La figure de Grandet exploitant le faux attachement des deux familles, en tirant d'énormes profits, dominait ce drame et l'éclairait. N'était-ce pas le seul dieu moderne auquel on ait foi, l'Argent dans toute sa puissance, exprimé par une seule physionomie [103] ?

Les doux sentiments de la vie n'occupaient là qu'une place secondaire; ils animaient trois cœurs purs, ceux de Nanon, d'Eugénie et de sa mère. Encore, combien d'ignorance dans leur naïveté ! Eugénie et sa mère ne savaient rien de la fortune de Grandet, elles n'estimaient les choses de la vie qu'à la lueur de leurs pâles idées, et ne prisaient ni ne méprisaient l'argent, accoutumées qu'elles étaient à s'en passer. Leurs sentiments, froissés à leur insu, mais vivaces, le secret de leur existence, en faisaient des exceptions curieuses dans cette réunion de gens dont la vie était purement matérielle. Affreuse condition de l'homme ! il n'y a pas un de ses bonheurs qui ne vienne d'une ignorance quelconque.

Au moment où Mme Grandet gagnait un lot de seize sous, le plus considérable qui eût jamais été ponté dans cette salle, et que la grande Nanon riait d'aise en voyant madame empochant cette riche somme, un coup de marteau retentit à la porte de la maison et y fit un si grand tapage, que les femmes sautèrent sur leurs chaises.

— Ce n'est pas un homme de Saumur qui frappe ainsi, dit le notaire.

— Peut-on cogner comme ça ! dit Nanon. Veulent-ils casser notre porte ?

— Quel diable est-ce ? s'écria Grandet.

Nanon prit une des deux chandelles et alla ouvrir, accompagnée de Grandet.

— Grandet ! Grandet ! s'écria sa femme, qui, poussée par un vague sentiment de peur, s'élança vers la porte de la salle.

Tous les joueurs se regardèrent.

— Si nous y allions ? dit M. des Grassins. Ce coup de marteau me paraît malveillant.

A peine fut-il permis à M. des Grassins d'apercevoir la figure d'un jeune homme accompagné du facteur des messageries, qui portait deux malles énormes et traînait des sacs de nuit. Grandet se retourna brusquement vers sa femme et lui dit :

— Madame Grandet, allez à votre loto. Laissez-
moi m'entendre avec monsieur.

Puis il tira vivement la porte de la salle, où les
joueurs agités reprirent leurs places, mais sans continuer le jeu.

— Est-ce quelqu'un de Saumur, monsieur des
Grassins ? lui dit sa femme.

— Non, c'est un voyageur.

— Il ne peut venir que de Paris.

— En effet, dit le notaire en tirant sa vieille
montre épaisse de deux doigts et qui ressemblait à
un vaisseau hollandais, il est *neuffe-s-heures*. Peste !
la diligence du Grand Bureau n'est jamais en
retard.

— Et ce monsieur est-il jeune ? demanda l'abbé
Cruchot.

— Oui, répondit M. des Grassins. Il apporte des
bagages qui doivent peser au moins trois cents
kilos.

— Nanon ne revient pas, dit Eugénie.

— Ce ne peut être qu'un de vos parents, dit le
président.

— Faisons les mises, s'écria doucement
Mme Grandet. A sa voix, j'ai vu que M. Grandet
était contrarié; peut-être ne serait-il pas content de
s'apercevoir que nous parlons de ses affaires.

— Mademoiselle, dit Adolphe à sa voisine, ce
sera sans doute votre cousin Grandet, un bien joli
jeune homme que j'ai vu au bal de M. de Nucingen [104].

Adolphe ne continua pas, sa mère lui marcha sur
le pied; puis, en lui demandant à haute voix deux
sous pour sa mise :

— Veux-tu te taire, grand nigaud ! lui dit-elle à l'oreille !

En ce moment, Grandet rentra sans la grande Nanon, dont le pas et celui du facteur retentirent dans les escaliers; il était suivi du voyageur qui depuis quelques instants excitait tant de curiosité et préoccupait si vivement les imaginations, que son arrivée en ce logis et sa chute au milieu de ce monde peut être comparée à celle d'un colimaçon dans une ruche, ou à l'introduction d'un paon dans quelque obscure basse-cour de village.

— Asseyez-vous auprès du feu, lui dit Grandet.

Avant de s'asseoir, le jeune étranger salua très gracieusement l'assemblée. Les hommes se levèrent pour répondre par une inclination polie, et les femmes firent une révérence cérémonieuse.

— Vous avez sans doute froid, monsieur ? dit Mme Grandet; vous arrivez peut-être de... ?

— Voilà bien les femmes ! dit le vieux vigneron en quittant la lecture d'une lettre qu'il tenait à la main; laissez donc monsieur se reposer.

— Mais, mon père, monsieur a peut-être besoin de quelque chose, dit Eugénie.

— Il a une langue, répondit sévèrement le vigneron.

L'inconnu fut seul surpris de cette scène. Les autres personnes étaient faites aux façons despotiques du bonhomme. Néanmoins, quand ces deux demandes et ces deux réponses furent échangées, l'inconnu se leva, présenta le dos au feu, leva l'un de ses pieds pour chauffer la semelle de ses bottes, et dit à Eugénie :

— Ma cousine, je vous remercie, j'ai dîné à

Tours. Et, ajouta-t-il en regardant Grandet, je n'ai besoin de rien, je ne suis même point fatigué.

— Monsieur vient de la capitale ? demanda Mme des Grassins.

M. Charles, ainsi se nommait le fils de M. Grandet, de Paris, en s'entendant interpeller, prit un petit lorgnon suspendu par une chaîne à son cou, l'appliqua sur son œil droit pour examiner et ce qu'il y avait sur la table et les personnes qui y étaient assises, lorgna fort impertinemment Mme des Grassins, et lui dit, après avoir tout vu :

— Oui, madame. — Vous jouez au loto, ma tante, ajouta-t-il; je vous en prie, continuez votre jeu, il est trop amusant pour le quitter...

— J'étais sûre que c'était le cousin, pensait Mme des Grassins en lui jetant de petites œillades.

— 47, cria le vieil abbé. Marquez donc, Mme des Grassins, n'est-ce pas votre numéro ?

M. des Grassins mit un jeton sur le carton de sa femme, qui, saisie par de tristes pressentiments, observa tour à tour le cousin de Paris et Eugénie, sans songer au loto. De temps en temps, la jeune héritière lança de furtifs regards à son cousin, et la femme du banquier put facilement y découvrir un *crescendo* d'étonnement ou de curiosité.

LE COUSIN DE PARIS

M. CHARLES GRANDET, beau jeune homme de vingt-deux ans, produisait en ce moment un singulier contraste avec les bons provinciaux que déjà ses manières aristocratiques révoltaient passablement, et que tous étudiaient pour se moquer de lui. Ceci veut une explication.

A vingt-deux ans, les jeunes gens sont encore assez voisins de l'enfance pour se laisser aller à des enfantillages. Aussi, peut-être, sur cent d'entre eux, s'en rencontrerait-il bien quatre-vingt-dix-neuf qui se seraient conduits comme se conduisait Charles Grandet [105]. Quelques jours avant cette soirée, son père lui avait dit d'aller pour quelques mois chez son frère de Saumur. Peut-être M. Grandet, de Paris, pensait-il à Eugénie. Charles, qui tombait en province pour la première fois, eût la pensée d'y paraître avec la supériorité d'un jeune homme à la mode, de désespérer l'arrondissement par son luxe, d'y faire époque, et d'y importer les inventions de la vie parisienne. Enfin, pour tout expliquer d'un mot, il voulait passer à Saumur plus de temps qu'à Paris à se brosser les ongles, et y affecter l'excessive recherche de mise que parfois un jeune homme

élégant abandonne pour une négligence qui ne
manque pas de grâce.

Charles emporta donc le plus joli costume de
chasse, le plus joli fusil, le plus joli couteau, la plus
jolie gaine de Paris. Il emporta sa collection de
gilets les plus ingénieux : il y en avait de gris, de
blancs, de noirs, de couleur scarabée, à reflets d'or,
de pailletés, de chinés, de doubles, à châle ou droits
de col, à col renversé, de boutonnés jusqu'en haut,
à boutons d'or. Il emporta toutes les variétés de
cols et de cravates en faveur à cette époque. Il
emporta deux habits de Buisson [106] et son linge le
plus fin. Il emporta sa jolie toilette d'or, présent de
sa mère. Il emporta ses colifichets de dandy, sans
oublier une ravissante petite écritoire donnée par
la plus aimable des femmes, pour lui du moins,
par une grande dame qu'il nommait Annette, et
qui voyageait maritalement, ennuyeusement, en
Écosse, victime de quelques soupçons auxquels
besoin était de sacrifier momentanément son
bonheur ; puis force joli papier pour lui écrire une
lettre par quinzaine. Ce fut enfin une cargaison de
futilités parisiennes aussi complète qu'il était possible de la faire, et où, depuis la cravache qui sert
à commencer un duel jusqu'aux beaux pistolets
ciselés qui le terminent, se trouvaient tous les
instruments aratoires dont se sert un jeune oisif
pour labourer la vie. Son père lui ayant dit de
voyager seul et modestement, il était venu [107] dans
le coupé de la diligence retenu pour lui seul, assez
content de ne pas gâter [108] une délicieuse voiture de
voyage commandée pour aller au-devant de son
Annette, la grande dame que... etc., et qu'il devait

rejoindre en juin prochain aux eaux de Baden.

Charles comptait rencontrer cent personnes chez son oncle, chasser à courre dans les forêts de son oncle, y vivre enfin de la vie de château; il ne savait pas le trouver à Saumur, où il ne s'était informé de lui que pour demander le chemin de Froidfond; mais, en le sachant en ville, il crut l'y voir dans un grand hôtel. Afin de débuter convenablement chez son oncle, soit à Saumur, soit à Froidfond, il avait fait la toilette de voyage la plus coquette, la plus simplement recherchée, la plus adorable, pour employer le mot qui dans ce temps résumait les perfections spéciales d'une chose ou d'un homme. A Tours, un coiffeur venait de lui refriser ses beaux cheveux châtains; il y avait changé de linge et mis une cravate de satin noir, combinée avec un col rond [109] de manière à encadrer agréablement sa blanche et rieuse figure. Une redingote de voyage à demi boutonnée lui pinçait la taille, et laissait voir un gilet de cachemire à châle sous lequel était un second gilet blanc. Sa montre, négligemment abandonnée au hasard dans une poche [110], se rattachait par une courte chaîne d'or à l'une des boutonnières. Son pantalon gris se boutonnait sur les côtés, où des dessins brodés en soie noire enjolivaient les coutures. Il maniait agréablement une canne dont la pomme d'or sculptée n'altérait point la fraîcheur de ses gants gris [111]. Enfin, sa casquette était d'un goût excellent.

Un Parisien, un Parisien de la sphère la plus élevée pouvait seul et s'agencer ainsi sans paraître ridicule, et donner une harmonie de fatuité à toutes ces niaiseries, que soutenait d'ailleurs un air brave[112], l'air d'un jeune homme qui a de beaux pistolets, le coup sûr et Annette.

Maintenant, si vous voulez bien comprendre la surprise respective des Saumurois et du jeune Parisien, voir parfaitement le vif éclat [113] que l'élégance du voyageur jetait au milieu des ombres grises de la salle et des figures qui composaient le tableau de famille, essayez de vous représenter les Cruchot. Tous les trois prenaient du tabac, et ne songeaient plus depuis longtemps à éviter ni les roupies ni les petites galettes noires qui parsemaient le jabot de leurs chemises rousses, à cols recroquevillés et à plis jaunâtres. Leurs cravates molles se roulaient en corde aussitôt qu'ils se les étaient attachées au cou. L'énorme quantité de linge qui leur permettait de ne faire la lessive que tous les six mois, et de le garder au fond de leurs armoires, laissait le temps y imprimer ses teintes grises et vieilles. Il y avait en eux une parfaite entente de mauvaise grâce et de sénilité. Leurs figures, aussi flétries que l'étaient leurs habits râpés, aussi plissées que leurs pantalons, semblaient usées, racornies, et grimaçaient.

La négligence générale des autres costumes, tous incomplets, sans fraîcheur, comme le sont les toilettes de province, où l'on arrive insensiblement à ne plus s'habiller les uns pour les autres, et à prendre garde au prix d'une paire de gants, s'accordait avec l'insouciance des Cruchot. L'horreur de la mode était le seul point sur lequel les grassinistes et les cruchotins s'entendissent parfaitement. Le Parisien prenait-il son lorgnon pour examiner les singuliers accessoires de la salle, les solives du plancher, le ton des boiseries ou les points que les mouches y avaient imprimés et dont le nombre aurait suffi pour ponctuer l'*Encyclopédie méthodique* et *le Moniteur*[114], aussitôt les joueurs de loto levaient le nez et le considéraient avec autant de curiosité qu'ils en eussent manifesté pour une girafe. M. des Grassins et son fils, auxquels la figure d'un homme à la mode n'était pas inconnue, s'associèrent néanmoins à l'étonnement de leurs voisins, soit qu'ils éprouvassent l'indéfinissable influence d'un sentiment général, soit qu'ils l'approuvassent en disant à leurs compatriotes par des œillades pleines d'ironie : « Voilà comme *ils* sont à Paris. »

Tous pouvaient, d'ailleurs, observer Charles à loisir, sans craindre de déplaire au maître du logis. Grandet était absorbé dans la longue lettre qu'il tenait, et il avait pris pour la lire l'unique flambeau de la table, sans se soucier de ses hôtes ni de leur plaisir. Eugénie, à qui le type d'une perfection semblable, soit dans la mise, soit dans la personne, était entièrement inconnu, crut voir en son cousin une créature descendue de quelque région séraphique. Elle respirait avec délices les parfums exhalés par cette chevelure si brillante, si gracieusement bouclée. Elle aurait voulu pouvoir toucher la peau satinée de ces jolis gants fins. Elle enviait les petites mains de Charles, son teint, la fraîcheur et la délicatesse de ses traits. Enfin, si toutefois cette image peut résumer les impressions que le jeune élégant produisit sur une ignorante fille sans cesse occupée à rapetasser des bas, à ravauder la garde-robe de son père, et dont la vie s'était écoulée sous ces crasseux lambris sans voir dans cette rue silencieuse plus d'un passant par heure, la vue de son cousin fit sourdre en son cœur les émotions de fine volupté [115] que causent à un jeune homme les fantastiques figures de femmes dessinées par Westall dans les keepsakes anglais, et gravées par les Finden [116] d'un burin si habile, qu'on a peur, en soufflant sur le vélin, de faire envoler ces apparitions célestes.

Charles tira de sa poche un mouchoir brodé par la grande dame qui voyageait en Écosse. En voyant ce joli ouvrage fait avec amour pendant les heures perdues pour l'amour, Eugénie regarda son cousin pour savoir s'il allait bien réellement s'en servir. Les manières de Charles, ses gestes, la façon dont il prenait son lorgnon, son impertinence affectée, son mépris pour le coffret qui venait de faire tant de plaisir à la riche héritière et qu'il trouvait évidemment ou sans valeur ou ridicule; enfin, tout ce qui choquait les Cruchot et les des Grassins lui plaisait si fort, qu'avant de s'endormir elle dut rêver longtemps à ce phénix des cousins.

Les numéros se tiraient fort lentement, mais bientôt le loto fut arrêté. La grande Nanon entra et dit tout haut:

— Madame, va falloir me donner des draps pour faire le lit à ce monsieur.

Mme Grandet suivit Nanon [117]. Mme des Grassins dit alors à voix basse:

— Gardons nos sous et laissons le loto.

Chacun reprit ses deux sous dans la vieille soucoupe écornée où il les avait mis; puis l'assemblée se remua en masse et fit un quart de conversion vers le feu.

— Vous avez donc fini ? dit Grandet sans quitter sa lettre.

— Oui, oui, répondit Mme des Grassins en venant prendre place près de Charles.

Eugénie, mue par une de ces pensées qui naissent au cœur des jeunes filles quand un sentiment s'y loge pour la première fois, quitta la salle pour aller aider sa mère et Nanon. Si elle avait été questionnée par un confesseur habile, elle lui eût sans doute avoué qu'elle ne songeait ni à sa mère ni à Nanon, mais qu'elle était travaillée par un poignant désir d'inspecter la chambre de son cousin pour s'y occuper de son cousin, pour y placer quoi que ce fût, pour obvier à un oubli, pour y tout prévoir, afin de la rendre, autant que possible, élégante et propre. Eugénie se croyait déjà seule capable de comprendre les goûts et les idées de son cousin.

En effet, elle arriva fort heureusement pour prouver à sa mère et à Nanon, qui revenaient pensant avoir tout fait, que tout était à faire. Elle donna l'idée à la grande Nanon de bassiner les draps avec la braise du feu; elle couvrit elle-même la vieille table d'un napperon, et recommanda bien à Nanon de changer le napperon tous les matins. Elle convainquit sa mère de la nécessité d'allumer un bon feu dans la cheminée, et détermina Nanon à monter, sans en rien dire à son père, un gros tas de bois dans le corridor. Elle courut chercher dans une des encoignures de la salle un plateau de vieux laque qui venait de la succession de feu le vieux M. de la Bertellière, y prit également un verre de cristal à six pans, une petite cuiller décorée, un flacon antique où étaient gravés des Amours, et

mit triomphalement le tout sur un coin de la cheminée. Il lui avait plus surgi d'idées en un quart
d'heure qu'elle n'en avait eu depuis qu'elle était
au monde.

— Maman, dit-elle, jamais mon cousin ne sup-
portera l'odeur d'une chandelle. Si nous achetions
de la bougie ?...

Elle alla, légère comme un oiseau, tirer de sa
bourse l'écu de cent sous qu'elle avait reçu pour
ses dépenses du mois.

— Tiens, Nanon, dit-elle, va vite.

— Mais que dira ton père ?

Cette objection terrible fut proposée par
Mme Grandet en voyant sa fille armée d'un sucrier
de vieux sèvres rapporté du château de Froidfond
par Grandet.

— Et où prendras-tu donc du sucre ? es-tu
folle ?

— Maman, Nanon achètera aussi bien du sucre
que de la bougie.

— Mais ton père ?

— Serait-il convenable que son neveu ne pût
boire un verre d'eau sucrée ? D'ailleurs, il n'y fera
pas attention.

— Ton père voit tout, dit Mme Grandet en
hochant la tête.

Nanon hésitait, elle connaissait son maître.

— Mais va donc, Nanon, puisque c'est ma fête !

Nanon laissa échapper un gros rire en entendant
la première plaisanterie que sa jeune maîtresse eût
jamais faite, et lui obéit.

Pendant qu'Eugénie et sa mère s'efforçaient
d'embellir la chambre destinée par M. Grandet à

son neveu, Charles se trouvait l'objet des attentions
de Mme des Grassins, qui lui faisait des agaceries.

— Vous êtes bien courageux, monsieur, lui dit-
elle, de quitter les plaisirs de la capitale pendant
l'hiver pour venir habiter Saumur. Mais, si nous
ne vous faisons pas trop peur, vous verrez que l'on
peut encore s'y amuser.

Elle lui lança une véritable œillade de province,
où par habitude les femmes mettent tant de réserve
et de prudence dans leurs yeux qu'elles leur communiquent la friande concupiscence particulière à
ceux des ecclésiastiques pour qui tout plaisir
semble ou un vol ou une faute.

Charles se trouvait si dépaysé dans cette salle, si
loin du vaste château et de la fastueuse existence
qu'il supposait à son oncle [118], qu'en regardant attentivement Mme des Grassins, il aperçut enfin une
image à demi effacée des figures parisiennes. Il
répondit avec grâce à l'espèce d'invitation qui lui
était adressée, et il s'engagea naturellement une conversation, dans laquelle Mme des Grassins baissa
graduellement sa voix pour la mettre en harmonie
avec la nature de ses confidences. Il existait chez elle
et chez Charles un même besoin de confiance. Aussi,
après quelques moments de causerie coquette et de
plaisanteries sérieuses, l'adroite provinciale put-elle
lui dire sans se croire entendue des autres personnes,
qui parlaient de la vente des vins, dont s'occupait
en ce moment tout le Saumurois :

— Monsieur, si vous voulez nous faire l'honneur
de venir nous voir, vous ferez très-certainement
autant de plaisir à mon mari qu'à moi. Notre salon
est le seul dans Saumur où vous trouverez réunis

le haut commerce et la noblesse : nous appartenons aux deux sociétés, qui ne veulent se rencontrer que là, parce qu'on s'y amuse. Mon mari, je le dis avec orgueil, est également considéré par les uns et par les autres. Ainsi, nous tâcherons de faire diversion à l'ennui de votre séjour ici. Si vous restiez chez M. Grandet, que deviendriez-vous, bon Dieu ! Votre oncle est un grigou qui ne pense qu'à ses provins; votre tante est une dévote qui ne sait pas coudre deux idées, et votre cousine est une petite sotte, sans éducation, commune, sans dot, et qui passe sa vie à raccommoder des torchons.

— Elle est très-bien, cette femme, se dit en lui-même Charles Grandet, en répondant aux minauderies de Mme des Grassins.

— Il me semble, ma femme, que tu veux accaparer monsieur, dit en riant le gros et grand banquier.

A cette observation, le notaire et le président dirent des mots plus ou moins malicieux; mais l'abbé les regarda d'un air fin, et résuma leurs pensées en prenant une pincée de tabac, et offrant sa tabatière à la ronde :

— Qui mieux que madame, dit-il, pourrait faire à monsieur les honneurs de Saumur ?

— Ah çà ! comment l'entendez-vous, monsieur l'abbé ? demanda M. des Grassins.

— Je l'entends, monsieur, dans le sens le plus favorable pour vous, pour madame, pour la ville de Saumur et pour monsieur, ajouta le rusé vieillard en se tournant vers Charles.

Sans paraître y prêter la moindre attention, l'abbé Cruchot avait su deviner la conversation de Charles et de Mme des Grassins.

— Monsieur, dit enfin Adolphe à Charles d'un air qu'il aurait voulu rendre dégagé, je ne sais si vous avez conservé quelque souvenir de moi; j'ai eu le plaisir d'être votre vis-à-vis à un bal donné par M. le baron de Nucingen, et [119]...

— Parfaitement, monsieur, parfaitement, répondit Charles, surpris de se voir l'objet des attentions de tout le monde.

— Monsieur est votre fils, demanda-t-il à Mme des Grassins.

L'abbé regarda malicieusement la mère.

— Oui, monsieur, dit-elle.

— Vous étiez donc bien jeune à Paris ? reprit Charles en s'adressant à Adolphe.

— Que voulez-vous, monsieur, dit l'abbé, nous les envoyons à Babylone aussitôt qu'ils sont sevrés.

Mme des Grassins interrogea l'abbé par un regard d'une étonnante profondeur.

— Il faut venir en province, dit-il en continuant, pour trouver des femmes de trente et quelques années aussi fraîches que l'est madame, après avoir eu des fils bientôt licenciés en droit. Il me semble être encore au jour où les jeunes gens et les dames montaient sur des chaises pour vous voir danser au bal, madame, ajouta l'abbé en se tournant vers son adversaire femelle. Pour moi, vos succès sont d'hier...

— Oh ! le vieux scélérat ! se dit, en elle-même Mme des Grassins, me devinerait-il donc ?

— Il paraît que j'aurai beaucoup de succès à Saumur, se disait Charles en déboutonnant sa redingote, mettant la main dans son gilet, et jetant son regard à travers les espaces pour imiter la pose donnée à lord Byron par Chantrey [120].

L'inattention du père Grandet, ou, pour mieux dire, la préoccupation dans laquelle le plongeait la lecture de sa lettre, n'échappa ni au notaire ni au président, qui tâchaient d'en conjecturer le contenu par les imperceptibles mouvements de la figure du bonhomme, alors fortement éclairée par la chandelle. Le vigneron maintenait difficilement le calme habituel de sa physionomie. D'ailleurs, chacun pourra se peindre la contenance affectée par cet homme en lisant la fatale lettre que voici :

« Mon frère, voici bientôt vingt-trois ans que nous ne nous sommes vus. Mon mariage a été l'objet de notre dernière entrevue, après laquelle nous nous sommes quittés joyeux l'un et l'autre. Certes, je ne pouvais guère prévoir que tu serais un jour le seul soutien de la famille, à la prospérité de laquelle tu applaudissais alors. Quand tu tiendras cette lettre en tes mains, je n'existerai plus. Dans la position où j'étais, je n'ai pas voulu survivre à la honte d'une faillite. Je me suis tenu sur le bord du gouffre jusqu'au dernier moment, espérant surnager toujours. Il faut y tomber. Les banqueroutes réunies de mon agent de change et de Roguin [121], mon notaire, m'emportent mes dernières ressources et ne me laissent rien. J'ai la douleur de devoir près de quatre millions [122] sans pouvoir offrir plus de vingt-cinq pour cent [123] d'actif. Mes vins emmagasinés éprouvent en ce moment la baisse ruineuse que causent l'abondance et la qualité de vos récoltes. Dans trois jours, Paris dira : « M. Grandet était un fripon ! » Je me coucherai, moi probe, dans un linceul d'infamie. Je ravis à mon fils et son nom que j'entache et la fortune de sa mère. Il ne sait rien de cela, ce malheureux enfant que j'idolâtre. Nous nous sommes dit adieu tendrement. Il ignorait, par bonheur, que les derniers flots de ma vie s'épanchaient dans cet adieu. Ne me maudira-t-il pas un jour ? Mon frère, mon frère, la malédiction de nos enfants est épouvantable ! ils peuvent appeler de la nôtre, mais la leur est irrévocable. Grandet, tu es mon aîné, tu me dois ta protection : fais que Charles ne jette aucune parole amère sur ma tombe ! Mon frère, si je t'écrivais avec mon sang et mes larmes, il n'y aurait pas autant de douleurs que j'en mets dans cette lettre; car je pleurerais, je saignerais, je serais mort, je ne souffrirais plus; mais je souffre et vois la mort d'un œil sec. Te voilà donc le père de Charles ! il n'a point de parents du côté maternel, tu sais pourquoi. Pourquoi n'ai-je pas obéi aux préjugés sociaux ? Pourquoi ai-je cédé à l'amour ? Pourquoi ai-je épousé la fille naturelle d'un grand seigneur ? Charles n'a plus de famille. O mon malheureux fils ! mon fils !... Écoute, Grandet, je ne suis pas venu t'implorer pour moi; d'ailleurs, tes biens ne sont peut-être pas assez considérables pour supporter une hypothèque de trois millions; mais pour mon fils ! Sache-le bien, mon frère, mes mains suppliantes se sont jointes en pensant à toi. Grandet, je te confie Charles en mourant. Enfin je regarde mes pistolets sans douleur, en pensant que tu lui serviras de père. Il m'aimait bien, Charles; j'étais si bon pour lui, je ne le contrariais jamais : il ne me maudira pas. D'ailleurs, tu verras; il est doux, il tient de sa mère, il ne te donnera jamais de chagrin. Pauvre enfant ! accoutumé aux jouissances du luxe, il ne connaît aucune des privations auxquelles nous a condamnés l'un et l'autre notre première misère... Et le voilà ruiné, seul ! Oui, tous ses amis le fuiront, et c'est moi qui serai la cause de ses humiliations. Ah ! je voudrais avoir le bras assez fort pour l'envoyer d'un seul coup dans les cieux, près de sa mère. Folie ! je reviens à mon malheur, à celui de Charles. Je te l'ai donc envoyé pour que tu lui apprennes convenablement et ma mort et son sort à venir. Sois un père pour lui, mais un bon père. Ne l'arrache pas tout à coup à sa vie oisive, tu le tuerais. Je lui demande à genoux de renoncer aux créances qu'en qualité d'héritier de sa mère il pourrait exercer contre moi. Mais c'est une prière superflue ; il a de l'honneur, et sentira bien qu'il ne doit pas se joindre à mes créanciers. Fais-le renoncer à ma succession en temps utile. Révèle-lui les dures conditions de la vie que je lui fais ; et, s'il me conserve sa tendresse, dis-lui bien en mon nom que tout n'est pas perdu pour lui. Oui, le travail, qui nous a sauvés tous deux, peut lui rendre la fortune que je lui emporte ; et, s'il veut écouter la voix de son père, qui pour lui voudrait sortir un moment du tombeau, qu'il parte, qu'il aille aux Indes ! Mon frère, Charles est un jeune homme probe et courageux : tu lui feras une pacotille, il mourrait plutôt que de ne pas te rendre les premiers fonds que tu lui prêteras ; car tu lui en prêteras, Grandet ! sinon tu te créerais des remords. Ah ! si mon enfant ne trouvait ni secours ni tendresse en toi, je demanderais éternellement vengeance à Dieu de ta dureté. Si j'avais pu sauver quelques valeurs, j'avais bien le droit de lui remettre une somme sur le bien de sa mère ; mais les payements de ma fin du mois avaient absorbé toutes mes ressources. Je n'aurais pas voulu mourir dans le doute sur le sort de mon enfant; j'aurais voulu sentir de saintes promesses dans la chaleur de ta main, qui m'eût réchauffé; mais le temps me manque. Pendant que Charles voyage, je suis obligé de dresser mon bilan. Je tâche de prouver par la bonne foi qui préside à mes affaires qu'il n'y a dans mes désastres ni faute ni improbité. N'est-ce pas m'occuper de Charles ? — Adieu, mon frère. Que toutes les bénédictions de Dieu te soient acquises pour la généreuse tutelle que je te confie, et que tu acceptes, je n'en doute pas. Il y aura sans cesse une voix qui priera pour toi dans le monde où nous devons aller tous un jour, et où je suis déjà.

« Victor-Ange-Guillaume GRANDET. »

— Vous causez donc ? dit le père Grandet en pliant avec exactitude la lettre dans les mêmes plis et la mettant dans la poche de son gilet.

Il regarda son neveu d'un air humble et craintif, sous lequel il cacha ses émotions et ses calculs.

— Vous êtes-vous réchauffé ?

— Très bien, mon cher oncle.

— Eh bien, où sont donc nos femmes ? dit l'oncle oubliant déjà que son neveu couchait chez lui.

En ce moment, Eugénie et madame Grandet rentrèrent.

— Tout est-il arrangé là-haut ? leur demanda le bonhomme en retrouvant son calme.

— Oui, mon père.

— Eh bien, mon neveu, si vous êtes fatigué, Nanon va vous conduire à votre chambre. Dame, ce ne sera pas un appartement de mirliflore ! mais vous excuserez de pauvres vignerons qui n'ont jamais le sou. Les impôts nous avalent tout.

— Nous ne voulons pas être indiscrets, Grandet, dit le banquier. Vous pouvez avoir à jaser avec votre neveu, nous vous souhaitons le bonsoir. A demain.

A ces mots, l'assemblée se leva, et chacun fit la révérence suivant son caractère. Le vieux notaire alla chercher sous la porte sa lanterne, et vint l'allumer en offrant aux des Grassins de les reconduire. Mme des Grassins n'avait pas prévu l'incident qui devait faire prématurément finir la soirée, et son domestique n'était pas arrivé [124].

— Voulez-vous me faire l'honneur d'accepter mon bras, madame ? dit l'abbé Cruchot à Mme des Grassins.

— Merci, monsieur l'abbé. J'ai mon fils, répondit-elle sèchement.

— Les dames ne sauraient se compromettre avec moi, dit l'abbé.

— Donne donc le bras à M. Cruchot, lui dit son mari.

L'abbé emmena la jolie dame assez lestement pour se trouver à quelques pas en avant de la caravane.

— Il est très bien, ce jeune homme, madame, lui dit-il en lui serrant le bras. *Adieu, paniers : vendanges sont faites !* Il vous faut dire adieu à Mlle Grandet, Eugénie sera pour le Parisien. A moins que ce cousin ne soit amouraché d'une Parisienne, votre fils Adophe va rencontrer en lui le rival le plus...

— Laissez donc, monsieur l'abbé. Ce jeune homme ne tardera pas à s'apercevoir qu'Eugénie est une niaise, une fille sans fraîcheur. L'avez-vous examinée Elle était, ce soir, jaune comme un coing.

— Vous l'avez peut-être déjà fait remarquer au cousin ?

— Et je ne m'en suis pas gênée...

— Mettez-vous toujours auprès d'Eugénie, madame, et vous n'aurez pas grand'chose à dire à ce jeune homme contre sa cousine, il fera de lui-même [125] une comparaison qui...

— D'abord, il m'a promis de venir dîner après-demain chez moi.

— Ah ! si vous vouliez, madame..., dit l'abbé.

— Et que voulez-vous que je veuille, monsieur l'abbé ? Entendez-vous ainsi me donner de mauvais conseils ? Je ne suis pas arrivée à l'âge de trente-neuf ans, avec une réputation sans tache, Dieu merci, pour la compromettre, même quand il s'agirait de l'empire du Grand Mogol. Nous sommes à un âge, l'un et l'autre, auquel on sait ce que parler veut dire. Pour un ecclésiastique, vous avez en vérité des idées bien incongrues. Fi ! cela est digne de Faublas.

— Vous avez donc lu *Faublas* ?

— Non, monsieur l'abbé; je voulais dire *Les Liaisons dangereuses*.

— Ah ! ce livre est infiniment plus moral, dit en riant l'abbé. Mais vous me faites aussi pervers que l'est un jeune homme d'aujourd'hui ! Je voulais simplement vous...

— Osez me dire que vous ne songiez pas à me conseiller de vilaines choses. Cela n'est-il pas clair ? Si ce jeune homme, qui est très-bien, j'en conviens, me faisait la cour, il ne penserait pas à sa cousine.

A Paris, je le sais, quelques bonnes mères se dévouent ainsi pour le bonheur et la fortune de leurs enfants; mais nous sommes en province, monsieur l'abbé.

— Oui, madame.

— Et, reprit-elle, je ne voudrais pas, ni Adolphe lui-même ne voudrait pas de cent millions achetés à ce prix.

— Madame, je n'ai point parlé de cent millions. La tentation eût été peut-être au-dessus de nos forces à l'un et à l'autre. Seulement, je crois qu'une honnête femme peut se permettre, en tout bien, tout honneur, de petites coquetteries sans conséquence, qui font partie de ses devoirs en société, et qui...

— Vous croyez?

— Ne devons-nous pas, madame, tâcher de nous être agréables les uns aux autres?... Permettez que je me mouche. Je vous assure, madame, reprit-il, qu'il vous lorgnait d'un air un peu plus flatteur que celui qu'il avait en me regardant; mais je lui pardonne d'honorer préférablement à la vieillesse la beauté...

— Il est clair, disait le président de sa grosse voix, que M. Grandet, de Paris, envoie son fils à Saumur dans des intentions extrêmement matrimoniales...

— Mais, alors, le cousin ne serait pas tombé comme une bombe, répondait le notaire.

— Cela ne dirait rien, observa M. des Grassins, le bonhomme est *cachottier*.

— Des Grassins, mon ami, je l'ai invité à dîner, ce jeune homme. Il faudra que tu ailles prier M. et Mme de Larsonnière et les du Hautoy [126], avec la belle demoiselle du Hautoy, bien entendu; pourvu qu'elle se mette bien ce jour-là! Par jalousie, sa mère la fagote si mal ! J'espère, messieurs, que vous nous ferez l'honneur de venir ? ajouta-t-elle en arrêtant le cortège pour se retourner vers les deux Cruchot.

— Vous voilà chez vous, madame, dit le notaire.

Après avoir salué les trois des Grassins, les trois Cruchot s'en retournèrent chez eux, en se servant de ce génie d'analyse que possèdent les provinciaux pour étudier sous toutes ses faces le grand événement de cette soirée, qui changeait les positions respectives des Cruchotins et des Grassinistes. L'admirable bon sens qui dirigeait les actions de ces grands calculateurs leur fit sentir aux uns et aux autres la nécessité d'une alliance momentanée contre l'ennemi commun. Ne devaient-ils pas mutuellement empêcher Eugénie d'aimer son cousin, et Charles de penser à sa cousine ? Le Parisien pourrait-il résister aux insinuations perfides, aux calomnies doucereuses, aux médisances pleines d'éloges, aux dénégations naïves qui allaient constamment tourner autour de lui pour le tromper [127] ?

Lorsque les quatre parents se trouvèrent seuls dans la salle, M. Grandet dit à son neveu :

— Il faut se coucher. Il est trop tard pour causer des affaires qui vous amènent ici; nous prendrons demain un moment convenable. Ici, nous déjeunons à huit heures. A midi, nous mangeons un fruit, un rien de pain sur le pouce, et nous buvons un verre de vin blanc; puis nous dînons, comme les Parisiens, à cinq heures. Voilà l'ordre. Si vous voulez voir la ville ou les environs, vous serez libre comme l'air. Vous m'excuserez si mes affaires ne me permettent pas toujours de vous accompagner. Vous les enten-

drez peut-être tous ici vous disant que je suis riche :
« M. Grandet par-ci, M. Grandet par-là ! » Je les
laisse dire, leurs bavardages ne nuisent point à mon
crédit. Mais je n'ai pas le sou, et je travaille à mon
âge comme un jeune compagnon, qui n'a pour tout
bien qu'une mauvaise plane et deux bons bras.
Vous verrez peut-être bientôt par vous-même ce
que coûte un écu quand il faut le suer. Allons, Nanon,
les chandelles !

— J'espère, mon neveu, que vous trouverez tout
ce dont vous aurez besoin, dit Mme Grandet; mais,
s'il vous manquait quelque chose, vous pourrez
appeler Nanon.

— Ma chère tante, ce serait difficile ; j'ai, je crois,
emporté toutes mes affaires ! Permettez-moi de
vous souhaiter une bonne nuit, ainsi qu'à ma jeune
cousine.

Charles prit des mains de Nanon une bougie
allumée, une bougie d'Anjou, bien jaune de ton,
vieillie en boutique et si pareille à de la chandelle,
que M. Grandet, incapable d'en soupçonner l'existence au logis, ne s'aperçut pas de cette magnificence.

— Je vais vous montrer le chemin, dit le bonhomme.

Au lieu de sortir par la porte de la salle qui donnait
sous la voûte, Grandet fit la cérémonie de passer par
le couloir qui séparait la salle de la cuisine. Une
porte battante garnie d'un grand carreau de verre
ovale fermait ce couloir du côté de l'escalier, afin
de tempérer le froid qui s'y engouffrait. Mais, en
hiver, la bise n'en sifflait pas moins par là très-rude-
ment, et, malgré les bourrelets mis aux portes de

la salle, à peine la chaleur s'y maintenait-elle à un
degré convenable.

Nanon alla verrouiller la grande porte, ferma la
salle, et détacha dans l'écurie un chien-loup dont la
voix était cassée comme s'il avait une laryngite.
Cet animal, d'une notable férocité, ne connaissait
que Nanon. Ces deux créatures champêtres s'entendaient. Quand Charles vit les murs jaunâtres et
enfumés de la cage où l'escalier à rampe vermoulue
tremblait sous le pas pesant de son oncle, son dégri-
sement alla *rinforzando*. Il se croyait dans un juchoir
à poules. Sa tante et sa cousine, vers lesquelles il se
retourna pour interroger leurs figures, étaient si bien
façonnées à cet escalier, que, ne devinant pas la cause
de son étonnement, elles le prirent pour une expression amicale, et y répondirent par un sourire agréable
qui le désespéra.

— Que diable mon père m'envoie-t-il faire ici ? se
disait-il.

Arrivé sur le premier palier, il aperçut trois portes
peintes en rouge étrusque et sans chambranles, des
portes perdues dans la muraille poudreuse et garnies
de bandes en fer boulonnées, apparentes, terminées
en façon de flammes comme l'était à chaque bout
la longue entrée de la serrure. Celle de ces portes qui
se trouvait en haut de l'escalier, et qui donnait
entrée dans la pièce située au-dessus de la cuisine,
était évidemment murée. On n'y pénétrait en effet
que par la chambre de Grandet, à qui cette pièce
servait de cabinet. L'unique croisée d'où elle tirait
son jour était défendue sur la cour par d'énormes
barreaux en fer grillagés.

Personne, pas même Mme Grandet, n'avait la

permission d'y venir, le bonhomme voulait y rester seul, comme un alchimiste à son fourneau. Là, sans doute, quelque cachette avait été très-habilement pratiquée, là s'emmagasinaient les titres de propriété, là pendaient les balances à peser les louis, là se faisaient nuitamment et en secret les quittances, les reçus, les calculs ; de manière que les gens d'affaires voyant toujours Grandet prêt à tout, pouvaient imaginer qu'il avait à ses ordres une fée ou un démon. Là, sans doute, quand Nanon ronflait à ébranler les planchers, quand le chien-loup veillait et bâillait dans la cour, quand Mme et Mlle Grandet étaient bien endormies, venait le vieux tonnelier choyer, caresser, couver, cuver, cercler son or. Les murs étaient épais, les contrevents discrets. Lui seul avait la chef de ce laboratoire, où, disait-on, il consultait des plans sur lesquels ses arbres à fruits étaient désignés et où il chiffrait ses produits, à un provin, à une bourrée près.

L'entrée de la chambre d'Eugénie faisait face à cette porte murée. Puis, au bout du palier, était l'appartement des deux époux, qui occupaient tout le devant de la maison. Mme Grandet avait une chambre contiguë à celle d'Eugénie, chez qui l'on entrait par une porte vitrée [128]. La chambre du maître était séparée de celle de sa femme par une cloison, et du mystérieux cabinet par un gros mur.

Le père Grandet avait logé son neveu au second étage, dans la haute mansarde située au-dessus de sa chambre, de manière à pouvoir l'entendre, s'il lui prenait fantaisie d'aller et de venir.

Quand Eugénie et sa mère arrivèrent au milieu du palier, elles se donnèrent le baiser du soir ; puis, après avoir dit à Charles quelques mots d'adieu, froids sur les lèvres, mais certes chaleureux au cœur de la fille, elles rentrèrent dans leurs chambres.

— Vous voilà chez vous, mon neveu, dit le père Grandet à Charles en lui ouvrant sa porte. Si vous aviez besoin de sortir, vous appelleriez Nanon. Sans elle, votre serviteur ! le chien vous mangerait sans vous dire un seul mot. Dormez bien. — Bonsoir. Ha ! ha ! ces dames vous ont fait du feu, reprit-il.

En ce moment, la grande Nanon apparut, armée d'une bassinoire.

— En voilà bien d'une autre ! dit M. Grandet. Prenez-vous mon neveu pour une femme en couches ? Veux-tu bien remporter ta braise, Nanon !

— Mais, monsieur, les draps sont humides, et ce monsieur est vraiment mignon comme une femme.

— Allons, va, puisque tu l'as dans la tête, dit Grandet en la poussant par les épaules, mais prends garde de mettre le feu.

Puis l'avare descendit en grommelant de vagues paroles.

Charles demeura pantois au milieu de ses malles. Après avoir jeté les yeux sur les murs d'une chambre en mansarde tendue de ce papier jaune à bouquets de fleurs qui tapisse les guinguettes[129], sur une cheminée en pierre de liais cannelée dont le seul aspect donnait froid [130], sur des chaises de bois jaune garnies en canne vernissée et qui semblaient avoir plus de quatre angles, sur une table de nuit ouverte dans laquelle aurait pu tenir un petit sergent de voltigeurs, sur le maigre tapis de lisière placé au bas d'un lit à ciel dont les pentes en drap trem-blaient [131] comme si elles allaient tomber, achevées par les vers, il regarda sérieusement la grande Nanon et lui dit :

— Ah çà ! ma chère enfant, suis-je bien chez M. Grandet, l'ancien maire de Saumur, frère de M. Grandet, de Paris ?

— Oui, monsieur, chez un ben aimable, un ben doux, un ben parfait monsieur. Faut-il que je vous aide à défaire vos malles ?

— Ma foi, je le veux bien, mon vieux troupier ! N'avez-vous pas servi dans les marins de la garde impériale ?

— Oh ! oh ! oh ! oh ! dit Nanon, quoi que c'est que ça, les marins de la garde ? C'est-il salé ? Ça va-t-il sur l'eau [132] ?

— Tenez, cherchez ma robe de chambre qui est dans cette valise. En voici la clef.

Nanon fut tout émerveillée de voir une robe de chambre en soie verte à fleurs d'or et à dessins antiques.

— Vous allez mettre ça pour vous coucher ? dit-elle.

— Oui.

— Sainte Vierge ! Le beau devant d'autel que ça ferait pour la paroisse. Mais, mon cher mignon monsieur, donnez donc ça à l'église, vous sau-verez votre âme, tandis que ça vous la fera perdre. Oh ! que vous êtes donc gentil comme ça. Je vais appeler mademoiselle pour qu'elle vous regarde.

— Allons, Nanon, puisque Nanon il y a, vou-lez-vous vous taire ! Laissez-moi me coucher, j'arrangerai mes affaires demain; et, si ma robe vous plaît tant, vous sauverez votre âme. Je suis trop bon chrétien pour vous la refuser en m'en allant, et vous pourrez en faire tout ce que vous voudrez.

Nanon resta plantée sur ses pieds, contemplant Charles, sans pouvoir ajouter foi à ses paroles.

— Me donner ce bel atour ! dit-elle en s'en allant. Il rêve déjà, ce monsieur. Bonsoir.

— Bonsoir, Nanon. — Qu'est-ce que je suis venu faire ici ? se dit Charles en s'endormant. Mon père n'est pas un niais, mon voyage doit avoir un but. Psch ! « A demain les affaires sérieuses » disait je ne sais quelle ganache grecque.

— Sainte Vierge ! qu'il est gentil, mon cousin ! se dit Eugénie en interrompant ses prières qui ce soir-là, ne furent pas finies.

Mme Grandet n'eut aucune pensée en se couchant. Elle entendait, par la porte de communication qui se trouvait au milieu de la cloison, l'avare se promenant de long en long dans sa chambre. Semblable à toutes les femmes timides, elle avait étudié le caractère de son seigneur. De même que la mouette prévoit l'orage, elle avait, à d'imperceptibles signes, pressenti la tempête intérieure qui agitait Grandet, et pour employer l'expression dont elle se servait, elle faisait alors la morte.

Grandet regardait la porte intérieurement doublée en tôle qu'il avait fait mettre à son cabinet, et se disait :

— Quelle idée bizarre a eue mon frère de me léguer son enfant ! Jolie succession ! Je n'ai pas vingt écus à donner. Mais qu'est-ce que vingt écus pour ce mirliflore, qui lorgnait mon baromètre comme s'il avait voulu en faire du feu ?

En songeant aux conséquences de ce testament de douleur, Grandet était peut-être plus agité que ne l'était son frère au moment où il le traça.

— J'aurais cette robe d'or ?... disait Nanon, qui s'endormit habillée de son devant d'autel, rêvant de fleurs, de tapis, de damas, pour la première fois de sa vie, comme Eugénie rêva d'amour.

AMOURS DE PROVINCE

Dans la pure et monotone vie des jeunes filles, il vient une heure délicieuse où le soleil leur épanche ses rayons dans l'âme, où la fleur leur exprime des pensées où les palpitations du cœur communiquent au cerveau leur chaude fécondance, et fondent les idées en un vague désir; jour d'innocente mélancolie et de suaves joyeusetés ! Quand les enfants commencent à voir, ils sourient; quand une fille entrevoit le sentiment dans la nature, elle sourit comme elle souriait enfant. Si la lumière est le premier amour de la vie, l'amour n'est-il pas la lumière du cœur ? Le moment de voir clair aux choses d'ici-bas était arrivé pour Eugénie.

Matinale comme toutes les filles de province, elle se leva de bonne heure, fit sa prière, et commença l'œuvre de sa toilette, occupation qui, désormais [133], allait avoir un sens. Elle lissa d'abord ses cheveux châtains, tordit leurs grosses nattes au-dessus de sa tête avec le plus grand soin, en évitant que les cheveux ne s'échappassent de leurs tresses, et introduisit dans sa coiffure une symétrie qui rehaussa la timide candeur de son visage, en accordant la simplicité des accessoires à la naïveté des lignes.

En se lavant plusieurs fois les mains dans de l'eau pure qui lui durcissait et rougissait la peau, elle regarda ses beaux bras ronds, et se demanda ce que faisait son cousin pour avoir les mains si mollement blanches, les ongles si bien façonnés. Elle mit des bas neufs et ses plus jolis souliers [134]. Elle se laça droit, sans passer d'œillets. Enfin souhaitant pour la première fois de sa vie, de paraître à son avantage, elle connut le bonheur d'avoir une robe fraîche, bien faite, et qui la rendait attrayante.

Quand sa toilette fut achevée, elle entendit sonner l'horloge de la paroisse, et s'étonna de ne compter que sept heures. Le désir d'avoir tout le temps nécessaire pour se bien habiller l'avait fait lever trop tôt. Ignorant l'art de remanier dix fois une boucle de cheveux et d'en étudier l'effet, Eugénie se croisa tout bonnement les bras, s'assit à sa fenêtre, contempla la cour, le jardin étroit et les hautes terrasses qui le dominaient; vue mélancolique, bornée, mais qui n'était pas dépourvue des mystérieuses beautés particulières aux endroits solitaires ou à la nature inculte.

Auprès de la cuisine se trouvait un puits entouré d'une margelle, et à poulie maintenue dans une branche de fer courbée, qu'embrassait une vigne aux pampres flétris, rougis, brouis par la saison; de là, le tortueux sarment gagnait le mur, s'y attachait, courait le long de la maison et finissait sur un bûcher où le bois [135] était rangé avec autant d'exactitude que peuvent l'être les livres d'un bibliophile. Le pavé de la cour offrait ces teintes noirâtres produites avec le temps par les mousses, par les herbes, par le défaut de mouvement. Les murs épais présentaient leur chemise verte, ondée de longues traces brunes. Enfin, les huit marches qui régnaient au fond de la cour et menaient à la porte du jardin étaient disjointes et ensevelies sous de hautes plantes, comme le tombeau d'un chevalier enterré par sa veuve au temps des croisades. Au-dessus d'une assise de pierres toutes rongées s'élevait une grille de bois pourri, à moitié tombée de vétusté, mais à laquelle se mariaient à leur gré des plantes grimpantes. De chaque côté de la porte à claire-voie s'avançaient les rameaux tortus de deux pommiers rabougris. Trois allées parallèles, sablées et séparées par des carrés dont les terres étaient maintenues au moyen d'une bordure en buis, composaient ce jardin que terminait, au bas de la terrasse, un couvert de tilleuls. A un bout, des framboisiers; à l'autre, un immense noyer qui inclinait ses branches jusque sur le cabinet du tonnelier. Un jour pur et le beau soleil des automnes naturels aux rives de la Loire commençaient à dissiper le glacis imprimé par la nuit aux pittoresques objets, aux murs, aux plantes qui meublaient ce jardin et la cour.

Eugénie trouva des charmes tout nouveaux dans l'aspect de ces choses, auparavant si ordinaires pour elle. Mille pensées confuses naissaient dans son âme, et y croissaient à mesure que croissaient au dehors les rayons du soleil. Elle eut enfin ce mouvement de plaisir vague, inexplicable, qui enveloppe l'être moral, comme un nuage envelopperait l'être physique. Ses réflexions s'accordaient avec les détails de ce singulier paysage, et les harmonies de son cœur firent alliance avec les harmonies de la nature.

Quand le soleil atteignit un pan de mur d'où
tombaient des cheveux - de - Vénus aux feuilles
épaisses à couleurs changeantes comme la gorge
des pigeons, de célestes rayons d'espérance illumi-
nèrent l'avenir pour Eugénie, qui désormais se plut
à regarder ce pan de mur [136], ses fleurs pâles, ses
clochettes bleues et ses herbes fanées, auxquelles
se mêla un souvenir gracieux comme ceux de l'enfance. Le bruit que chaque feuille produisait dans
cette cour sonore en se détachant de son rameau
donnait une réponse aux secrètes interrogations de
la jeune fille, qui serait restée là toute la journée
sans s'apercevoir de la fuite des heures.

Puis vinrent de tumultueux mouvements d'âme.
Elle se leva fréquemment, se mit devant son miroir
et s'y regarda, comme un auteur de bonne foi contemple son œuvre pour se critiquer et se dire des
injures à lui-même.

— Je ne suis pas assez belle pour lui !

Telle était la pensée d'Eugénie, pensée humble
et fertile en souffrances. La pauvre fille ne se rendait pas justice; mais la modestie, ou mieux la
crainte, est une des premières vertus de l'amour.
Eugénie appartenait bien à ce type d'enfants fortement constitués, comme ils le sont dans la petite
bourgeoisie, et dont les beautés paraissent vulgaires;
mais, si elle ressemblait à la Vénus de Milo, ses
formes étaient ennoblies par cette suavité du sentiment chrétien, qui purifie la femme et lui donne
une distinction [137] inconnue aux sculpteurs anciens.
Elle avait une tête énorme, le front masculin, mais
délicat, du Jupiter de Phidias, et des yeux gris
auxquels sa chaste vie, en s'y portant tout entière,

imprimait une lumière jaillissante. Les traits de son
visage rond, jadis frais et rose, avaient été grossis
par une petite vérole assez clémente pour n'y point
laisser de traces, mais qui avait détruit le velouté
de la peau, néanmoins si douce et si fine encore,
que le pur baiser de sa mère y traçait passagère-
ment une marque rouge. Son nez était un peu trop
fort, mais il s'harmonisait avec une bouche d'un
rouge de minium, dont les lèvres à mille raies étaient
pleines d'amour et de bonté. Le cou avait une
rondeur parfaite. Le corsage bombé, soigneusement
voilé, attirait le regard et faisait rêver; il manquait
sans doute un peu de la grâce due à la toilette [138];
mais, pour les connaisseurs, la non-flexibilité de
cette haute taille devait être un charme. Eugénie,
grande et forte, n'avait donc rien du joli qui plaît
aux masses; mais elle était belle de cette beauté si
facile à reconnaître, et dont s'éprennent seulement
les artistes. Le peintre qui cherche ici-bas un type
à la céleste pureté de Marie, qui demande à toute
la nature féminine ces yeux modestement fiers
devinés par Raphaël, ces lignes vierges souvent
dues aux hasards de la conception, mais qu'une vie
chrétienne et pudique peut seule conserver [139] ou
faire acquérir; ce peintre, amoureux d'un si rare
modèle, eût trouvé tout à coup dans le visage
d'Eugénie la noblesse innée qui s'ignore; il eût vu
sous un front calme un monde d'amour, et, dans
la coupe des yeux, dans l'habitude des paupières, le
je ne sais quoi divin. Ses traits, les contours de sa
tête, que l'expression du plaisir n'avait jamais ni
altérés ni fatigués, ressemblaient aux lignes d'ho-
rizon si doucement tranchées dans le lointain des

lacs tranquilles. Cette physionomie calme, colorée, bordée d'une lueur comme une jolie fleur éclose [140], reposait l'âme, communiquait le charme de la conscience qui s'y reflétait et commandait le regard [141].

Eugénie était encore sur la rive de la vie où fleurissent les illusions enfantines, où se cueillent les marguerites avec des délices plus tard inconnues. Aussi se dit-elle en se mirant, sans savoir encore ce qu'était l'amour :

— Je suis trop laide, il ne fera pas attention à moi !

Puis elle ouvrit la porte de sa chambre qui donnait sur l'escalier, et tendit le cou pour écouter les bruits de la maison.

— Il ne se lève pas, pensa-t-elle en entendant la tousserie matinale de Nanon, et la bonne fille allant, venant, balayant la salle, allumant son feu, enchaînant le chien et parlant à ses bêtes dans l'écurie.

Aussitôt Eugénie descendit et courut à Nanon, qui trayait la vache.

— Nanon, ma bonne Nanon, fais donc de la crème pour le café de mon cousin.

— Mais, mademoiselle, il aurait fallu s'y prendre hier, dit Nanon, qui partit d'un gros éclat de rire. Je ne peux pas faire de la crème. Votre cousin est mignon, mignon, mais vraiment mignon. Vous ne l'avez pas vu dans sa chambrelouque [142] de soie et d'or. Je l'ai vu, moi. Il porte du linge fin comme celui du surplis à M. le Curé.

— Nanon, fais-nous donc de la galette.

— Et qui me donnera du bois pour le four, et

de la farine, et du beurre ? dit Nanon, laquelle, en sa qualité de premier ministre de Grandet, prenait parfois une importance énorme aux yeux d'Eugénie et de sa mère. Faut-il pas le voler, cet homme, pour fêter votre cousin ? Demandez-lui du beurre, de la farine, du bois, il est votre père, il peut vous en donner. Tenez, le voilà qui descend pour voir aux provisions...

Eugénie se sauva dans le jardin, tout épouvantée, en entendant trembler l'escalier sous le pas de son père. Elle éprouvait déjà les effets de cette profonde pudeur et de cette conscience particulière de notre bonheur qui nous fait croire, non sans raison peut-être, que nos pensées sont gravées sur notre front et sautent aux yeux d'autrui. En s'apercevant enfin du froid dénûment de la maison paternelle, la pauvre fille concevait une sorte de dépit de ne pouvoir la mettre en harmonie avec l'élégance de son cousin. Elle éprouva un besoin passionné de faire quelque chose pour lui : quoi ? Elle n'en savait rien. Naïve et vraie, elle se laissait aller à sa nature angélique sans se défier ni de ses impressions, ni de ses sentiments. Le seul aspect de son cousin avait éveillé chez elle les penchants naturels de la femme, et ils durent se déployer d'autant plus vivement, qu'ayant atteint sa vingt-troisième année, elle se trouvait dans la plénitude de son intelligence et de ses désirs. Pour la première fois, elle eut dans le cœur de la terreur à l'aspect de son père, vit en lui le maître de son sort, et se crut coupable d'une faute en lui taisant quelques pensées. Elle se mit à marcher à pas précipités, en s'étonnant de respirer un air plus pur, de sentir les rayons du soleil plus vivifiants et d'y puiser une chaleur morale, une vie nouvelle.

Pendant qu'elle cherchait un artifice pour obtenir la galette, il s'élevait entre la grande Nanon et Grandet une de ces querelles aussi rares entre eux que le sont les hirondelles en hiver. Muni de ses clefs, le bonhomme était venu pour mesurer les vivres nécessaires à la consommation de la journée.

— Reste-t-il du pain d'hier ? dit-il à Nanon.

— Pas une miette, monsieur.

Grandet prit un gros pain rond, bien enfariné, moulé dans un de ces paniers plats qui servent à boulanger en Anjou, et il allait le couper, quand Nanon lui dit :

— Nous sommes cinq aujourd'hui, monsieur.

— C'est vrai, répondit Grandet, mais ton pain pèse six livres, il en restera. D'ailleurs, ces jeunes gens de Paris, tu verras que ça ne mange point de pain.

— Ça mange donc de la *frippe* [143] ? dit Nanon.

En Anjou, la frippe, mot du lexique populaire, exprime l'accompagnement du pain, depuis le beurre étendu sur la tartine, frippe vulgaire, jusqu'aux confitures d'alberge, la plus distinguée des frippes ; et tous ceux qui, dans leur enfance, ont léché la frippe et laissé le pain comprendront la portée de cette locution.

— Non, répondit Grandet, ça ne mange ni frippe, ni pain. Ils sont quasiment comme des filles à marier.

Enfin, après avoir parcimonieusement ordonné le menu quotidien, le bonhomme allait se diriger vers son fruitier, en fermant néanmoins les armoires de sa *dépense*, lorsque Nanon l'arrêta pour lui dire :

— Monsieur, donnez-moi donc alors de la farine et du beurre, je ferai une galette aux enfants.

— Ne vas-tu pas mettre la maison au pillage à cause de mon neveu ?

— Je ne pensais pas plus à votre neveu qu'à votre chien, pas plus que vous n'y pensez vous-même... Ne voilà-t-il pas que vous ne m'avez *aveint* que six morceaux de sucre ! m'en faut huit.

— Ah ça ! Nanon, je ne t'ai jamais vue comme ça. Qu'est-ce qui te passe donc par la tête ? Es-tu la maîtresse, ici ? Tu n'auras que six morceaux de sucre.

— Eh bien, votre neveu, avec quoi donc qu'il sucrera son café ?

— Avec deux morceaux; je m'en passerai, moi.

— Vous vous passerez de sucre, à votre âge ! J'aimerais mieux vous en acheter de ma poche.

— Mêle-toi de ce qui te regarde.

Malgré la baisse du prix, le sucre était toujours, aux yeux du tonnelier, la plus précieuse des denrées coloniales [144], il valait toujours six francs la livre pour lui. L'obligation de le ménager, prise sous l'Empire, était devenue la plus indélébile de ses habitudes.

Toutes les femmes, même la plus niaise, savent ruser pour arriver à leurs fins : Nanon abandonna la question du sucre pour obtenir la galette.

— Mademoiselle, cria-t-elle par la croisée, est-ce pas que vous voulez de la galette ?

— Non, non, répondit Eugénie.

— Allons, Nanon, dit Grandet en entendant la voix de sa fille, tiens.

Il ouvrit la *mette* [145] où était la farine, lui en donna
une mesure, et ajouta quelques onces de beurre au
morceau qu'il avait déjà coupé.

— Il faudra du bois pour chauffer le four, dit
l'implacable Nanon.

— Eh bien, tu en prendras à ta suffisance, répondit-il mélancoliquement; mais, alors, tu nous feras
une tarte aux fruits, et tu nous cuiras au four tout
le dîner; par ainsi, tu n'allumeras pas deux feux.

— Quien ! s'écria Nanon, vous n'avez pas besoin
de me le dire.

Grandet jeta sur son fidèle ministre un coup d'œil
presque paternel.

— Mademoiselle, cria la cuisinière, nous aurons
une galette.

Le père Grandet revint chargé de ses fruits, et en
rangea une première assiettée sur la table de la
cuisine.

— Voyez donc, monsieur, lui dit Nanon, les
jolies bottes qu'a votre neveu. Quel cuir, et qui
sent bon ! Avec quoi que ça se nettoie donc ?
Faut-il y mettre de votre cirage à l'œuf ?

— Nanon, je crois que l'œuf gâterait ce cuir-là.
D'ailleurs, dis-lui que tu ne connais point la manière
de cirer le maroquin... oui, c'est du maroquin; il
achètera lui-même à Saumur et t'apportera de quoi
lustrer ses bottes. J'ai entendu dire qu'on fourre
du sucre dans leur cirage pour le rendre brillant.

— C'est donc bon à manger [146] ? dit la servante
en portant les bottes à son nez. Quien, quien [147] !
elles sentent l'eau de Cologne de madame ! Ah !
c'est-il drôle.

— Drôle ! dit le maître, tu trouves drôle de

mettre à des bottes plus d'argent que n'en vaut celui qui les porte ?

— Monsieur, dit-elle au second voyage de son maître, qui avait fermé le fruitier, est-ce que vous ne mettrez pas une ou deux fois le pot-au-feu par semaine à cause de votre... ?

— Oui.

— Faudra que j'aille à la boucherie.

— Pas du tout; tu nous feras du bouillon de volaille, les fermiers ne t'en laisseront pas chômer. Mais je vais dire à Cornoiller de me tuer des corbeaux. Ce gibier-là donne le meilleur bouillon de la terre.

— C'est-il vrai, monsieur, que ça mange les morts ?

— Tu es bête, Nanon ! Ils mangent, comme tout le monde, ce qu'ils trouvent. Est-ce que nous ne vivons pas de morts ? Qu'est-ce donc que les successions ?

Le père Grandet, n'ayant plus d'ordre à donner, tira sa montre, et, voyant qu'il pouvait encore disposer d'une demi-heure avant le déjeuner, il prit son chapeau, vint embrasser sa fille et lui dit :

— Veux-tu te promener au bord de la Loire, sur mes prairies ? J'ai quelque chose à y faire.

Eugénie alla mettre son chapeau de paille cousue, doublé de taffetas rose; puis le père et la fille descendirent la rue tortueuse jusqu'à la place.

— Où dévalez-vous donc si matin ? dit le notaire Cruchot, qui rencontra Grandet.

— Voir quelque chose, répondit le bonhomme sans être la dupe de la promenade matinale de son ami.

Quand le père Grandet allait voir quelque chose, le notaire savait par expérience qu'il y avait toujours quelque chose à gagner avec lui. Donc, il l'accompagna.

— Venez, Cruchot, dit Grandet au notaire. Vous êtes de mes amis; je vais vous démontrer comme quoi c'est une bêtise de planter des peupliers dans de bonnes terres...

— Vous comptez donc pour rien les soixante mille francs que vous avez palpés pour ceux qui étaient dans vos prairies de la Loire ? dit maître Cruchot en ouvrant des yeux hébétés. Avez-vous eu du bonheur !... Couper vos arbres au moment où l'on manquait de bois blanc à Nantes, et les vendre trente francs !

Eugénie écoutait sans savoir qu'elle touchait au moment le plus solennel de sa vie, et que le notaire allait faire prononcer sur elle un arrêt paternel et souverain.

Grandet était arrivé aux magnifiques prairies [148] qu'il possédait au bord de la Loire, et où trente ouvriers s'occupaient à déblayer, combler, niveler les emplacements autrefois pris par les peupliers.

— Maître Cruchot, voyez ce qu'un peuplier prend de terrain, dit-il au notaire. Jean, cria-t-il à un ouvrier, me... me... mesure avec la toise dans tou... tou... tous les sens !

— Quatre fois huit pieds, répondit l'ouvrier après avoir fini.

— Trente-deux pieds de perte, dit Grandet à Cruchot. J'avais sur cette ligne trois cents peupliers, pas vrai ? Or... trois ce... ce... ce... cent fois trented...eux pie...pieds me man... man... man... man... geaient cinq...inq cents de foin ; ajoutez deux fois autant sur les côtés, quinze cents ; les rangées du milieu autant. Alors, mé... mé... mettons mille bottes de foin.

— Eh bien, dit Cruchot pour aider son ami, mille bottes de ce foin-là valent environ six cents francs [149].

— Di... di... dites dou... ou... ouze cents [150], à cause des trois à quatre cents francs de regain. Eh bien, ca... ca... ca... calculez ce que... que... que dou... [151] ouze cents francs par an, pen... pen... pendant quarante ans, do... donnent a... a... avec les in... in... intérêts com... com... composés que... que... que vou... ous sa...a...vez.

— Va pour soixante mille [152] francs, dit le notaire.

— Je le veux bien ! ça ne... ne... ne fera que... que... que soixante mille francs [153]. Eh bien, reprit le vigneron sans bégayer, deux mille [154] peupliers de quarante ans ne me donneraient pas cinquante mille [155] francs. Il y a perte. J'ai trouvé ça, moi, dit Grandet en se dressant sur ses ergots. — Jean, reprit-il, tu combleras les trous, excepté du côté de la Loire, où tu planteras les peupliers que j'ai achetés. En les mettant dans la rivière, ils se nourriront aux frais du gouvernement, ajouta-t-il en se tournant vers Cruchot et imprimant à la loupe de son nez un léger mouvement qui valait le plus ironique des sourires.

— Cela est clair [156] : les peupliers ne doivent se planter que sur les terres maigres, dit Cruchot, stupéfait par les calculs de Grandet.

— *O-u-i*, *monsieur*, répondit ironiquement le tonnelier.

Eugénie qui regardait le sublime paysage de la Loire sans écouter les calculs de son père, prêta bientôt l'oreille aux propos de Cruchot en l'entendant dire à son client :

— Eh bien, vous avez fait venir un gendre de Paris; il n'est question que de votre neveu dans tout Saumur. Je vais bientôt avoir un contrat à dresser, père Grandet ?

— Vous... ou... vous êtes so... so... orti de bo... bonne heure pou... our me dire ça, reprit Grandet en accompagnant cette réflexion d'un mouvement de sa loupe. Eh bien, mon vieux cama... arade, je serai franc, et je vous dirai ce que vou...ous vou... oulez sa... savoir. J'aimerais mieux, voyez-vous, je... jeter ma fi... fi... fille dans la Loire que de la do...onner à son cou... ou... ousin; vous pou... pou... ouvez a... annoncer ça. Mais non, laissez ja... aser le mon... onde.

Cette réponse causa des éblouissements à Eugénie. Les lointaines espérances qui pour elle commençaient à poindre dans son cœur fleurirent soudain, se réalisèrent et formèrent un faisceau de fleurs qu'elle vit coupées et gisant à terre. Depuis la veille, elle s'attachait à Charles par tous les liens de bonheur qui unissent les âmes; désormais la souffrance allait donc les corroborer. N'est-il pas dans la noble destinée de la femme d'être plus touchée des pompes de la misère que des splendeurs de la fortune ? Comment le sentiment paternel avait-il pu s'éteindre au fond du cœur de son père ? De quel crime Charles était-il donc coupable ? Questions mystérieuses ! Déjà son amour naissant, mystère si profond, s'enveloppait de mystères. Elle revint tremblant sur ses jambes, et, en arrivant à la vieille rue sombre, si joyeuse pour elle elle la trouva d'un aspect triste elle y respira la mélancolie que les temps et les choses y avaient imprimée. Aucun des enseignements de l'amour ne lui manquait.

A quelques pas du logis elle devança son père et l'attendit à la porte après y avoir frappé. Mais Grandet qui voyait dans la main du notaire un journal encore sous bande, lui avait dit :

— Où en sont les fonds ?

— Vous ne voulez pas m'écouter, Grandet, lui répondit Cruchot. Achetez-en vite, il y a encore vingt pour cent à gagner en deux ans, outre les intérêts à un excellent taux, cinq mille livres de rente pour quatre-vingt mille francs. Les fonds sont à quatre-vingts francs cinquante centimes.

— Nous verrons cela, répondit Grandet en se frottant le menton.

— Mon Dieu ! dit le notaire, qui avait ouvert son journal [157].

— Eh bien, quoi ? s'écria Grandet au moment où Cruchot lui mettait le journal sous les yeux en lui disant : « Lisez cet article. »

« M. Grandet, l'un des négociants les plus estimés de Paris, s'est brûlé la cervelle hier, après avoir fait son apparition accoutumée à la Bourse. Il avait envoyé au président de la Chambre des députés sa démission, et s'était également démis de ses fonctions de juge au tribunal de commerce. Les faillites de MM. Roguin et Souchet [158], son

agent de change et son notaire, l'ont ruiné. La
considération dont jouissait M. Grandet et son
crédit étaient néanmoins tels, qu'il eût sans doute
trouvé des secours sur la place de Paris. Il est à
regretter que cet homme honorable ait cédé à un
premier moment de désespoir; etc. »

— Je le savais, dit le vieux vigneron au notaire.
Ce mot glaça maître Cruchot, qui, malgré son
impassibilité de notaire, se sentit froid dans le dos
en pensant que le Grandet de Paris avait peut-être
imploré vainement les millions [159] du Grandet de
Saumur.

— Et son fils, si joyeux hier... ?

— Il ne sait rien encore, répondit Grandet avec
le même calme.

— Adieu, monsieur Grandet, dit Cruchot, qui
comprit tout et alla rassurer le président de Bonfons.

En rentrant, Grandet trouva le déjeuner prêt.
Mme Grandet, au cou de laquelle Eugénie sauta pour
l'embrasser avec cette vive effusion de cœur que
nous cause un chagrin secret, était déjà sur son
siège à patins, et se tricotait des manches pour
l'hiver.

— Vous pouvez manger, dit Nanon, qui descendit les escaliers quatre à quatre, l'enfant dort
comme un chérubin. Qu'il est gentil, les yeux fer-
més ! Je suis entrée, je l'ai appelé. Ah bien oui !
personne.

— Laisse-le dormir, dit Grandet, il s'éveillera
toujours assez tôt aujourd'hui pour apprendre de
mauvaises nouvelles.

— Qu'y a-t-il donc ? demanda Eugénie en met-

tant dans son café les deux petits morceaux de
sucre pesant on ne sait combien de grammes que
le bonhomme s'amusait à couper lui-même à ses
heures perdues. Mme Grandet, qui n'avait pas osé
faire cette question, regarda son mari.

— Son père s'est brûlé la cervelle.

— Mon oncle ?... dit Eugénie.

— Le pauvre jeune homme ! s'écria Mme Grandet.

— Oui, pauvre, reprit Grandet, il ne possède
pas un sou.

— Eh ben, il dort comme s'il était roi de la
terre, dit Nanon d'un accent doux.

Eugénie cessa de manger. Son cœur se serra
comme le cœur se serre quand, pour la première
fois, la compassion, excitée par le malheur de celui
qu'elle aime, s'épanche dans le corps [160] entier
d'une femme. La jeune fille pleura.

— Tu ne connaissais pas ton oncle, pourquoi
pleures-tu ? lui dit son père en lui lançant un de
ces regards de tigre affamé qu'il jetait sans doute
à ses tas d'or.

— Mais, monsieur, dit la servante, qui ne se sen-
tirait pas de pitié pour ce pauvre jeune homme,
qui dort comme un sabot sans savoir son sort ?

— Je ne te parle pas, Nanon ! tiens ta langue.

Eugénie apprit en ce moment que la femme qui
aime doit toujours dissimuler ses sentiments. Elle
ne répondit pas.

— Jusqu'à mon retour vous ne lui parlerez de
rien [161], j'espère, madame Grandet, dit le vieillard
en continuant. Je suis obligé d'aller faire aligner le
fossé de mes prés sur la route. Je serai revenu à

midi pour le second déjeuner, et je causerai avec
mon neveu de ses affaires. Quant à toi, mademoiselle Eugénie, si c'est pour ce mirliflore que tu
pleures, assez comme cela, mon enfant. Il partira
dare dare pour les grandes Indes. Tu ne le verras
plus...

Le père prit ses gants au bord de son chapeau,
les mit avec son calme habituel, les assujettit en
s'emmortaisant les doigts les uns dans les autres,
et sortit.

— Ah ! maman, j'étouffe ! s'écria Eugénie quand
elle fut seule avec sa mère. Je n'ai jamais souffert
ainsi.

Mᵐᵉ Grandet, voyant sa fille pâlir, ouvrit la
croisée et lui fit respirer le grand air.

— Je suis mieux, dit Eugénie après un moment.

Cette émotion nerveuse chez une nature jusqu'alors en apparence calme et froide réagit sur
Mᵐᵉ Grandet qui regarda sa fille avec cette intui-
tion sympathique dont sont douées les mères pour
l'objet de leur tendresse, et devina tout. Mais, à la
vérité, la vie des célèbres sœurs hongroises, attachées l'une à l'autre par une erreur de la nature [162],
n'avait pas été plus intime que ne l'était celle d'Eugénie et de sa mère, toujours ensemble dans cette
embrasure de croisée, ensemble à l'église, et dormant ensemble dans le même air.

— Ma pauvre enfant ! dit Mᵐᵉ Grandet en prenant la tête d'Eugénie pour l'appuyer contre son
sein.

A ces mots, la jeune fille releva la tête, interrogea
sa mère par un regard, en scruta les secrètes pensées
et lui dit :

— Pourquoi l'envoyer aux Indes ? S'il est malheureux, ne doit-il pas rester ici ? n'est-il pas notre plus proche parent ?

— Oui, mon enfant, ce serait bien naturel; mais ton père a ses raisons, nous devons les respecter.

La mère et la fille s'assirent en silence. l'une sur sa chaise à patins, l'autre sur son petit fauteuil; et, toutes deux, elles reprirent leur ouvrage. Oppressée de reconnaissance pour l'admirable entente de cœur que lui avait témoignée sa mère, Eugénie lui baisa la main en disant :

— Combien tu es bonne, ma chère maman !

Ces paroles firent rayonner le vieux visage maternel flétri par de longues douleurs.

— Le trouves-tu bien ? demanda Eugénie.

Mme Grandet ne répondit que par un sourire; puis, après un moment de silence, elle dit à voix basse :

— L'aimerais-tu donc déjà ? Ce serait mal.

— Mal, reprit Eugénie, pourquoi ? Il te plaît, il plaît à Nanon, pourquoi ne me plairait-il pas ? Tiens, maman, mettons la table pour son déjeuner.

Elle jeta son ouvrage, la mère en fit autant en lui disant :

— Tu es folle !

Mais elle se plut à justifier la folie de sa fille en la partageant.

Eugénie appela Nanon.

— Quoi que vous voulez encore, mamselle ?

— Nanon, tu auras bien de la crème pour midi ?

— Ah ! pour midi, oui, répondit la vieille servante.

— Eh bien, donne-lui du café bien fort, j'ai

entendu dire à M. des Grassins que le café se faisait
bien fort à Paris. Mets-en beaucoup.

— Et où voulez-vous que j'en prenne ?

— Achètes-en.

— Et si monsieur me rencontre ?

— Il est à ses prés.

— Je cours. Mais M. Fessard m'a déjà demandé
si les trois mages étaient chez nous, en me donnant
de la bougie. Toute la ville va savoir nos déportements.

— Si ton père s'aperçoit de quelque chose, dit
Mme Grandet, il est capable de nous battre.

— Eh bien, il nous battra, nous recevrons ses
coups à genoux.

Mme Grandet leva les yeux au ciel pour toute
réponse. Nanon prit sa coiffe et sortit. Eugénie
donna du linge blanc, elle alla chercher quelques-
unes des grappes de raisin qu'elle s'était amusée à
étendre sur des cordes dans le grenier; elle marcha
légèrement le long du corridor pour ne point
éveiller son cousin, et ne put s'empêcher d'écouter
à sa porte la respiration qui s'échappait en temps
égaux de ses lèvres.

— Le malheur veille pendant qu'il dort, se dit-
elle.

Elle prit les plus vertes feuilles de la vigne,
arrangea son raisin aussi coquettement que l'aurait
pu dresser un vieux chef d'office, et l'apporta triomphalement sur la table. Elle fit main basse, dans la
cuisine, sur les poires comptées par son père, et les
disposa en pyramide parmi des feuilles. Elle allait,
venait, trottait, sautait. Elle aurait bien voulu
mettre à sec toute la maison de son père; mais il

avait les clefs de tout. Nanon revint avec deux œufs frais. En voyant les œufs, Eugénie eut l'envie de lui sauter au cou.

— Le fermier de la Lande en avait dans son panier, je les lui ai demandés, et il me les a donnés pour m'être agréable, le mignon [163].

Après deux heures de soins, pendant lesquelles Eugénie quitta vingt fois son ouvrage pour aller voir bouillir le café, pour aller écouter le bruit que faisait son cousin en se levant, elle réussit à préparer un déjeuner très simple, peu coûteux, mais qui dérogeait terriblement aux habitudes invétérées de la maison. Le déjeuner de midi s'y faisait debout. Chacun prenait un peu de pain, un fruit ou du beurre, et un verre de vin. En voyant la table placée auprès du feu, l'un des fauteuils mis devant le couvert de son cousin, en voyant les deux assiettées de fruits, le coquetier, la bouteille de vin blanc, le pain, et le sucre amoncelé dans une soucoupe, Eugénie trembla de tous ses membres en songeant seulement alors aux regards que lui lancerait son père, s'il venait à rentrer en ce moment. Aussi regardait-elle souvent la pendule, afin de calculer si son cousin pourrait déjeuner avant le retour du bonhomme.

— Sois tranquille, Eugénie; si ton père vient, je prendrai tout sur moi, dit Mme Grandet.

Eugénie ne put retenir une larme.

— Oh ! ma bonne mère, s'écria-t-elle, je ne t'ai pas assez aimée !

Charles, après avoir fait mille tours dans sa chambre en chanteronnant, descendit enfin. Heureusement, il n'était encore que onze heures. Le

Parisien ! il avait mis autant de coquetterie à sa
toilette que s'il se fût trouvé au château de la noble
dame qui voyageait en Écosse. Il entra de cet air
affable et riant qui sied si bien à la jeunesse, et qui
causa une joie triste à Eugénie. Il avait pris en
plaisanterie le désastre de ses châteaux en Anjou,
et aborda sa tante fort gaiement.

— Avez-vous bien passé la nuit, ma chère tante ?
Et vous, ma cousine ?

— Bien, monsieur; mais vous ? dit Mme Grandet.

— Moi, parfaitement.

— Vous devez avoir faim, mon cousin, dit
Eugénie; mettez-vous à table.

— Mais je ne déjeune jamais avant midi, le moment où je me lève. Cependant, j'ai si mal vécu en
route, que je me laisserai faire. D'ailleurs [164]...
Il tira la plus délicieuse montre plate que Bréguet [165] ait faite.

— Tiens, mais il est onze heures, j'ai été matinal.

— Matinal ?... dit Mme Grandet.

— Oui, mais je voulais ranger mes affaires. Eh
bien, je mangerais volontiers quelque chose, un
rien, une volaille, un perdreau.

— Sainte Vierge ! cria Nanon en entendant ces
paroles.

— Un perdreau, se disait Eugénie, qui aurait
voulu payer un perdreau de tout son pécule.

— Venez vous asseoir, lui dit sa tante.
Le dandy se laissa aller sur le fauteuil comme
une jolie femme qui se pose sur son divan. Eugénie
et sa mère prirent les chaises et se mirent près de
lui devant le feu.

— Vous vivez toujours ici ? leur dit Charles en

trouvant la salle encore plus laide au jour qu'elle ne l'était aux lumières.

— Toujours, répondit Eugénie en le regardant, excepté pendant les vendanges. Nous allons alors aider Nanon, et logeons tous à l'abbaye de Noyers.

— Vous ne vous promenez jamais ?

— Quelquefois le dimanche, après vêpres, quand il fait beau, dit Mme Grandet, nous allons sur le pont, ou voir les foins quand on les fauche.

— Avez-vous un théâtre ?

— Aller au spectacle ! s'écria Mme Grandet, voir des comédiens ! Mais, monsieur, ne savez-vous pas que c'est un péché mortel ?

— Tenez, mon cher monsieur, dit Nanon en apportant les œufs, nous vous donnerons les poulets à la coque.

— Oh ! des œufs frais, dit Charles, qui, semblable aux gens habitués au luxe, ne pensait déjà plus à son perdreau. Mais, c'est délicieux ! Si vous aviez du beurre, hein, ma chère enfant ?

— Ah ! du beurre ! Vous n'aurez donc pas de galette ? dit la servante.

— Mais donne du beurre, Nanon ! s'écria Eugénie.

La jeune fille examinait son cousin coupant ses mouillettes et y prenait plaisir, autant que la plus sensible grisette de Paris en prend à voir jouer un mélodrame où triomphe l'innocence. Il est vrai que Charles, élevé par une mère gracieuse, perfectionné par une femme à la mode, avait des mouvements coquets, élégants, menus, comme le sont ceux d'une petite maîtresse. La compatissance et la tendresse d'une jeune fille possèdent une influence vraiment magnétique [166]. Aussi Charlès, en se voyant l'objet des attentions de sa cousine et de sa tante, ne put-il se soustraire à l'influence des sentiments qui se dirigeaient vers lui en l'inondant, pour ainsi dire. Il jeta sur Eugénie un de ces regards de bonté, de caresses, un regard qui semblait sourire. Il s'aperçut, en contemplant Eugénie, de l'exquise harmonie des traits de ce pur visage, de son innocente attitude, de la clarté magique de ses yeux, où scintillaient de jeunes pensées d'amour, et où le désir ignorait la volupté.

— Ma foi, ma chère cousine, si vous étiez en grande loge et en grande toilette à l'Opéra, je vous garantis que ma tante aurait bien raison, vous y feriez faire des péchés d'envie aux hommes et de jalousie aux femmes.

Ce compliment étreignit le cœur d'Eugénie et le fit palpiter de joie, quoiqu'elle n'y comprit rien.

— Oh ! mon cousin, vous voulez vous moquer d'une pauvre petite provinciale.

— Si vous me connaissiez, ma cousine, vous sauriez que j'abhorre la raillerie : elle flétrit le cœur, froisse tous les sentiments...

Et il goba fort agréablement sa mouillette beurrée.

— Non, je n'ai probablement pas assez d'esprit pour me moquer des autres, et ce défaut me fait beaucoup de tort. A Paris, on trouve moyen de vous assassiner un homme en disant : « Il a bon cœur. » Cette phrase veut dire : « Le pauvre garçon est bête comme un rhinocéros. » Mais, comme je suis riche, et connu pour abattre une poupée du premier coup à trente pas avec toute espèce de pistolet, et en plein champ, la raillerie me respecte [167].

— Ce que vous dites, mon neveu, annonce un bon cœur.

— Vous avez une bien jolie bague, dit Eugénie; est-ce mal de vous demander à la voir ?

Charles tendit la main en défaisant son anneau et Eugénie rougit en effleurant du bout de ses doigts les ongles roses de son cousin.

— Voyez, ma mère, le beau travail.

— Oh ! il y a gros d'or, dit Nanon en apportant le café.

— Qu'est-ce que c'est que cela ? demanda Charles en riant.

Et il montrait un pot oblong, en terre brune, verni, faïencé à l'intérieur, bordé d'une frange de cendre, et au fond duquel tombait le café en revenant à la surface du liquide bouillant.

— C'est du café *boullu* [168], dit Nanon.

— Ah ! ma chère tante, je laisserai du moins quelque trace bienfaisante de mon passage ici. Vous êtes bien arriérés ! Je vous apprendrai à faire du bon café dans une cafetière à la Chaptal.

Il tenta d'expliquer le système de la cafetière à la Chaptal [169].

— Ah ben, s'il y a tant d'affaires que ça, dit Nanon, il faudrait ben y passer sa vie. Jamais je ne ferai de café comme ça. Ah ben oui ! Et qui est-ce qui ferait de l'herbe pour notre vache pendant que je ferais le café ?

— C'est moi qui le ferai, dit Eugénie.

— Enfant ! dit Mme Grandet en regardant sa fille.

A ce mot, qui rappelait le chagrin près de fondre sur ce malheureux jeune homme, les trois femmes se turent et le contemplèrent d'un air de commisération qui le frappa.

— Qu'avez-vous donc, ma cousine ?

— Chut ! dit Mme Grandet à Eugénie, qui allait répondre. Tu sais, ma fille, que ton père s'est chargé de parler à monsieur...

— Dites Charles, dit le jeune Grandet.

— Ah ! vous vous nommez Charles ? C'est un beau nom, s'écria Eugénie.

Les malheurs pressentis arrivent presque toujours. Là, Nanon, Mme Grandet et Eugénie, qui ne pensaient pas sans frisson au retour du vieux tonnelier, entendirent un coup de marteau dont le retentissement [170] leur était bien connu.

— Voilà papa ! dit Eugénie.

Elle ôta la soucoupe au sucre en en laissant quelques morceaux sur la nappe. Nanon emporta l'assiette aux œufs. Mme Grandet se dressa comme une biche effrayée. Ce fut une peur panique, de laquelle Charles s'étonna sans pouvoir se l'expliquer [171].

— Eh bien, qu'avez-vous donc ? leur demanda-t-il.

— Mais voilà mon père, dit Eugénie.

— Eh bien ?...

M. Grandet entra, jeta son regard clair sur la table, sur Charles, il vit tout.

— Ah ! ah ! vous avez fait fête à votre neveu, c'est bien, très bien, c'est fort bien ! dit-il sans bégayer. Quand le chat court sur les toits, les souris dansent sur les planchers.

— Fête ?... se dit Charles, incapable de soupçonner le régime et les mœurs de cette maison.

— Donne-moi mon verre, Nanon, dit le bonhomme.

Eugénie apporta le verre. Grandet tira de son
gousset un couteau de corne à grosse lame, coupa
une tartine, prit un peu de beurre, l'étendit soigneusement, et se mit à manger debout. En ce moment,
Charles sucrait son café. Le père Grandet aperçut
les morceaux de sucre, examina sa femme, qui
pâlit et fit trois pas; il se pencha vers l'oreille [172]
de la pauvre vieille et lui dit :

— Où donc avez-vous pris tout ce sucre ?

— Nanon est allée en chercher chez Fessard [173],
il n'y en avait pas.

Il est impossible de se figurer l'intérêt profond
que cette scène muette offrait à ces trois femmes;
Nanon avait quitté sa cuisine et regardait dans la
salle pour voir comment les choses s'y passeraient.
Charles, ayant goûté son café, le trouva trop amer
et chercha le sucre que Grandet avait déjà serré.

— Que voulez-vous, mon neveu ? lui dit le
bonhomme.

— Le sucre [174].

— Mettez du lait, répondit le maître de la maison,
votre café s'adoucira.

Eugénie reprit la soucoupe au sucre que Grandet
avait déjà serrée, et la mit sur la table en contemplant son père d'un air calme. Certes, la Parisienne
qui, pour faciliter la fuite de son amant, soutient de
ses faibles bras une échelle de soie, ne montre pas
plus de courage que n'en déployait Eugénie en
remettant le sucre sur la table [175]. L'amant récom-

pensera sa Parisienne qui lui fera voir orgueilleusement un beau bras meurtri dont chaque veine flétrie sera baignée de larmes, de baisers, et guérie par le plaisir; tandis que Charles ne devait jamais être dans le secret des profondes agitations qui brisaient le cœur de sa cousine, alors foudroyée par le regard du vieux tonnelier.

— Tu ne manges pas, ma femme ?

La pauvre ilote s'avança, coupa pieusement un morceau de pain et prit une poire. Eugénie offrit audacieusement à son père du raisin, en lui disant :

— Goûte donc à ma conserve, papa ! — Mon cousin, vous en mangerez n'est-ce pas ? Je suis allée chercher ces jolies grappes-là pour vous.

— Oh ! si on ne les arrête, elles mettront Saumur au pillage pour vous, mon neveu. Quand vous aurez fini, nous irons ensemble dans le jardin, j'ai à vous dire des choses qui ne sont pas sucrées [176].

Eugénie et sa mère lancèrent un regard sur Charles, à l'expression duquel le jeune homme ne put se tromper.

— Qu'est-ce que ces mots signifient, mon oncle ? Depuis la mort [177] de ma pauvre mère... (à ces deux mots, sa voix mollit), il n'y a pas de malheur possible pour moi...

— Mon neveu, qui peut connaître les afflictions par lesquelles Dieu veut nous éprouver ? lui dit sa tante.

— Ta ta ta ta ! dit Grandet, voilà les bêtises qui commencent. Je vois avec peine, mon neveu, vos jolies mains blanches.

Il lui montra les espèces d'épaules de mouton que la nature lui avait mises au bout des bras.

— Voilà des mains faites pour ramasser des écus !
Vous avez été élevé à mettre vos pieds dans la peau
avec laquelle se fabriquent les portefeuilles où nous
serrons les billets de commerce. Mauvais ! mauvais !

— Que voulez-vous dire, mon oncle ? Je veux
être pendu si je comprends un seul mot.

— Venez, dit Grandet.

L'avare fit claquer la lame de son couteau, but
le reste de son vin blanc et ouvrit la porte.

— Mon cousin, ayez du courage !

L'accent de la jeune fille avait glacé Charles, qui
suivit son terrible parent en proie à de mortelles
inquiétudes [178]. Eugénie, sa mère et Nanon vinrent
dans la cuisine, excitées par une invincible curiosité à
épier les deux acteurs [179] de la scène qui allait se
passer dans le petit jardin humide, où l'oncle marcha
d'abord silencieusement avec le neveu.

Grandet n'était pas embarrassé pour apprendre
à Charles la mort de son père, mais il éprouvait
une sorte de compassion en le sachant sans un sou,
et il cherchait des formules pour adoucir l'expression
de cette cruelle vérité. « Vous avez perdu votre
père ! » ce n'était rien à dire. Les pères meurent
avant les enfants. Mais : « Vous êtes sans aucune
espèce de fortune ! » tous les malheurs de la terre
étaient réunis dans ces paroles. Et le bonhomme
de faire, pour la troisième fois, le tour de l'allée du
milieu, dont le sable craquait sous les pieds. Dans les
grandes circonstances de la vie, notre âme s'attache
fortement aux lieux où les plaisirs et les chagrins
fondent sur nous. Aussi Charles examinait-il avec
une attention particulière les buis de ce petit jardin,
les feuilles pâles qui tombaient, les dégradations

des murs, les bizarreries des arbres fruitiers, détails pittoresques qui devaient rester gravés dans son souvenir, éternellement mêlés à cette heure suprême, par une mnémotechnie particulière aux passions.

— Il fait bien chaud, bien beau, dit Grandet en aspirant une forte partie d'air.

— Oui, mon oncle... Mais pourquoi [180]... ?

— Eh bien, mon garçon, reprit l'oncle, j'ai de mauvaises nouvelles à t'apprendre. Ton père est bien mal...

— Pourquoi suis-je ici ? dit Charles. — Nanon, cria-t-il, des chevaux de poste ! Je trouverai bien une voiture dans le pays, ajouta-t-il en se tournant vers son oncle, qui demeurait immobile.

— Les chevaux et la voiture sont inutiles, répondit Grandet en regardant Charles, qui resta muet et dont les yeux devinrent fixes. — Oui, mon pauvre garçon, tu devines. Il est mort. Mais ce n'est rien, il y a quelque chose de plus grave, il s'est brûlé la cervelle...

— Mon père ?...

— Oui. Mais ce n'est rien. Les journaux glosent de cela comme s'ils en avaient le droit. Tiens, lis.

Grandet, qui avait emprunté le journal de Cruchot, mit le fatal article sous les yeux de Charles. En ce moment, le pauvre jeune homme, encore enfant, encore dans l'âge où les sentiments se produisent avec naïveté, fondit en larmes.

— Allons, bien, se dit Grandet. Ses yeux m'effrayaient. Il pleure, le voilà sauvé.

— Ce n'est encore rien, mon pauvre neveu, reprit Grandet à haute voix, sans savoir si Charles l'écoutait, ce n'est rien, tu te consoleras ; mais...

— Jamais ! jamais ! Mon père ! mon père !

— Il t'a ruiné, tu es sans argent.

— Qu'est-ce que cela me fait ? Où est mon père ?... mon père !

Les pleurs et les sanglots retentissaient entre ces murailles d'une horrible façon et se répercutaient dans les échos. Les trois femmes, saisies de pitié, pleuraient : les larmes sont aussi contagieuses que peut l'être le rire. Charles, sans écouter son oncle, se sauva dans la cour, trouva l'escalier, monta dans sa chambre et se jeta en travers sur son lit en se mettant la face dans les draps pour pleurer à son aise loin de ses parents.

— Il faut laisser passer la première averse, dit Grandet en rentrant dans la salle, où Eugénie et sa mère avaient brusquement repris leurs places, et travaillaient d'une main tremblante après s'être essuyé les yeux. Mais ce jeune homme n'est bon à rien, il s'occupe plus des morts que de l'argent [181].

Eugénie frissonna en entendant son père s'exprimant ainsi sur la plus sainte des douleurs. Dès ce moment, elle commença à juger son père. Quoique assourdis, les sanglots de Charles retentissaient dans cette sonore maison; et sa plainte profonde, qui semblait sortir de dessous terre, ne cessa que vers le soir, après s'être graduellement affaiblie.

— Pauvre jeune homme ! dit Mme Grandet.

Fatale exclamation ! Le père Grandet regarda sa femme, Eugénie et le sucrier; il se souvint du déjeuner extraordinaire apprêté pour le parent malheureux et se posa au milieu de la salle.

— Ah çà ! j'espère, dit-il avec son calme habituel, que vous n'allez pas continuer vos prodigalités, madame Grandet. Je ne vous donne pas MON argent pour embucquer de sucre ce jeune drôle.

— Ma mère n'y est pour rien, dit Eugénie. C'est moi qui...

— Est-ce parce que tu es majeure, reprit Grandet en interrompant sa fille, que tu voudrais me contrarier ? Songe, Eugénie...

— Mon père, le fils de votre frère ne devait pas manquer chez vous de...

— Ta ta ta ta ! dit le tonnelier sur quatre tons chromatiques, le fils de mon frère par-ci, mon neveu par-là. Charles ne nous est de rien, il n'a ni sou ni maille; son père a fait faillite; et, quand ce mirliflore aura pleuré son soûl, il décampera d'ici; je ne veux pas qu'il révolutionne ma maison.

— Qu'est-ce que c'est, mon père, que de faire faillite ? demanda Eugénie.

— Faire faillite, reprit le père, c'est commettre l'action la plus déshonorante entre toutes celles qui peuvent déshonorer l'homme.

— Ce doit être un bien grand péché, dit Mme Grandet, et notre frère serait damné.

— Allons, voilà tes litanies, dit-il à sa femme en haussant les épaules. Faire faillite, Eugénie, reprit-il, est un vol que la loi prend malheureusement sous sa protection. Des gens ont donné leurs denrées à Guillaume Grandet, sur sa réputation d'honneur et de probité; puis il a tout pris, et ne leur laisse que les yeux pour pleurer. Le voleur de grands chemins est préférable au banqueroutier : celui-là vous attaque, vous pouvez vous défendre, il risque sa tête; mais l'autre... Enfin Charles est déshonoré.

Ces mots retentirent dans le cœur de la pauvre

fille et y pesèrent de tout leur poids. Probe autant qu'une fleur née au fond d'une forêt est délicate, elle ne connaissait ni les maximes du monde, ni ses raisonnements captieux, ni ses sophismes : elle accepta donc l'atroce explication que son père lui donnait à dessein de la faillite, sans lui faire connaître la distinction qui existe entre une faillite involontaire et une faillite calculée.

— Eh bien, mon père, vous n'avez donc pu empêcher ce malheur ?

— Mon frère ne m'a pas consulté; d'ailleurs, il doit quatre millions [182].

— Qu'est-ce que c'est donc qu'un million, mon père ? demanda-t-elle avec la naïveté d'une enfant qui croit pouvoir trouver promptement ce qu'il désire.

— Un million ? dit Grandet. Mais c'est un million de pièces de vingt sous [183], et il faut cinq pièces de vingt sous pour faire cinq francs.

— Mon Dieu ! mon Dieu ! s'écria Eugénie, comment mon oncle avait-il eu à lui quatre millions [184] ? Y a-t-il quelque autre personne en France qui puisse avoir autant de millions ?

Le père Grandet se caressait le menton, souriait, et sa loupe semblait se dilater.

— Mais que va devenir mon cousin Charles ?

— Il va partir pour les grandes Indes, où, selon le vœu de son père, il tâchera de faire fortune.

— Mais a-t-il de l'argent pour aller là ?

— Je lui payerai son voyage... jusqu'à... oui, jusqu'à Nantes.

Eugénie sauta au cou [185] de son père.

— Ah ! mon père, vous êtes bon, vous !

Elle l'embrassait de manière à rendre presque honteux Grandet, que sa conscience harcelait un peu.

— Faut-il beaucoup de temps pour amasser un million ? lui demanda-t-elle.

— Dame, dit le tonnelier, tu sais ce que c'est qu'un napoléon; eh bien, il en faut cinquante mille pour faire un million.

— Maman, nous ferons dire des neuvaines pour lui.

— J'y pensais, répondit la mère.

— C'est cela ! toujours dépenser de l'argent, s'écria le père. Ah çà ! croyez-vous donc qu'il y ait des mille et des cents ici ?

En ce moment, une plainte sourde, plus lugubre que toutes les autres, retentit dans les greniers et glaça de terreur Eugénie et sa mère.

— Nanon, va voir là-haut s'il ne se tue pas, dit Grandet. Ah çà ! reprit-il en se tournant vers sa femme et sa fille, que son mot avait rendues pâles, pas de bêtises, vous deux. Je vous laisse. Je vais tourner autour de nos Hollandais, qui s'en vont aujourd'hui. Puis j'irai voir Cruchot, et causer avec lui de tout ça.

Il partit. Quand Grandet eut tiré la porte, Eugénie et sa mère respirèrent à leur aise. Avant cette matinée, jamais la fille n'avait senti de contrainte en présence de son père; mais, depuis quelques heures, elle changeait à tout moment et de sentiments et d'idées.

— Maman, combien de louis a-t-on d'une pièce de vin ?

— Ton père vend les siennes entre cent et cent

cinquante francs, quelquefois deux cents [186], à ce
que j'ai entendu dire.

— Quand il récolte quatorze cents pièces de
vin... ?

— Ma foi, mon enfant, je ne sais pas ce que cela
fait ; ton père ne me dit jamais ses affaires.

— Mais alors, papa doit être riche.

— Peut-être. Mais M. Cruchot m'a dit qu'il avait
acheté Froidfond il y a deux ans. Ça l'aura gêné.

Eugénie, ne comprenant plus rien à la fortune de
son père, en resta là de ses calculs [187].

— Il ne m'a tant seulement point vue, le mignon !
dit Nanon en revenant. Il est étendu comme un veau
sur son lit, et pleure comme une Madeleine que c'est
une vraie bénédiction ! Quel chagrin a donc ce
pauvre gentil jeune homme ?

— Allons donc le consoler bien vite, maman ;
et, si l'on frappe, nous descendrons.

Mme Grandet fut sans défense contre les harmonies [188] de la voix de sa fille. Eugénie était sublime,
elle était femme.

Toutes deux, le cœur palpitant, montèrent à la
chambre de Charles. La porte était ouverte. Le
jeune homme ne voyait ni n'entendait rien. Plongé
dans les larmes, il poussait des plaintes inarticulées.

— Comme il aime son père ! dit Eugénie à voix
basse.

Il était impossible de méconnaître dans l'accent
de ces paroles les espérances d'un cœur à son insu
passionné. Aussi Mme Grandet jeta-t-elle à sa fille
un regard empreint de maternité ; puis, tout bas à
l'oreille :

— Prends garde, tu l'aimerais, dit-elle.

— L'aimer ! reprit Eugénie. Ah ! si tu savais ce que mon père a dit !

Charles se retourna, aperçut sa tante et sa cousine.

— J'ai perdu mon père, mon pauvre père ! S'il m'avait confié le secret de son malheur, nous aurions travaillé tous deux à le réparer. Mon Dieu ! mon bon père ! je comptais si bien le revoir, que je l'ai, je crois, froidement embrassé...

Les sanglots lui coupèrent la parole.

— Nous prierons bien pour lui, dit Mme Grandet. Résignez-vous à la volonté de Dieu [189].

— Mon cousin, dit Eugénie, prenez courage ! Votre perte est irréparable : ainsi songez maintenant à sauver votre honneur...

Avec cet instinct, cette finesse de la femme qui a de l'esprit en toute chose, même quand elle console, Eugénie voulait tromper la douleur de son cousin en l'occupant de lui-même.

— Mon honneur ?... cria le jeune homme en chassant ses cheveux par un mouvement brusque. Et il s'assit sur son lit en se croisant les bras.

— Ah ! c'est vrai. Mon père, disait mon oncle, a fait faillite.

Il poussa un cri déchirant et se cacha le visage dans ses mains.

— Laissez-moi, ma cousine, laissez-moi ! Mon Dieu ! mon Dieu ! pardonnez à mon père, il a dû bien souffrir.

Il y avait quelque chose d'horriblement attachant à voir l'expression de cette douleur jeune, vraie, sans calcul, sans arrière-pensée. C'était une pudique douleur que les cœurs simples d'Eugénie et de sa mère comprirent quand Charles fit un geste pour leur

demander de l'abandonner à lui-même. Elles descendirent, reprirent en silence leurs places près de la
croisée et travaillèrent pendant une heure environ
sans se dire un mot. Eugénie avait aperçu, par le
regard furtif qu'elle jeta sur le ménage du jeune
homme, ce regard des jeunes filles qui voient tout en
un clin d'œil, les jolies bagatelles de sa toilette, ses
ciseaux, ses rasoirs enrichis d'or. Cette échappée
d'un luxe vu à travers la douleur lui rendit Charles
encore plus intéressant, par contraste peut-être.
Jamais un événement si grave, jamais un spectacle
si dramatique n'avait frappé l'imagination de ces
deux créatures, incessamment plongées dans le
calme et la solitude.

— Maman, dit Eugénie, nous porterons le deuil
de mon oncle.

— Ton père décidera de cela, répondit
Mme Grandet.

Elles restèrent de nouveau silencieuses. Eugénie
tirait ses points avec une régularité de mouvement
qui eût dévoilé à un observateur les fécondes pensées
de sa méditation. Le premier désir de cette adorable
fille était de partager le deuil de son cousin.

Vers quatre heures, un coup de marteau brusque
retentit au cœur de Mme Grandet.

— Qu'a donc ton père ? dit-elle à sa fille.

Le vigneron entra joyeux. Après avoir ôté ses
gants, il se frotta les mains à s'en emporter la peau,
si l'épiderme n'en eût pas été tanné comme du cuir de
Russie, sauf l'odeur des mélèzes et de l'encens. Il
se promenait, il regardait le temps. Enfin son secret
lui échappa.

— Ma femme, dit-il sans bégayer, je les ai tous

attrapés. Notre vin est vendu ! Les Hollandais et les Belges partaient ce matin, je me suis promené sur la place, devant leur auberge, en ayant l'air de bêtiser. Chose, que tu connais, est venu à moi. Les propriétaires de tous les bons vignobles gardent leur récolte et veulent attendre, je ne les en ai pas empêchés. Notre Belge était désespéré. J'ai vu cela. Affaire faite, il prend notre récolte à deux cents francs [190] la pièce, moitié comptant. Je suis payé en or. Les billets sont faits. voilà six louis pour toi. Dans trois mois, les vins baisseront.

Ces derniers mots furent prononcés d'un ton calme mais si profondément ironique, que les gens de Saumur, groupés en ce moment sur la place et anéantis par la nouvelle de la vente que venait de faire Grandet, en auraient frémi s'ils les eussent entendus. Une peur panique eût fait tomber les vins de cinquante pour cent.

— Vous avez mille pièces cette année, mon père ? dit Eugénie.

— Oui, *fifille*.

Ce mot était l'expression superlative de la joie du vieux tonnelier.

— Cela fait deux cent mille pièces de vingt sous ?

— Oui, mademoiselle Grandet.

— Eh bien, mon père, vous pouvez facilement secourir Charles.

L'étonnement, la colère, la stupéfaction de Balthasar en apercevant le *Manè-Thècel-Pharès* ne sauraient se comparer au froid courroux de Grandet, qui, ne pensant plus à son neveu, le retrouvait logé au cœur et dans les calculs de sa fille.

— Ah ça ! depuis que ce mirliflore a mis le pied

dans *ma* maison, tout y va de travers. Vous vous donnez des airs d'acheter des dragées [191], de faire des noces et des festins. Je ne veux pas de ces choses-là. Je sais, à mon âge, comment je dois me conduire, peut-être ! D'ailleurs, je n'ai de leçons à prendre ni de ma fille ni de personne. Je ferai pour mon neveu ce qu'il sera convenable de faire, vous n'avez pas à y fourrer le nez. — Quant à toi, Eugénie, ajouta-t-il en se tournant vers elle, ne m'en parle plus, sinon je t'envoie à l'abbaye des Noyers, avec Nanon, voir si j'y suis ; et pas plus tard que demain, si tu bronches. Où est-il donc, ce garçon ? est-il descendu ?

— Non, mon ami, répondit Mme Grandet.

— Eh bien, que fait-il donc ?

— Il pleure son père, répondit Eugénie.

Grandet regarda sa fille sans trouver un mot à dire. Il était un peu père, lui. Après avoir fait un ou deux tours dans la salle, il monta promptement à son cabinet pour y méditer un placement dans les fonds publics. Ses deux mille arpents de forêt coupés à blanc lui avaient donné six cent mille [192] francs ; en joignant à cette somme l'argent de ses peupliers, ses revenus de l'année dernière et de l'année courante, outre les deux cent mille francs [193] du marché qu'il venait de conclure, il pouvait faire une masse de neuf cent mille francs [194]. Les vingt pour cent à gagner en peu de temps sur les rentes, qui étaient à soixante et dix francs [195], le tentaient. Il chiffra sa spéculation sur le journal où la mort de son frère était annoncée, en entendant, sans les écouter, les gémissements de son neveu.

Nanon vint cogner au mur pour inviter son maître

à descendre, le dîner était servi. Sous la voûte et à la dernière marche de l'escalier, Grandet disait en lui-même :

— Puisque je toucherai mes intérêts à huit, je ferai cette affaire. En deux ans, j'aurai quinze cent mille francs [196], que je retirerai de Paris en bon or. — Eh bien, où donc est mon neveu ?

— Il dit qu'il ne veut pas manger, répondit Nanon. Ça n'est pas sain.

— Autant d'économisé, lui répliqua son maître.

— Dame, *voui*, dit-elle.

— Bah ! il ne pleurera pas toujours. La faim chasse le loup hors du bois.

Le dîner fut étrangement silencieux.

— Mon bon ami, dit Mme Grandet lorsque la nappe fut ôtée, il faut que nous prenions le deuil.

— En vérité, madame Grandet, vous ne savez quoi inventer pour dépenser de l'argent. Le deuil est dans le cœur et non dans les habits.

— Mais le deuil d'un frère est indispensable et l'Église nous ordonne de...

— Achetez votre deuil sur vos six louis. Vous me donnerez un crêpe, cela me suffira.

Eugénie leva les yeux au ciel sans mot dire. Pour la première fois dans sa vie, ses généreux penchants endormis, comprimés, mais subitement éveillés, étaient à tout moment froissés.

Cette soirée fut semblable en apparence à mille soirées de leur existence monotone, mais ce fut certes la plus horrible. Eugénie travailla sans lever la tête, et ne se servit point du nécessaire que Charles avait dédaigné la veille. Mme Grandet tricota ses

manches. Grandet tourna ses pouces pendant quatre
heures, abîmé dans des calculs dont les résultats
devaient le lendemain, étonner Saumur.

Personne ne vint ce jour-là visiter la famille. En
ce moment, la ville entière retentissait du tour de
force de Grandet, de la faillite de son frère et de
l'arrivée de son neveu. Pour obéir au besoin de
bavarder sur leurs intérêts communs, tous les propriétaires de vignobles des hautes et moyennes
sociétés de Saumur étaient chez M. des Grassins, où
se fulminèrent de terribles imprécations contre
l'ancien maire [197].

Nanon filait, et le bruit de son rouet fut la seule
voix qui se fit entendre sous les planchers grisâtres
de la salle.

— Nous n'usons point nos langues, dit-elle en
montrant ses dents blanches et grosses comme des
amandes pelées.

— Ne faut rien user, répondit Grandet en se
réveillant de ses méditations.

Il se voyait en perspective huit millions [198] dans
trois ans, et voguait sur cette longue nappe d'or.

— Couchons-nous. J'irai dire bonsoir à mon
neveu pour tout le monde, et voir s'il veut prendre
quelque chose.

Mme Grandet resta sur le palier du premier étage
pour entendre la conversation qui allait avoir lieu
entre Charles et le bonhomme. Eugénie, plus hardie
que sa mère, monta deux marches.

— Eh bien, mon neveu, vous avez du chagrin ?
Oui, pleurez, c'est naturel. Un père est un père. Mais
faut prendre notre mal en patience. Je m'occupe de
vous pendant que vous pleurez. Je suis un bon

parent, voyez-vous. Allons, du courage. Voulez-vous boire un petit verre de vin ?

Le vin ne coûte rien à Saumur; on y offre du vin comme dans les Indes une tasse de thé.

— Mais, dit Grandet en continuant, vous êtes sans lumière. Mauvais ! mauvais ! faut voir clair à ce que l'on fait.

Grandet marcha vers la cheminée.

— Tiens ! s'écria-t-il, voilà de la bougie. Où diable a-t-on pêché de la bougie ? Les garces démoliraient le plancher de ma maison pour cuire [199] des œufs à ce garçon-là.

En entendant ces mots, la mère et la fille rentrèrent dans leurs chambres et se fourrèrent dans leurs lits avec la célérité de souris effrayées qui rentrent dans leurs trous.

— Madame Grandet, vous avez donc un trésor ? dit l'homme en entrant dans la chambre de sa femme.

— Mon ami, je fais mes prières, attendez, répondit d'une voix altérée la pauvre mère.

— Que le diable emporte ton bon Dieu ! répliqua Grandet en grommelant.

Les avares ne croient point à une vie à venir, le présent est tout pour eux. Cette réflexion jette une horrible clarté sur l'époque actuelle, où, plus qu'en aucun autre temps, l'argent domine les lois, la politique et les mœurs. Institutions, livres, hommes et doctrines, tout conspire à miner la croyance d'une vie future, sur laquelle l'édifice social est appuyé depuis dix-huit cents ans. Maintenant, le cercueil est une transition peu redoutée. L'avenir, qui nous attendait par delà le *Requiem*, a été transporté dans le présent. Arriver *per fas et nefas* au paradis terrestre du luxe et des jouissances vaniteuses, pétrifier son cœur et se macérer le corps en vue de possessions passagères, comme on souffrait jadis le martyre de la vie en vue de biens éternels, est la pensée générale ! pensée d'ailleurs écrite partout, jusque dans les lois. qui demandent au législateur : « Que payes-tu ? » au lieu de dire : « Que penses-tu ? » Quand cette doctrine aura passé de la bourgeoisie au peuple, que deviendra le pays ?

— Madame Grandet, as-tu fini ? dit le vieux tonnelier.

— Mon ami, je prie pour toi.

— Très-bien ! bonsoir. Demain matin, nous causerons.

La pauvre femme s'endormit comme l'écolier qui, n'ayant pas appris ses leçons, craint de trouver à son réveil le visage irrité du maître. Au moment où, par frayeur, elle se roulait dans les draps pour ne rien entendre, Eugénie se coula près d'elle, en chemise, pieds nus, et vint la baiser au front.

— Oh ! bonne mère, dit-elle, demain, je lui dirai que c'est moi.

— Non, il t'enverrait à Noyers. Laisse-moi faire, il ne me mangera pas.

— Entends-tu, maman ?

— Quoi ?

— Eh bien, *il* pleure toujours.

— Va donc te coucher, ma fille. Tu gagneras froid aux pieds : le carreau est humide.

Ainsi se passa la journée solennelle qui devait peser sur toute la vie de la riche et pauvre héritière, dont le sommeil ne fut plus aussi complet ni aussi pur qu'il l'avait été jusqu'alors.

Assez souvent, certaines actions de la vie humaine paraissent, littérairement parlant, invraisemblables, quoique vraies. Mais ne serait-ce pas qu'on omet presque toujours de répandre sur nos déterminations spontanées une sorte de lumière psychologique, en n'expliquant pas les raisons mystérieusement conçues qui les ont nécessitées ? Peut-être la profonde passion d'Eugénie devrait-elle être analysée dans ses fibrilles les plus délicates; car elle devint, diraient quelques railleurs, une maladie, et influença toute son existence. Beaucoup de gens aiment mieux nier les dénoûments que de mesurer la force des liens, des nœuds, des attaches qui soudent secrètement un fait à un autre dans l'ordre moral. Ici donc, le passé d'Eugénie servira, pour les observateurs de la nature humaine, de garantie à la naïveté de son irréflexion et à la soudaineté des effusions de son âme. Plus sa vie avait été tranquille, plus vivement la pitié féminine, le plus ingénieux des sentiments, se déploya dans son âme. Aussi, troublée par les événements de la journée, s'éveilla-t-elle à plusieurs reprises pour écouter son cousin, croyant en avoir entendu les soupirs qui depuis la veille lui retentissaient au cœur : tantôt elle le voyait expirant de chagrin, tantôt elle le rêvait mourant de faim. Vers le matin, elle entendit certainement une terrible exclamation. Aussitôt elle se vêtit, et accourut au petit jour, d'un pied léger, auprès de son cousin, qui avait laissé sa porte ouverte. La bougie avait brûlé dans la bobèche du flambeau. Charles, vaincu par la nature, dormait habillé, assis dans un fauteuil, la tête renversée sur le lit; il rêvait comme rêvent les gens qui ont l'estomac vide. Eugénie put pleurer à son aise; elle put admirer ce jeune et beau visage, marbré par la douleur, ces yeux gonflés par les larmes et qui, tout endormis, semblaient encore verser des pleurs. Charles devina sympathiquement la présence d'Eugénie, il ouvrit les yeux, et la vit attendrie.

— Pardon, ma cousine, dit-il, ne sachant évidemment ni l'heure qu'il était, ni le lieu où il se trouvait.

— Il y a des cœurs qui vous entendent ici, mon cousin, et *nous* avons cru que vous aviez besoin de quelque chose. Vous devriez vous coucher, vous vous fatiguez en restant ainsi.

— Cela est vrai.

— Eh bien, adieu.

Elle se sauva, honteuse et heureuse d'être venue. L'innocence ose seule de telles hardiesses. Instruite, la vertu calcule aussi bien que le vice. Eugénie, qui auprès de son cousin n'avait pas tremblé, put à peine se tenir sur ses jambes quand elle fut dans sa chambre. Son ignorante vie avait cessé tout à coup, elle raisonna, se fit mille reproches. « Quelle idée va-t-il prendre de moi ? Il croira que je l'aime. » C'était précisément ce qu'elle désirait le plus de lui voir croire. L'amour franc a sa prescience et sait que l'amour excite l'amour. Quel événement pour cette jeune fille solitaire, d'être ainsi entrée furtivement chez un jeune homme ! N'y a-t-il pas des pensées, des actions, qui, en amour, équivalent, pour certaines âmes, à de saintes fiançailles !

Une heure après, elle entra chez sa mère, et l'habilla suivant son habitude. Puis elles vinrent s'asseoir à leurs places devant la fenêtre, et attendirent Grandet avec cette anxiété qui glace le cœur ou l'échauffe, le serre ou le dilate, suivant les carac-

tères, alors que l'on redoute une scène, une punition ;
sentiment d'ailleurs si naturel, que les animaux
domestiques l'éprouvent au point de crier pour le
faible mal d'une correction, eux qui se taisent quand
ils se blessent par inadvertance. Le bonhomme
descendit, mais il parla d'un air distrait à sa femme,
embrassa Eugénie et se mit à table sans paraître
penser à ses menaces de la veille.

— Que devient mon neveu ? L'enfant n'est pas
gênant.

— Monsieur, il dort, répondit Nanon.

— Tant mieux, il n'a pas besoin de bougie, dit
Grandet d'un ton Goguenard.

Cette clémence insolite, cette amère gaieté, frappèrent Mme Grandet, qui regarda son mari fort
attentivement. Le bonhomme... (Ici, peut-être est-il
convenable de faire observer qu'en Touraine, en
Anjou, en Poitou, dans la Bretagne, le mot *bonhomme*, déjà souvent employé pour désigner Grandet, est décerné aux hommes les plus cruels comme
aux plus bonasses, aussitôt qu'ils sont arrivés à
un certain âge. Ce titre ne préjuge rien sur la man-
suétude individuelle...) Le bonhomme donc prit
son chapeau, ses gants, et dit :

— Je vais muser sur la place pour rencontrer
nos Cruchot.

— Eugénie, ton père a décidément quelque
chose.

En effet, peu dormeur, Grandet employait la
moitié de ses nuits aux calculs préliminaires qui donnaient à ses vues, à ses observations, à ses plans, leur
étonnante justesse et leur assuraient cette constante
réussite de laquelle s'émerveillaient les Saumurois.

Tout pouvoir humain est un composé de patience et de temps. Les gens puissants veulent et veillent. La vie de l'avare est un constant exercice de la puissance humaine mise au service de la personnalité. Il ne s'appuie que sur deux sentiments : l'amour-propre et l'intérêt : mais l'intérêt étant en quelque sorte l'amour-propre solide et bien entendu, l'attestation continue d'une supériorité réelle, l'amour-propre et l'intérêt sont deux parties [200] d'un même tout, l'égoïsme. De là vient peut-être la prodigieuse curiosité qu'excitent les avares habilement mis en scène. Chacun tient par un fil à ces personnages qui s'attaquent à tous les sentiments humains, en les résumant tous. Où est l'homme sans désir, et quel désir social se résoudra sans argent ?

Grandet avait bien réellement quelque chose, suivant l'expression de sa femme. Il se rencontrait en lui, comme chez tous les avares, un persistant besoin de jouer une partie avec les autres hommes, de leur gagner légalement leurs écus. Imposer autrui, n'est-ce pas faire acte de pouvoir, se donner perpétuellement le droit de mépriser ceux qui, trop faibles, se laissent ici-bas dévorer ? Oh ! qui a bien compris l'agneau paisiblement couché aux pieds de Dieu, le plus touchant emblème de toutes les victimes terrestres, celui de leur avenir, enfin la souffrance et la faiblesse glorifiées ? Cet agneau, l'avare le laisse s'engraisser, il le parque, le tue, le cuit, le mange et le méprise. La pâture des avares se compose d'argent et de dédain.

Pendant la nuit, les idées du bonhomme avaient pris un autre cours : de là sa clémence. Il avait ourdi une trame pour se moquer des Parisiens, pour les tordre, les rouler, les pétrir, les faire aller, venir, suer, espérer, pâlir; pour s'amuser d'eux, lui, ancien tonnelier, au fond de sa salle grise, en montant l'escalier vermoulu de sa maison de Saumur. Son neveu l'avait occupé. Il voulait sauver l'honneur de son frère mort sans qu'il en coûtât un sou ni à son neveu ni à lui. Ses fonds allaient être placés pour trois ans, il n'avait plus qu'à gérer ses biens; il fallait donc un aliment à son activité malicieuse, et il l'avait trouvé dans la faillite de son frère. Ne se sentant rien entre les pattes à pressurer, il voulait concasser les Parisiens au profit de Charles, et se montrer excellent frère à bon marché. L'honneur de la famille entrait pour si peu de chose dans son projet, que sa bonne volonté doit être comparée au besoin qu'éprouvent les joueurs de voir bien jouer une partie dans laquelle ils n'ont pas d'enjeu. Et les Cruchot lui étaient nécessaires, et il ne voulait pas les aller chercher, et il avait décidé de les faire arriver chez lui, et d'y commencer ce soir même la comédie dont le plan venait d'être conçu, afin d'être [201] le lendemain sans qu'il lui en coûtât un denier, l'objet de l'admiration de sa ville.

PROMESSES D'AVARE,
SERMENTS D'AMOUR

En l'absence de son père, Eugénie eut le bonheur de pouvoir s'occuper ouvertement de son bien-aimé cousin, d'épancher sur lui sans crainte les trésors de sa pitié, l'une des sublimes supériorités de la femme, la seule qu'elle veuille faire sentir, la seule qu'elle pardonne à l'homme de lui laisser prendre sur lui. Trois ou quatre fois, Eugénie alla écouter la respiration de son cousin; savoir s'il dormait, s'il se réveillait; puis, quand il se leva, la crème, le café, les œufs, les fruits, les assiettes, le verre, tout ce qui faisait partie du déjeuner fut pour elle l'objet de quelque soin. Elle grimpa lestement dans le vieil escalier pour écouter le bruit que faisait son cousin. S'habillait-il ? pleurait-il encore ? Elle vint jusqu'à la porte.

— Mon cousin !

— Ma cousine !

— Voulez-vous déjeuner dans la salle ou dans votre chambre ?

— Où vous voudrez.

— Comment vous trouvez-vous ?

— Ma chère cousine, j'ai honte d'avoir faim.

Cette conversation à travers la porte était pour Eugénie tout un épisode de roman.

— Eh bien, nous vous apporterons à déjeuner dans votre chambre, afin de ne pas contrarier mon père.

Elle descendit dans la cuisine avec la légèreté d'un oiseau.

— Nanon, va donc faire sa chambre.

Cet escalier si souvent monté, descendu, où retentissait le moindre bruit, semblait à Eugénie avoir perdu son caractère de vétusté; elle le voyait lumineux, il parlait, il était jeune comme elle, jeune comme son amour auquel il servait. Enfin sa mère, sa bonne et indulgente mère voulut bien se prêter aux fantaisies de son amour, et, lorsque la chambre de Charles fut faite, elles allèrent toutes deux tenir compagnie au malheureux : la charité chrétienne n'ordonnait-elle pas de le consoler ? Ces deux femmes puisèrent dans la religion bon nombre de petits sophismes pour se justifier leurs déportements.

Charles Grandet se vit donc l'objet des soins les plus affectueux et les plus tendres. Son cœur endolori sentit vivement la douceur de cette amitié veloutée, de cette exquise sympathie que ces deux âmes toujours contraintes, surent déployer en se trouvant libres un moment dans la région des souffrances, leur sphère naturelle. Autorisée par la parenté, Eugénie se mit à ranger le linge, les objets de toilette que son cousin avait apportés, et put s'émerveiller à son aise de chaque luxueuse babiole, des colifichets d'argent, d'or travaillé qui lui tombaient sous la main, et qu'elle tenait longtemps sous prétexte de les examiner. Charles ne vit pas sans un attendrissement profond l'intérêt généreux que lui portaient sa tante et sa cousine; il connaissait assez la société de Paris pour savoir que, dans sa position, il n'y eût trouvé que des cœurs indifférents ou froids. Eugénie lui apparut dans toute la splendeur de sa beauté spéciale, il admira dès lors l'innocence de ces mœurs dont il se moquait la veille. Aussi, quand Eugénie prit des mains de Nanon le bol de faïence plein de café à la crème pour le servir à son cousin avec toute l'ingénuité du sentiment, en lui jetant un bon regard, les yeux du Parisien se mouillèrent-ils [202] de larmes, il lui prit la main et la baisa.

— Eh bien, qu'avez-vous encore? demanda-t-elle.

— Oh! ce sont des larmes [203] de reconnaissance, répondit-il.

Eugénie se tourna brusquement vers la cheminée pour prendre les flambeaux.

— Nanon, tenez, emportez, dit-elle.

Quand elle regarda son cousin, elle était bien rouge encore, mais au moins ses regards purent mentir et ne pas peindre la joie excessive qui lui inondait le cœur; mais leurs yeux exprimèrent un même sentiment, comme leurs âmes se fondirent dans une même pensée : l'avenir était à eux.

Cette douce émotion fut d'autant plus délicieuse pour Charles, au milieu de son immense chagrin, qu'elle était moins attendue. Un coup de marteau rappela les deux femmes à leurs places. Par bonheur, elles purent redescendre assez rapidement l'escalier pour se trouver à l'ouvrage quand Grandet entra; s'il les eût rencontrées sous la voûte, il n'en aurait pas fallu davantage pour exciter ses soupçons. Après le déjeuner, que le bonhomme fit sur le pouce, le garde, auquel l'indemnité promise n'avait pas encore été donnée, arriva de Froidfond, d'où il apportait un lièvre, des perdreaux tués dans le parc, des anguilles et deux brochets dus par les meuniers.

— Eh ! eh ! ce pauvre Cornoiller, il vient comme marée en carême. Est-ce bon à manger, ça ?

— Oui, mon cher généreux monsieur, c'est tué depuis deux jours.

— Allons, Nanon, haut le pied ! dit le bonhomme. Prends-moi cela, ce sera pour le dîner ; je régale deux Cruchot.

Nanon ouvrit des yeux bêtes et regarda tout le monde.

— Eh bien, dit-elle, où que je trouverai du lard et des épices ?

— Ma femme, dit Grandet, donne six francs à Nanon, et fais-moi souvenir d'aller à la cave chercher du bon vin.

— Eh bien donc, monsieur Grandet, reprit le garde, qui avait préparé sa harangue afin de faire décider la question de ses appointements, monsieur Grandet...

— Ta ta ta ta, dit Grandet ; je sais ce que tu veux dire ; tu es un bon diable : nous verrons cela demain, je suis trop pressé aujourd'hui [204]. Ma femme, donne-lui cent sous, dit-il à Mme Grandet.

Il décampa. La pauvre femme fut trop heureuse d'acheter la paix pour onze francs. Elle savait que Grandet se taisait pendant quinze jours, après avoir ainsi repris, pièce à pièce, l'argent qu'il avait donné.

— Tiens, Cornoiller, dit-elle en lui glissant dix

francs dans la main; quelque jour [205] nous reconnaîtrons tes services.

Cornoiller n'eut rien à dire. Il partit.

— Madame, dit Nanon, qui avait mis sa coiffe noire et pris son panier, je n'ai besoin que de trois francs, gardez le reste. Allez, ça ira tout de même.

— Fais un bon dîner, Nanon, mon cousin descendra, dit Eugénie.

— Décidément. il se passe ici quelque chose d'extraordinaire, dit Mme Grandet. Voilà la troisième fois que, depuis notre mariage, ton père donne à dîner.

Vers quatre heures, au moment où Eugénie et sa mère avaient fini de mettre un couvert pour six personnes, et où le maître du logis avait monté quelques bouteilles de ces vins exquis que conservent les provinciaux avec amour, Charles vint dans la salle. Le jeune homme était pâle. Ses gestes, sa contenance, ses regards et le son de sa voix eurent une tristesse pleine de grâce. Il ne jouait pas la douleur, il souffrait véritablement, et le voile étendu sur ses traits par la peine lui donnait cet air intéressant qui plaît tant aux femmes. Eugénie l'en aima bien davantage. Peut-être aussi le malheur l'avait-il rapproché d'elle. Charles n'était plus ce riche et beau jeune homme placé dans une sphère inabordable pour elle, mais un parent plongé dans une effroyable misère. La misère enfante l'égalité [206]. La femme a cela de commun avec l'ange, que les êtres souffrants lui appartiennent. Charles et Eugénie s'entendirent et se parlèrent des yeux seulement; car le pauvre dandy déchu, l'orphelin se mit dans un coin, s'y tint

muet, calme et fier; mais, de moment en moment,
le regard doux et caressant de sa cousine venait
luire sur lui, le contraignant à quitter ses tristes
pensées, à s'élancer avec elle dans les champs de
l'espérance et de l'avenir, où elle aimait à s'engager
avec lui.

En ce moment, la ville de Saumur était plus émue
du dîner offert par Grandet aux Cruchot qu'elle
ne l'avait été la veille par la vente de sa récolte, qui
constituait un crime de haute trahison envers le
vignoble. Si le politique vigneron eût donné son
dîner dans la même pensée qui coûta la queue au
chien d'Alcibiade, il aurait été peut-être un grand
homme; mais, trop supérieur à une ville de laquelle
il se jouait sans cesse, il ne faisait aucun cas de
Saumur. Les des Grassins apprirent bientôt la
mort violente et la faillite probable du père de
Charles; ils résolurent d'aller dès le soir même chez
leur client, afin de prendre part à son malheur et
lui donner des signes d'amitié, tout en s'informant
des motifs qui pouvaient l'avoir déterminé à inviter,
en semblable occurrence, les Cruchot à dîner.

A cinq heures précises, le président C. de Bonfons et son oncle le notaire arrivèrent endi-
manchés jusqu'aux dents. Les convives se mirent à
table et commencèrent par manger notablement
bien. Grandet était grave, Charles silencieux,
Eugénie muette, Mᵐᵉ Grandet ne parla pas plus
que de coutume, en sorte que ce dîner fut un véritable repas de condoléance.

Quand on se leva de table, Charles dit à sa tante
et à son oncle :

— Permettez-moi de me retirer. Je suis obligé

de m'occuper d'une longue et triste correspondance.

— Faites, mon neveu.

Lorsque, après son départ, le bonhomme put présumer que Charles ne pouvait rien entendre, et devait être plongé dans ses écritures, il regarda sournoisement sa femme.

— Madame Grandet, ce que nous avons à dire serait du latin pour vous; il est sept heures et demie, vous devriez aller vous serrer dans votre porte-feuille. Bonne nuit, ma fille.

Il embrassa Eugénie, et les deux femmes sortirent. Là commença la scène où le père Grandet, plus qu'en aucun autre moment de sa vie, employa l'adresse qu'il avait acquise dans le commerce des hommes, et qui lui valait souvent, de la part de ceux dont il mordait un peu trop rudement la peau, le surnom de *vieux chien*. Si le maire de Saumur eût porté son ambition plus haut, si d'heureuses circonstances, en le faisant arriver vers les sphères supérieures de la société, l'eussent envoyé dans les congrès où se traitaient les affaires des nations, et qu'il s'y fût servi du génie dont l'avait doté son intérêt personnel, nul doute qu'il n'y eût été glorieusement utile à la France. Néanmoins, peut-être aussi serait-il également probable que, sorti de Saumur, le bonhomme n'aurait fait qu'une pauvre figure. Peut-être en est-il des esprits comme de certains animaux [207], qui n'engendrent plus transplantés hors des climats où ils naissent.

— Mon... on... on... on... sieur le pré... pré... pré... président, vouoouous di... di... di... disiiieeez que la faaaaiiillite...

Le bredouillement affecté depuis si longtemps

par le bonhomme, et qui passait pour naturel, aussi bien que la surdité dont il se plaignait par les temps de pluie, devint, en cette conjoncture si fatigant pour les deux Cruchot, qu'en écoutant le vigneron ils grimaçaient à leur insu, en faisant des efforts comme s'ils voulaient achever les mots dans lesquels il s'empêtrait à plaisir. Ici, peut-être devient-il nécessaire de donner l'histoire du bégayement et de la surdité de Grandet.

Personne, dans l'Anjou, n'entendait mieux et ne pouvait prononcer plus nettement le français angevin que le rusé vigneron. Jadis, malgré toute sa finesse, il avait été dupé par un israélite, qui, dans la discussion, appliquait sa main à son oreille en guise de cornet, sous prétexte de mieux entendre, et baragouinait si bien en cherchant ses mots, que Grandet, victime de son humanité, se crut obligé de suggérer à ce malin juif les mots et les idées que paraissait chercher le juif, d'achever lui-même les raisonnements dudit juif, de parler comme devait parler le damné juif, d'être enfin le juif et non Grandet. Le tonnelier sortit de ce combat bizarre ayant conclu le seul marché dont il ait eu à se plaindre pendant le cours de sa vie commerciale. Mais, s'il y perdit, pécuniairement parlant, il y gagna moralement une bonne leçon, et, plus tard, il en recueillit les fruits. Aussi le bonhomme finit-il par bénir le juif qui lui avait appris l'art d'impatienter son adversaire commercial, et, en l'occupant à exprimer sa pensée de lui faire constamment perdre de vue la sienne.

Or, aucune affaire n'exigea plus que celle dont il s'agissait, l'emploi de la surdité, du bredouillement et des ambages incompréhensibles dans lesquels Grandet enveloppait ses idées [208]. D'abord, il ne voulait pas endosser la responsabilité de ses idées; puis il voulait rester maître de sa parole, et laisser en doute ses véritables intentions.

— Mon... sieur de Bon... Bon... Bonfons.

Pour la seconde fois, depuis trois ans, Grandet nommait Cruchot neveu : M. de Bonfons. Le président put se croire choisi pour gendre par l'artificieux bonhomme.

— Voooouous di... di... di... disiez donc que les faiiiilites peu... peu... peu... peuvent, dan... dans ce... ertains cas, être empê... pê... pê... chées pa... par...

— Par les tribunaux de commerce eux-mêmes. Cela se voit tous les jours, dit M. C. de Bonfons, enfourchant l'idée du père Grandet ou croyant la deviner et voulant affectueusement la lui expliquer. Écoutez !

— J'écou... coute. répondit humblement le bonhomme en prenant la malicieuse contenance d'un enfant qui rit intérieurement de son professeur tout en paraissant lui prêter la plus grande attention.

— Quand un homme considérable et considéré, comme l'était, par exemple, défunt monsieur votre frère à Paris...

— Mon... on frère, oui.

— Est menacé d'une déconfiture...

— Ça... aaa s'a...appelle dé... d.é.. déconfiture ?

— Oui. Que sa faillite devient imminente, le tribunal de commerce, dont il est justiciable (suivez bien), a la faculté, par un jugement, de nommer, à sa maison de commerce, des liquidateurs. Liquider n'est pas faire faillite, comprenez-vous ? En faisant

faillite, un homme est déshonoré; mais, en liquidant, il reste honnête homme.

— C'est bien di... di... di... différent, si ça... a...
a... ne coû... où... où... où... oûte pas... pas... pas
plus cher, dit Grandet.

— Mais une liquidation peut encore se faire,
même sans le secours du tribunal de commerce.
Car, dit le président en humant sa prise de tabac,
comment se déclare une faillite ?

— Oui, je n'y ai jamais pen... pen... pen... pensé,
répondit Grandet.

— Premièrement, reprit le magistrat, par le
dépôt du bilan au greffe du tribunal, que fait le
négociant lui-même ou son fondé de pouvoir,
dûment enregistré. Deuxièmement à la requète
des créanciers. Or, si le négociant ne dépose pas
de bilan, si aucun créancier ne requiert du tribunal
un jugement qui déclare le susdit négociant en
faillite, qu'arrive-t-il ?

— Oui... i... i..., voy... voy... ons.

— Alors, la famille du décédé, ses représentants,
son hoirie, ou le négociant, s'il n'est pas mort, ou
ses amis, s'il est caché, liquident. Peut-être voulez-
vous liquider les affaires de votre frère ? demanda
le président.

— Ah ! Grandet ! s'écria le notaire, ce serait
bien. Il y a de l'honneur au fond de nos provinces.
Si vous sauviez votre nom, car c'est votre nom,
vous seriez un homme...

— Sublime ! dit le président en interrompant son
oncle.

— Ce... ertainement, répliqua le vieux vigneron;
mon... mon fffr... fre... frère se no... no... no... nom-

mait Grandet tout... out comme moi. Cé... cé...
c'es... c'est sûr et certain. Je... je... je ne... ne dis
pas... pas non. Et... et... et... cette li... li... li...
liquidation pou... pou... pourrait dans tooous Illes
cas, être sooous tous Illes ra... ra... rapports très-
avan... vantata... geuse aux in... in... in... térêts
de mon ne... ne... neveu, que j'ai... j'ai... j'aime.
Mais faut voir. Je ne co... co... connais pas *Illes*
malins de Paris. Je... suis à Sau... au... aumur, moi,
voyez-vous ! Mes prooovins, mes fooossés, et en...
enfin j'ai mes aaaffaires. Je n'ai jamais fait de bi...
bi... billets. Qu'est-ce qu'un billet ? J'en... j'en...
j'en ai beau... beaucoup reçu, je n'en ai jamais si...
si... signé. Ça... aaa se ssse touche, ça s'essscooompte.
Voilà tooout ce qu... qu... que je sais. J'ai en... en...
en... entendu di... di... dire qu'on... ooon pou...
ou... ouvait rache... che... cheter les bi... bi...
bi...

— Oui, dit le président. On peut acquérir les
billets sur la place, moyennant tant pour cent.
Comprenez-vous ?

Grandet se fit un cornet de sa main, l'appliqua
sur son oreille, et le président lui répéta sa phrase.

— Mais, répondit le vigneron, il y a ddddonc à
boire et à manger dan... dans tout cela ? Je... je...
je ne sais rien, à mon âââge, de toooutes ce... ce...
ces chooooses-là. Je doi... dois re...ester i... i... ici
pour vé... vé... veiller au grain. Le grain s'aama...
masse, et c'e... c'e... c'est aaavec le grain qu'on pay...
paye. Aavant tout, faut vé... vé... veiller aux... aux
ré... ré... récoltes, j'ai des aaaffaires ma... ma...
majeures à Froidfond et des inté... té... téressantes.
Je ne puis pas a... a... abandonner ma... ma... ma...

maison pooour des *em... em... embrrrououilllllamini gentes* de... de... de tooous les di... dia... ables, où je ne cooompr... prends rien. Voous dites que... que je devrais, pour li... li... li... liquider, pour arrêter la déclaration de faillite, être à Paris. On ne peut pas se trooou... ouver à la fois en... en... en deux endroits à moins d'être pe... pe... pe... petit oiseau... et...

— Et je vous entends, s'écria le notaire. Eh bien, mon vieil ami, vous avez des amis, de vieux amis capables de dévouement pour vous.

— Allons donc ! pensait en lui-même le vigne-ron, décidez-vous donc !

— Et si quelqu'un partait pour Paris, y cherchait le plus fort créancier de votre frère Guillaume, lui disait...

— Mi... mi... minute, ici, reprit le bonhomme ; lui disait... quoi ? Quelque... que cho... chooo... chose, co... co... comme ça : « M. Grandet... det de Saumur pa... pa... par-ci, M. Grandet... det de Saumur par-là. Il aime son frère, il aime son ne... ne... neveu. Grandet est un bon pa... par.. parent, il a de très-bonnes intentions. Il a bien vendu sa ré... ré... récolte. Ne déclarez pas la fa... fa... fa... faillite, aaassemblez-vous, no... no... nommez des li... li... liquidateurs. Aaalors Grandet vé... éé... erra. Voous au... au... aurez... ez bien davantage en liquidant qu'en lai... lai... laissant les gens de justice y mettre le né... né... nez... » Hein ! pas vrai ?

— Juste ! dit le président.

— Parce que, voyez-vous, monsieur de Bon... Bon... Bon... fons, faut voir avant de se dé... décider. Qui ne... ne... ne peut..., ne... ne peut. En toute

af... af... affaire oooooné... néreuse, pooour ne pas se
ru... ru... rui... ruiner, il faut connaître les ressources
et les charges. Hein ! pas vrai ?

— Certainement, dit le président. Je suis d'avis,
moi, qu'en quelques mois de temps on pourra racheter les créances pour une somme de, et payer intégralement par arrangement. Ah ! ah ! l'on mène
les chiens bien loin en leur montrant un morceau
de lard. Quand il n'y a pas eu de déclaration de
faillite et que vous tenez les titres de créances, vous
devenez blanc comme neige.

— Comme né... né... neige ? répéta Grandet en
refaisant un cornet de sa main. Je ne comprends pas
la né... né... neige.

— Mais, cria le président, écoutez-moi donc,
alors !

— J'é... j'é... j'écoute.

— Un effet est une marchandise qui peut avoir
sa hausse et sa baisse. Ceci est une déduction du
principe de Jérémie Bentham sur l'usure. Ce publi-
ciste a prouvé que le préjugé qui frappait de répro-
bation les usuriers était une sottise.

— Ouais ! fit le bonhomme.

— Attendu qu'en principe, selon Bentham,
l'argent est une marchandise, et que ce qui repré-
sente l'argent devient également marchandise,
reprit le président ; attendu qu'il est notoire que,
soumise aux variations habituelles qui régissent
les choses commerciales, la marchandise-billet,
portant telle ou telle signature, comme tel ou tel
article, abonde ou manque sur la place, qu'elle est
chère ou tombe à rien, le tribunal ordonne... (tiens !
que je suis bête, pardon...), je suis d'avis que vous

pourrez racheter votre frère pour vingt-cinq du
cent.

— Vooous le no... no... no... nommez Jé... Jé...
Jé... Jérémie Ben... ?

— Bentham, un Anglais.

— Ce Jérémie-là nous fera éviter bien des lamen-
tations dans les affaires, dit le notaire en riant.

— Ces Anglais ont qué... qué... quelquefois du
bon... on sens, dit Grandet. Ainsi, se... se... se...
selon Ben... Ben... Ben... Bentham, si les effets de
mon frère... va... va... va... va... valent... ne valent
pas ! Si je... je... je... dis bien, n'est-ce pas ? Cela me
paraît clair... Les créanciers seraient... non, ne
seraient pas... Je m'een... entends.

— Laissez-moi vous expliquer tout ceci, dit
le président. En droit, si vous possédez les titres
de toutes les créances dues par la maison Grandet,
votre frère ou ses hoirs ne doivent rien à personne.
Bien.

— Bien, répéta le bonhomme.

— En équité, si les effets de votre frère se négocient (négocient, entendez-vous bien ce terme ?) sur
la place à tant pour cent de perte ; si l'un de vos amis
a passé par là, s'il les a rachetés, les créanciers n'ayant
été contraints par aucune violence à les donner, la
succession de feu Grandet de Paris se trouve loyale-
ment quitte.

— C'est vrai, les a... a... a... affaires sont les
affaires, dit le tonnelier. Cela pooooosé... Mais,
néanmoins, vous compre... ne... ne... ne... nez... que
c'est di... di... di... difficile. Je... je... je n'ai pas
d'aaargent... ni... ni... ni le temps, ni le temps
ni...

— Oui, vous ne pouvez pas vous déranger. Eh bien, je vous offre d'aller à Paris (vous me tiendrez compte du voyage, c'est une misère). J'y vois les créanciers, je leur parle, j'atermoie, et tout s'arrange avec un supplément de payement que vous ajoutez aux valeurs de la liquidation, afin de rentrer dans les titres de créances.

— Mais nooouous verrons cela; je ne... ne... ne peux pas, je... je... je ne veux pas m'en... en... en... engager sans... sans que... Qui... qui... qui... ne... ne peut, ne peut. Vooouous comprenez ?

— Cela est juste.

— J'ai la tête ca... ca... cassée de ce que... que vooouou... vous m'a... a... a... avez dé... dé... décliqué [209] là. Voilà la... la... la première fois de ma vie que je... je suis fooorcé de son... songer à de...

— Oui, vous n'êtes pas jurisconsulte.

— Je... je suis un pau... pau... pauvre vigneron, et ne sais rien de ce que vou... vou... vous venez de dire; il fau... fau... faut que j'é... j'é... j'étudie çççça.

— Eh bien,... reprit le président en se posant comme pour résumer la discussion.

— Mon neveu !... fit le notaire d'un ton de reproche en l'interrompant.

— Eh bien, mon oncle ? répondit le président.

— Laisse donc M. Grandet t'expliquer ses intentions. Il s'agit en ce moment d'un mandat important. Notre cher ami doit le définir congrûm...

Un coup de marteau qui annonça l'arrivée de la famille des Grassins, leur entrée et leurs salutations empêchèrent Cruchot d'achever sa phrase. Le notaire fut content de cette interruption; déjà Grandet le

regardait de travers, et sa loupe indiquait un orage
intérieur. Mais d'abord, le prudent notaire ne
trouvait pas convenable à un président du tribunal
de première instance d'aller à Paris pour y faire
capituler des créanciers, et y prêter les mains à un
tripotage qui froissait les lois de la stricte probité;
puis, n'ayant pas encore entendu le père Grandet
exprimant la moindre velléité de payer quoi que
ce fût, il tremblait instinctivement de voir son
neveu engagé dans cette affaire. Il profita donc du
moment où les des Grassins entraient pour prendre
le président par le bras et l'attirer dans l'embrasure
de la fenêtre.

— Tu t'es bien suffisamment montré, mon neveu;
mais assez de dévouement comme ça. L'envie
d'avoir la fille t'aveugle. Diable ! il n'y faut pas
aller comme une corneille qui abat des noix. Laisse-
moi maintenant conduire la barque, aide seulement
à la manœuvre. Est-ce bien ton rôle de compromettre ta dignité de magistrat dans une pareille [210]... ?

Il n'acheva pas; il entendait M. des Grassins
disant au vieux tonnelier en lui tendant la main :

— Grandet, nous avons appris l'affreux malheur
arrivé dans votre famille, le désastre de la maison
Guillaume Grandet et la mort de votre frère; nous
venons vous exprimer toute la part que nous prenons
à ce triste événement.

— Il n'y a d'autre malheur, dit le notaire en
interrompant le banquier, que la mort de M. Grandet
junior. Encore ne se serait-il pas tué, s'il avait eu
l'idée d'appeler son frère à son secours. Notre
vieil ami, qui a de l'honneur jusqu'au bout des
ongles, compte liquider les dettes de la maison

Grandet de Paris. Mon neveu le président, pour lui épargner les tracas d'une affaire toute judiciaire, lui offre de partir sur-le-champ pour Paris, afin de transiger avec les créanciers et les satisfaire convenablement.

Ces paroles, confirmées par l'attitude du vigneron [211], qui se caressait le menton, surprirent étrangement les trois des Grassins, qui pendant le chemin avaient médit tout à loisir de l'avarice de Grandet, en l'accusant presque d'un fratricide.

— Ah ! je le savais bien ! s'écria le banquier en regardant sa femme. Que te disais-je en route, madame des Grassins ? Grandet a de l'honneur jusqu'au bout des cheveux, et ne souffrira pas que son nom reçoive la plus légère atteinte ! L'argent sans l'honneur est une maladie [212]. Il y a de l'honneur dans nos provinces ! Cela est bien, très bien, Grandet. Je suis un vieux militaire, je ne sais pas déguiser ma pensée; je la dis rudement : cela est, mille tonnerres ! sublime [213].

— Aaalors llle su... su... sub... sublime est bi... bi... bien cher, répondit le bonhomme pendant que le banquier lui secouait chaleureusement la main.

— Mais ceci, mon brave Grandet, n'en déplaise à M. le président, reprit des Grassins, est une affaire purement commerciale, et veut un négociant consommé. Ne faut-il pas se connaître aux comptes de retour, débours, calculs d'intérêts ? Je dois aller à Paris pour mes affaires, et je pourrais alors me charger de...

— Nous verrions donc à tâ... tâ... tâcher de nous aaaarangerr tou... tous deux dans les po... po... po... possibilités relatives et sans m'en... m'en... m'engager à quelque chose que je... je... je ne voooou... oudrais pas faire, dit Grandet en bégayant; parce que, voyez-vous, M. le président me demandait naturellement les frais de voyage.

Le bonhomme ne bredouilla plus ces derniers mots.

— Eh! dit Mme des Grassins, mais c'est un plaisir que d'être à Paris. Je payerais volontiers pour y aller, moi.

Et elle fit un signe à son mari comme pour l'encourager à souffler cette commission à leurs adversaires, coûte que coûte; puis elle regarda fort ironiquement les deux Cruchot, qui prirent une mine piteuse.

Grandet saisit alors le banquier par un des boutons de son habit et l'attira dans un coin.

— J'aurais bien plus de confiance en vous que dans le président, lui dit-il. Puis il y a des anguilles sous roche, ajouta-t-il en remuant sa loupe. Je veux me mettre dans la rente; j'ai quelques milliers de francs de rente à faire acheter, et je ne veux placer qu'à quatre-vingts francs. Cette mécanique baisse, dit-on, à la fin des mois. Vous vous connaissez à ça, pas vrai?

— Pardieu! Eh bien, j'aurais donc quelques mille livres de rente à lever pour vous?

— Pas grand'chose pour commencer. *Motus!* Je veux jouer ce jeu-là sans qu'on en sache rien. Vous me concluriez un marché pour la fin du mois; mais n'en dites rien aux Cruchot, ça les taquinerait. Puisque vous allez à Paris, nous y verrons en même temps, pour mon pauvre neveu, de quelle couleur sont les atouts.

— Voilà qui est entendu. Je partirai demain en poste, dit à haute voix des Grassins, et je viendrai prendre vos dernières instructions à... A quelle heure ?

— A cinq heures, avant le dîner, dit le vigneron en se frottant les mains.

Les deux partis restèrent encore quelques instants en présence. Des Grassins dit, après une pause, en frappant sur l'épaule de Grandet :

— Il fait bon avoir de bons parents comme ça...

— Oui, oui, sans que ça paraisse, répondit Grandet, je suis un bon pa... parent. J'aimais mon frère, et je le prouverai bien si... si ça ne... ne coûte pas...

— Nous allons vous quitter, Grandet, lui dit le banquier en l'interrompant heureusement avant qu'il achevât sa phrase. Si j'avance mon départ, il faut mettre en ordre quelques affaires.

— Bien, bien. Moi-même, raa... apport à ce que vou... vous savez, je... je vais me re... re... retirer dans ma cham... ambre des dé... délibérations, comme dit le président Cruchot.

— Peste ! je ne suis plus M. de Bonfons, pensa tristement le magistrat, dont la figure prit l'expression de celle d'un juge ennuyé par une plaidoirie.

Les chefs des deux familles rivales s'en allèrent ensemble. Ni les uns ni les autres ne songeaient plus à la trahison dont s'était rendu coupable Grandet le matin envers le pays vignoble, et se sondèrent mutuellement, mais en vain, pour connaître ce qu'ils pensaient sur les intentions réelles du bonhomme en cette nouvelle affaire.

— Venez-vous chez Mme d'Orsonval avec nous ?
dit des Grassins au notaire.

— Nous irons plus tard, répondit le président.
Si mon oncle le permet, j'ai promis à Mme de Gribeaucourt de lui dire un petit bonsoir, et nous nous
y rendrons d'abord.

— Au revoir donc, messieurs, dit Mme des
Grassins.

Et, quand les des Grassins furent à quelques pas
des deux Cruchot, Adolphe dit à son père :

— Ils fument joliment, hein ?

— Tais-toi donc, mon fils, lui répliqua sa mère,
ils peuvent encore nous entendre. D'ailleurs, ce
que tu dis n'est pas de bon goût et sent l'École de
droit.

— Eh bien, mon oncle ! s'écria le magistrat
quand il vit les des Grassins éloignés, j'ai commencé par être le président de Bonfons et j'ai
fini par être tout simplement un Cruchot.

— J'ai bien vu que ça te contrariait; mais le vent
était aux des Grassins. Es-tu bête, avec tout ton
esprit !... Laisse-les s'embarquer sur un *Nous
verrons* du père Grandet, et tiens-toi tranquille,
mon petit : Eugénie n'en sera pas moins ta femme.

En quelques instants, la nouvelle de la magna-
nime résolution de Grandet se répandit dans trois
maisons à la fois, et il ne fut plus question dans
toute la ville que de ce dévouement fraternel.
Chacun pardonnait à Grandet sa vente faite au
mépris de la foi jurée entre les propriétaires, en
admirant son honneur, en vantant une générosité[214]
dont on ne le croyait pas capable. Il est dans le
caractère français de s'enthousiasmer, de se colérer,

de se passionner pour le météore du moment, pour les bâtons flottants de l'actualité. Les êtres collectifs, les peuples, seraient-ils donc sans mémoire ?

Quand le père Grandet eut fermé sa porte, il appela Nanon.

— Ne lâche pas le chien et ne dors pas, nous avons à travailler ensemble. A onze heures, Cornoiller doit se trouver à ma porte avec le berlingot de Froidfond. Écoute-le venir afin de l'empêcher de cogner, et dis-lui d'entrer tout bellement. Les lois de police défendent le tapage nocturne. D'ailleurs, le quartier n'a pas besoin de savoir que je vais me mettre en route.

Ayant dit, Grandet remonta dans son laboratoire, où Nanon l'entendit remuant, fouillant, allant, venant, mais avec précaution. Il ne voulait évidemment réveiller ni sa femme ni sa fille, et surtout ne point exciter l'attention de son neveu, qu'il avait commencé par maudire en apercevant de la lumière dans sa chambre.

Au milieu de la nuit, Eugénie, préoccupée de son cousin, crut avoir entendu la plainte d'un mourant, et pour elle ce mourant était Charles : elle l'avait quitté si pâle, si désespéré ! peut-être s'était-il tué. Soudain elle s'enveloppa d'une coiffe, espèce de pelisse à capuchon, et voulut sortir. D'abord une vive lumière qui passait par les fentes de sa porte lui donna peur du feu; puis elle se rassura bientôt en entendant les pas pesants de Nanon et sa voix mêlée au hennissement de plusieurs chevaux.

— Mon père enlèverait-il mon cousin ? se dit-elle en entr'ouvrant sa porte avec assez de précaution pour l'empêcher de crier, mais de manière à voir ce qui se passait dans le corridor.

Tout à coup son œil rencontra celui de son père, dont le regard, quelque vague et insouciant qu'il fût, la glaça de terreur. Le bonhomme et Nanon étaient accouplés par un gros gourdin dont chaque bout reposait sur leur épaule droite et soutenait un câble auquel était attaché un barillet semblable à ceux que le père Grandet s'amusait à faire dans son fournil à ses moments perdus.

— Sainte Vierge ! monsieur, ça pèse-t-il ! dit à voix basse la Nanon.

— Quel malheur que ce ne soit que des gros sous ! répondit le bonhomme. Prends garde de heurter le chandelier.

Cette scène était éclairée par une seule chandelle placée entre deux barreaux de la rampe.

— Cornoiller, dit Grandet à son garde *in partibus*, as-tu pris tes pistolets ?

— Non, monsieur. Pardé ! quoi qu'il y a donc à craindre pour vos gros sous ?...

— Oh ! rien, dit le père Grandet.

— D'ailleurs, nous irons vite, reprit le garde, vos fermiers ont choisi pour vous leurs meilleurs chevaux.

— Bien, bien. Tu ne leur as pas dit où j'allais ?

— Je ne le savais point.

— Bien. La voiture est solide ?

— Ça, notre maître ? Ah ben, ça porterait trois mille. Qu'est-ce que ça pèse donc, vos méchants barils ?

— Tiens, dit Nanon, je le savons bien ! Y a ben près de dix-huit cents.

— Veux-tu te taire, Nanon ! Tu diras à ma femme que je suis allé à la campagne, je serai revenu pour dîner. — Va bon train, Cornoiller, faut être à Angers avant neuf heures.

La voiture partit. Nanon verrouilla la grande porte, lâcha le chien, se coucha l'épaule meurtrie, et personne dans le quartier ne soupçonna ni le départ de Grandet ni l'objet de son voyage. La discrétion du bonhomme était complète. Personne ne voyait jamais un sou dans cette maison pleine d'or. Après avoir appris dans la matinée, par les causeries du port, que l'or avait doublé de prix par suite de nombreux armements entrepris à Nantes, et que des spéculateurs étaient arrivés à Angers pour en acheter, le vieux vigneron, par un simple emprunt de chevaux fait à ses fermiers, se mit en mesure d'aller y vendre le sien et d'en rapporter en valeurs du receveur général sur le Trésor la somme nécessaire à l'achat de ses rentes, après l'avoir grossie de l'agio [215].

— Mon père s'en va, dit Eugénie, qui du haut de l'escalier avait tout entendu.

Le silence était rétabli dans la maison, et le lointain roulement de la voiture, qui cessa par degrés, ne retentissait déjà plus dans Saumur endormi. En ce moment, Eugénie entendit en son cœur, avant de l'écouter par l'oreille, une plainte qui perça les cloisons, et qui venait de la chambre de son cousin. Une bande lumineuse, fine autant que le tranchant d'un sabre, passait par la fente de la porte et coupait horizontalement les balustres du vieil escalier.

— Il souffre, dit-elle en grimpant deux marches.

Un second gémissement la fit arriver sur le palier de la chambre. La porte était entr'ouverte, elle la poussa. Charles dormait, la tête penchée en dehors du vieux fauteuil; sa main avait laissé tomber la plume et touchait presque à terre. La respiration saccadée que nécessitait la posture du jeune homme effraya soudain Eugénie, qui entra promptement.

— Il doit être bien fatigué, se dit-elle en regardant une dizaine de lettres cachetées. Elle en lut les adresses : *A messieurs Farry, Breilman et C*ie, *carrossiers* [216]. — *A monsieur Buisson, tailleur*, etc.

— Il a sans doute arrangé toutes ses affaires pour pouvoir bientôt quitter la France, pensa-t-elle.

Ses yeux tombèrent sur deux lettres ouvertes. Ces mots qui en commençaient une : « Ma chère Annette... » lui causèrent un éblouissement. Son cœur palpita, ses pieds se clouèrent sur le carreau.

— Sa chère Annette ! Il aime, il est aimé ! Plus d'espoir !... Que lui dit-il ?

Ces idées lui traversèrent la tête et le cœur. Elle lisait ces mots partout, même sur les carreaux, en traits de flammes.

— Déjà renoncer à lui ! Non, je ne lirai pas cette lettre. Je dois m'en aller... Si je la lisais, cependant ?

Elle regarda Charles, lui prit doucement la tête, la posa sur le dos du fauteuil, et il se laissa faire comme un enfant qui, même en dormant, connaît encore sa mère et reçoit, sans s'éveiller, ses soins et ses baisers. Comme une mère, Eugénie releva la main pendante, et, comme une mère, elle baisa doucement les cheveux. « Chère Annette ! » Un démon lui criait ces deux mots aux oreilles.

— Je sais que je fais peut-être mal, mais je la lirai, la lettre, dit-elle.

Eugénie détourna la tête, car sa noble probité gronda. Pour la première fois de sa vie, le bien et le mal étaient en présence dans son cœur. Jusque-là, elle n'avait eu à rougir d'aucune action. La passion, la curiosité l'emportèrent. A chaque phrase, son cœur se gonfla davantage, et l'ardeur piquante qui anima sa vie pendant cette lecture lui rendit encore plus friands les plaisirs du premier amour :

« Ma chère Annette, rien ne devait nous séparer, si ce n'est le malheur qui m'accable et qu'aucune prudence humaine n'aurait pu prévoir. Mon père s'est tué, sa fortune et la mienne sont entièrement perdues. Je suis orphelin à un âge où, par la nature de mon éducation, je puis passer pour un enfant ; et je dois néanmoins me relever homme de l'abîme où je suis tombé. Je viens d'employer une partie de cette nuit à faire mes calculs. Si je veux quitter la France en honnête homme, et ce n'est pas un doute, je n'ai pas cent francs à moi pour aller tenter le sort aux Indes ou en Amérique. Oui, ma pauvre Anna, j'irai chercher la fortune sous les climats les plus meurtriers. Sous de tels cieux, elle est sûre et prompte, m'a-t-on dit. Quant à rester à Paris, je ne saurais. Ni mon âme ni mon visage ne sont faits à supporter les affronts, la froideur, le dédain qui attendent l'homme ruiné, le fils du failli ! Bon Dieu ! devoir deux millions !... J'y serais tué en duel dans la première semaine. Aussi n'y retournerai-je point. Ton amour, le plus tendre et le plus dévoué qui jamais ait ennobli le cœur d'un homme, ne saurait

m'y attirer. Hélas ! ma bien-aimée, je n'ai point
assez d'argent pour aller où tu es, donner, recevoir
un dernier baiser, un baiser où je puiserais la force
nécessaire à mon entreprise... »

— Pauvre Charles, j'ai bien fait de lire ! J'ai de
l'or, je le lui donnerai, dit Eugénie.

Elle reprit sa lecture, après avoir essuyé ses
pleurs :

« Je n'avais point encore songé aux malheurs de
la misère. Si j'ai les cent louis indispensables au
passage, je n'aurai pas un sou pour me faire une
pacotille. Mais non, je n'aurai ni cent louis ni un
louis, je ne connaîtrai ce qui me restera d'argent
qu'après le règlement de mes dettes à Paris. Si je
n'ai rien, j'irai tranquillement à Nantes, je m'y
embarquerai simple matelot, et je commencerai
là-bas comme ont commencé les hommes d'énergie
qui, jeunes, n'avaient pas un sou, et sont revenus
riches des Indes. Depuis ce matin, j'ai froidement
envisagé mon avenir. Il est plus horrible pour moi
que pour tout autre, moi choyé par une mère qui
m'adorait, chéri par le meilleur des pères, et qui, à
mon début dans le monde, ai rencontré l'amour
d'une Anna ! Je n'ai connu que les fleurs de la vie :
ce bonheur ne pouvait pas durer. J'ai néanmoins,
ma chère Annette, plus de courage qu'il n'était
permis à un insouciant jeune homme d'en avoir,
surtout à un jeune homme habitué aux cajoleries
de la plus délicieuse femme de Paris, bercé dans
les joies de la famille, à qui tout souriait au
logis, et dont les désirs étaient des lois pour

un père... Oh ! mon père, Annette, il est mort...
« Eh bien, j'ai réfléchi à ma position, j'ai réfléchi
à la tienne aussi. J'ai bien vieilli en vingt-quatre
heures. Chère Anna, si, pour me garder près de toi,
dans Paris, tu sacrifiais toutes les jouissances de ton
luxe, ta toilette, ta loge à l'Opéra, nous n'arrive-
rions pas encore au chiffre des dépenses nécessaires
à ma vie dissipée ; puis je ne saurais accepter tant
de sacrifices. Nous nous quittons donc aujourd'hui
pour toujours. »

— Il la quitte, sainte Vierge ! O bonheur !

Eugénie sauta de joie. Charles fit un mouvement,
elle en eut froid de terreur ; mais, heureusement
pour elle, il ne s'éveilla pas. Elle reprit :

« Quand reviendrai-je ? Je ne sais. Le climat des
Indes vieillit promptement un Européen, et surtout
un Européen qui travaille. Mettons-nous à dix ans
d'ici. Dans dix ans, ta fille aura dix-huit ans, elle
sera ta compagne, ton espion. Pour toi, le monde
sera bien cruel, ta fille le sera peut-être davantage [217]. Nous avons vu des exemples de ces
jugements mondains et de ces ingratitudes de jeunes
filles ; sachons en profiter. Garde au fond de ton
âme, comme je le garderai moi-même, le souvenir
de ces quatre années de bonheur, et sois fidèle, si
tu peux, à ton pauvre ami. Je ne saurais toutefois
l'exiger, parce que, vois-tu, ma chère Annette, je
dois me conformer à ma position, voir bourgeoi-
sement la vie, et la chiffrer au plus vrai. Donc, je
dois penser au mariage, qui devient une des néces-
sités de ma nouvelle existence ; et je t'avouerai que
j'ai trouvé ici, à Saumur, chez mon oncle, une

cousine dont les manières, la figure, l'esprit et le
cœur te plairaient, et qui, en outre, me paraît
avoir... »

— Il devait être bien fatigué pour avoir cessé de
lui écrire, se dit Eugénie en voyant la lettre arrêtée
au milieu de cette phrase.

Elle le justifiait [218] ! N'était-il pas impossible alors
que cette innocente fille s'aperçût de la froideur
empreinte dans cette lettre ? Aux jeunes filles religieusement élevées, ignorantes et pures, tout est
amour dès qu'elles mettent le pied dans les régions
enchantées de l'amour. Elles y marchent entourées
de la céleste lumière que leur âme projette, et qui
rejaillit en rayons sur leur amant; elles le colorent
des feux de leur propre sentiment et lui prêtent
leurs belles pensées. Les erreurs de la femme viennent
presque toujours de sa croyance au bien, ou de sa
confiance dans le vrai. Pour Eugénie, ces mots :
« Ma chère Annette, ma bien-aimée, » lui réson-
naient au cœur comme le plus joli langage de l'amour,
et lui caressaient l'âme comme, dans son enfance,
les notes divines du *Venite, adoremus*, redites par
l'orgue, lui caressèrent l'oreille. D'ailleurs, les
larmes qui baignaient encore les yeux de Charles
lui accusaient toutes les noblesses de cœur par lesquelles une jeune fille doit être séduite [219].

Pouvait-elle savoir que, si Charles aimait tant son
père et le pleurait si véritablement, cette tendresse
venait moins de la bonté de son cœur que des
bontés paternelles ? M. et Mme Guillaume Grandet,
en satisfaisant toujours les fantaisies de leur fils, en
lui donnant tous les plaisirs de la fortune, l'avaient

empêché de faire les horribles calculs dont sont plus
ou moins capables, à Paris, la plupart des enfants,
ou quand, en présence des jouissances parisiennes,
ils forment des désirs et conçoivent des plans qu'ils
voient avec chagrin incessamment ajournés et retar-
dés par la vie de leurs parents. La prodigalité du
père alla donc jusqu'à semer dans le cœur de son
fils un amour filial vrai, sans arrière-pensée. Néanmoins, Charles était un enfant de Paris, habitué par
les mœurs de Paris, par Annette elle-même, à tout
calculer, déjà vieillard sous le masque du jeune
homme. Il avait reçu l'épouvantable éducation de
ce monde où, dans une soirée, il se commet en
pensées, en paroles, plus de crimes que la justice
n'en punit aux cours d'assises, où les bons mots
assassinent les plus grandes idées, où l'on ne passe
pour fort qu'autant que l'on voit juste; et, là, voir
juste, c'est ne croire à rien, ni aux sentiments, ni
aux hommes, ni même aux événements : on y fait de
faux événements. Là, pour voir juste, il faut peser,
chaque matin, la bourse d'un ami, savoir se mettre
politiquement au-dessus de tout ce qui arrive; provisoirement, ne rien admirer, ni les œuvres d'art,
ni les nobles actions, et donner pour mobile à
tout chose l'intérêt personnel. Après mille folies,
la grande dame, la belle Annette, forçait Charles à
penser gravement; elle lui parlait de sa position
future, en lui passant dans les cheveux une main
parfumée; en lui refaisant une boucle, elle lui faisait
calculer la vie : elle le féminisait et le matérialisait.
Double corruption, mais corruption élégante et
fine, de bon goût.

— Vous êtes niais, Charles, lui disait-elle. J'aurai

bien de la peine à vous apprendre le monde. Vous avez été très mal pour M. des Lupeaulx [220]. Je sais bien que c'est un homme peu honorable; mais attendez qu'il soit sans pouvoir, alors vous le mépriserez à votre aise. Savez-vous ce que Mme Campan nous disait? « Mes enfants, tant qu'un homme est au ministère, adorez-le; tombe-t-il, aidez à le traîner à la voirie. Puissant, il est une espèce de dieu; détruit, il est au-dessous de Marat dans son égout, parce qu'il vit et que Marat était mort. La vie est une suite de combinaisons, et il faut les étudier, les suivre, pour arriver à se maintenir toujours en bonne position [221]. »

Charles était un homme trop à la mode, il avait été trop constamment heureux par ses parents, trop adulé par le monde, pour avoir de grands sentiments. Le grain d'or que sa mère lui avait jeté au cœur s'était étendu dans la filière parisienne; il l'avait employé en superficie et devait l'user par le frottement. Mais Charles n'avait alors que vingt et un ans. A cet âge, la fraîcheur de la vie semble inséparable de la candeur de l'âme. La voix, le regard, la figure, paraissent en harmonie avec les sentiments. Aussi le juge le plus dur, l'avoué le plus incrédule, l'usurier le moins facile, hésitent-ils toujours à croire à la vieillesse du cœur, à la corruption des calculs, quand les yeux nagent encore dans un fluide pur et qu'il n'y a point de rides sur le front. Charles n'avait jamais eu l'occasion d'appliquer les maximes de la morale parisienne, et jusqu'à ce jour, il était beau d'inexpérience. Mais, à son insu, l'égoïsme lui avait été inoculé. Les germes de l'économie politique à l'usage du Parisien, latents en son cœur, ne devaient pas tarder à y fleurir, aussitôt que, de spectateur oisif, il deviendrait acteur dans le drame de la vie réelle.

Presque toutes les jeunes filles s'abandonnent aux douces promesses de ces dehors; mais, Eugénie eût-elle été prudente et observatrice autant que le sont certaines filles en province, aurait-elle pu se défier de son cousin, quand, chez lui, les manières, les paroles et les actions s'accordaient encore avec les aspirations du cœur ? Un hasard, fatal pour elle, lui fit essuyer les dernières effusions de sensibilité vraie qui fussent en ce jeune cœur, et entendre, pour ainsi dire, les derniers soupirs de la conscience.

Elle laissa donc cette lettre pour elle pleine d'amour, et se mit complaisamment à contempler son cousin endormi : les fraîches illusions de la vie jouaient encore pour elle sur ce visage; elle se jura d'abord à elle-même de l'aimer toujours. Puis elle jeta les yeux sur l'autre lettre sans attacher beaucoup d'importance à cette indiscrétion; et, si elle commença de la lire, ce fut pour acquérir de nouvelles preuves des nobles qualités que, semblable à toutes les femmes, elle prêtait à celui qu'elle choisissait [222] :

« Mon cher Alphonse, au moment où tu liras cette lettre je n'aurai plus d'amis; mais je t'avoue qu'en doutant de ces gens du monde habitués à prodiguer ce mot, je n'ai pas douté de ton amitié. Je te charge donc d'arranger mes affaires, et compte sur toi pour tirer un bon parti de tout ce que je possède. Tu dois maintenant connaître ma position. Je n'ai plus rien, et veux partir pour les Indes.

Je viens d'écrire à toutes les personnes auxquelles je crois devoir quelque argent, et tu en trouveras ci-jointe la liste, aussi exacte qu'il m'est possible de la donner de mémoire. Ma bibliothèque, mes meubles, mes voitures, mes chevaux, etc., suffiront, je crois, à payer mes dettes. Je ne veux me réserver que les babioles sans valeur qui seront susceptibles de me faire un commencement de pacotille. Mon cher Alphonse, je t'enverrai d'ici, pour cette vente, une procuration régulière, en cas de contestations. Tu m'adresseras toutes mes armes. Puis tu garderas pour toi Briton. Personne ne voudrait donner le prix de cette admirable bête, j'aime mieux te l'offrir, comme la bague d'usage que lègue un mourant à son exécuteur testamentaire. On m'a fait une très confortable voiture de voyage chez les Farry, Breilman et Cie, mais ils ne l'ont pas livrée [223] : obtiens d'eux qu'ils la gardent sans me demander d'indemnité : s'ils se refusaient à cet arrangement, évite tout ce qui pourrait entacher ma loyauté, dans les circonstances où je me trouve. Je dois six louis à l'insulaire, perdus au jeu, ne manque pas de les lui... »

— Cher cousin, dit Eugénie en laissant la lettre et se sauvant à petits pas chez elle avec une des bougies allumées.

Là, ce ne fut pas sans une vive émotion de plaisir qu'elle ouvrit le tiroir d'un vieux meuble en chêne, l'un des plus beaux ouvrages de l'époque nommée la Renaissance, et sur lequel se voyait encore, à demi effacée, la fameuse salamandre royale. Elle y prit une grosse bourse en velours rouge à glands d'or, et bordée d'une cannetille usée, provenant de la succession de sa grand'mère. Puis elle soupesa fort orgueilleusement cette bourse, et se plut à vérifier le compte oublié de son petit pécule.

Elle sépara d'abord vingt portugaises encore neuves, frappées sous le règne de Jean V, en 1725, valant réellement au change cinq lisbonines ou chacune cent soixante-huit francs soixante-quatre centimes, lui disait son père, mais dont la valeur conventionnelle était de cent quatre-vingts francs, attendu la rareté, la beauté desdites pièces, qui reluisaient comme des soleils.

Item, cinq génovines ou pièces de cent livres de Gênes, autre monnaie rare et valant quatre-vingt-sept francs au change, mais cent francs pour les amateurs d'or. Elles lui venaient du vieux M. de La Bertellière.

Item, trois quadruples d'or espagnols de Philippe V, frappés en 1729, donnés par Mme Gentillet, qui, en les lui offrant, lui disait toujours la même phrase : « Ce cher serin-là, ce petit jaunet, vaut quatre-vingt-dix-huit livres ! Gardez-le bien, ma mignonne, ce sera la fleur de votre trésor. »

Item, ce que son père estimait le plus (l'or de ces pièces était à vingt-trois carats et une fraction), cent ducats de Hollande, fabriqués en l'an 1756, et valant près de treize francs.

Item, une grande curiosité !... des espèces de médailles précieuses aux avares, trois roupies au signe de la Balance, et cinq roupies au signe de la Vierge, toutes d'or pur à vingt-quatre carats, la magnifique monnaie [224] du Grand Mogol, et dont chacune valait trente-sept francs quarante centimes au poids, mais au moins cinquante francs pour les connaisseurs qui aiment à manier l'or.

Item, le napoléon de quarante francs reçu l'avant-veille, et qu'elle avait négligemment mis dans sa bourse rouge.

Ce trésor contenait des pièces neuves et vierges, de véritables morceaux d'art desquels le père Grandet s'informait parfois et qu'il voulait revoir, afin de détailler à sa fille les vertus intrinsèques, comme la beauté du cordon, la clarté du plat, la richesse des lettres dont les vives arêtes n'étaient pas encore rayées. Mais elle ne pensait ni à ces raretés, ni à la manie de son père, ni au danger qu'il y avait pour elle de se démunir d'un trésor si cher à son père; non, elle songeait à son cousin, et parvint enfin à comprendre, après quelques fautes de calcul, qu'elle possédait environ cinq mille huit cents francs en valeurs réelles, qui, conventionnellement, pouvaient se vendre près de deux mille écus.

A la vue de ses richesses, elle se mit à applaudir en battant des mains, comme un enfant forcé de perdre son trop-plein de joie dans les naïfs mouvements du corps. Ainsi le père et la fille avaient compté chacun leur fortune : lui, pour aller vendre son or; Eugénie, pour jeter le sien dans un océan d'affection.

Elle remit les pièces dans la vieille bourse, la prit et remonta sans hésitation. La misère secrète de son cousin lui faisait oublier la nuit, les convenances; puis elle était forte de sa conscience, de son dévouement, de son bonheur.

Au moment où elle se montra sur le seuil de la porte, en tenant d'une main la bougie, de l'autre sa bourse, Charles se réveilla, vit sa cousine et resta béant de surprise. Eugénie s'avança, posa le flambeau sur la table et dit d'une voix émue :

— Mon cousin, j'ai à vous demander pardon d'une faute grave que j'ai commise envers vous; mais Dieu me le pardonnera, ce péché, si vous voulez l'effacer.

— Qu'est-ce donc ? dit Charles en se frottant les yeux.

— J'ai lu ces deux lettres.

Charles rougit.

— Comment cela s'est-il fait ? reprit-elle; pourquoi suis-je montée ? En vérité, maintenant, je ne le sais plus. Mais je suis tentée de ne pas trop me repentir d'avoir lu ces lettres, puisqu'elles m'ont fait connaître votre cœur, votre âme et...

— Et quoi ? demanda Charles.

— Et vos projets, la nécessité où vous êtes d'avoir une somme...

— Ma chère cousine...

— Chut, chut, mon cousin ! pas si haut, n'éveillons personne. Voici, dit-elle en ouvrant sa bourse, les économies d'une pauvre fille qui n'a besoin de rien. Charles, acceptez-les. Ce matin, j'ignorais ce qu'était l'argent, vous me l'avez appris, ce n'est qu'un moyen, voilà tout. Un cousin est presque un frère, vous pouvez bien emprunter la bourse de votre sœur.

Eugénie, autant femme que jeune fille, n'avait pas prévu des refus, et son cousin restait muet.

— Eh bien, vous refuseriez [225] ? demanda Eugénie, dont les palpitations retentirent au milieu du profond silence.

L'hésitation de son cousin l'humilia; mais la nécessité dans laquelle il se trouvait se représenta plus vivement à son esprit, et elle plia le genou.

— Je ne me relèverai pas que vous n'ayez pris cet or ! dit - elle. Mon cousin, de grâce, une réponse !... que je sache si vous m'honorez, si vous êtes généreux, si...

En entendant le cri d'un noble désespoir, Charles laissa tomber des larmes sur les mains de sa cousine, qu'il saisit afin de l'empêcher de s'agenouiller. En recevant ces larmes chaudes, Eugénie sauta sur la bourse, la lui versa sur la table.

— Eh bien, oui, n'est-ce pas ? dit-elle en pleurant de joie. Ne craignez rien, mon cousin, vous serez riche. Cet or vous portera bonheur; un jour, vous me le rendrez; d'ailleurs, nous nous associerons; enfin je passerai par toutes les conditions que vous m'imposerez. Mais vous devriez ne pas donner tant de prix à ce don.

Charles put enfin exprimer ses sentiments.

— Oui, Eugénie, j'aurais l'âme bien petite, si je n'acceptais pas. Cependant, rien pour rien, confiance pour confiance.

— Que voulez-vous ? dit-elle effrayée.

— Écoutez, ma chère cousine, j'ai là...

Il s'interrompit pour montrer sur la commode une caisse carrée enveloppée d'un surtout de cuir.

— J'ai là, voyez-vous, une chose qui m'est aussi précieuse que la vie. Cette boîte est un présent de ma mère. Depuis ce matin, je pensais que, si elle pouvait sortir de sa tombe, elle vendrait elle-même l'or que sa tendresse lui a fait prodiguer dans ce nécessaire; mais, accomplie par moi, cette action me paraîtrait un sacrilège.

Eugénie serra convulsivement la main de son cousin en entendant ces derniers mots.

— Non, reprit-il après une légère pause, pendant laquelle tous deux [226] ils se jetèrent un regard humide, non, je ne veux ni le détruire ni le risquer dans mes voyages. Chère Eugénie, vous en serez dépositaire. Jamais ami n'aura confié quelque chose de plus sacré à son ami. Soyez-en juge.

Il alla prendre la boîte, la sortit du fourreau, l'ouvrit et montra tristement à sa cousine émerveillée un nécessaire où le travail donnait à l'or un prix bien supérieur à celui de son poids.

— Ce que vous admirez n'est rien, dit-il en poussant un ressort qui fit partir un double fond. Voilà ce qui, pour moi, vaut la terre entière.

Il tira deux portraits, deux chefs-d'œuvre de Mme de Mirbel [227], richement entourés de perles.

— Oh! la belle personne! n'est-ce pas cette dame qui vous écriv...?

— Non, dit-il en souriant. Cette femme est ma mère, et voici mon père, qui sont votre tante et votre oncle. Eugénie, je devrais vous supplier à genoux de me garder ce trésor. Si je périssais en perdant votre petite fortune, cet or vous dédommagerait; et, à vous seule, je puis laisser les deux portraits; vous êtes digne de les conserver; mais détruisez-les, afin qu'après vous ils n'aillent pas en d'autres mains...

Eugénie se taisait.

— Eh bien, oui, n'est-ce pas? ajouta-t-il avec grâce [228].

En entendant les mots que venait de dire son
cousin, elle lui jeta son premier regard de femme
aimante, un de ces regards où il y a presque autant
de coquetterie que de profondeur; il lui prit la main
et la baisa.

— Ange de pureté ! entre nous, n'est-ce pas,
l'argent ne sera jamais rien ? Le sentiment, qui en
fait quelque chose, sera tout désormais.

— Vous ressemblez à votre mère. Avait-elle la
voix aussi douce que la vôtre ?

— Oh ! bien plus douce...

— Oui, pour vous, dit-elle en abaissant ses paupières. Allons, Charles, couchez-vous, je le veux,
vous êtes fatigué. A demain.

Elle dégagea doucement sa main d'entre celles de
son cousin, qui la reconduisit en l'éclairant. Quand
ils furent tous deux sur le seuil de la porte :

— Ah ! pourquoi suis-je ruiné ? dit-il.

— Bah ! mon père est riche, je le crois, répondit-elle.

— Pauvre enfant, reprit Charles en avançant un
pied dans la chambre et s'appuyant le dos au mur,
il n'aurait pas laissé mourir le mien, il ne vous
laisserait pas dans ce dénûment, enfin il vivrait
autrement.

— Mais il a Froidfond.

— Et que vaut Froidfond ?

— Je ne sais pas; mais il a Noyers.

— Quelque mauvaise ferme !

— Il a des vignes et des prés...

— Des misères, dit Charles d'un air dédaigneux.
Si votre père avait seulement vingt-quatre mille
livres de rente, habiteriez-vous cette chambre froide

et nue ? ajouta-t-il en avançant le pied gauche. —
Là seront donc mes trésors, dit-il en montrant le
vieux bahut pour voiler sa pensée.

— Allez dormir, dit-elle en l'empêchant d'entrer
dans une chambre en désordre.

Charles se retira, et ils se dirent bonsoir par un
mutuel sourire.

Tous deux ils s'endormirent dans le même rêve
et Charles commença dès lors à jeter quelques roses
sur son deuil.

Le lendemain matin, Mme Grandet trouva sa fille
se promenant, avant le déjeuner, en compagnie de
Charles. Le jeune homme était encore triste comme
devait l'être un malheureux descendu, pour ainsi
dire, au fond de ses chagrins, et qui, en mesurant la
profondeur de l'abîme où il était tombé, avait senti
tout le poids de sa vie future.

— Mon père ne reviendra que pour le dîner, dit
Eugénie en voyant l'inquiétude peinte sur le visage
de sa mère [229].

Il était facile de voir dans les manières, sur la
figure d'Eugénie et dans la singulière douceur qui
contracta sa voix, une conformité de pensée entre
elle et son cousin. Leurs âmes s'étaient ardemment
épousées avant peut-être même d'avoir bien éprouvé
la force des sentiments par lesquels ils s'unissaient
l'un à l'autre. Charles resta dans la salle, et sa mélancolie y fut respectée. Chacune des trois femmes eut
à s'occuper. Grandet ayant oublié ses affaires, il vint
un assez grand nombre de personnes. Le couvreur,
le plombier, le maçon, les terrassiers, le charpentier,
des closiers [230], des fermiers, les uns pour conclure
des marchés relatifs à des réparations, les autres

pour payer des fermages ou recevoir de l'argent. Mme Grandet et Eugénie furent donc obligées d'aller et de venir, de répondre aux interminables discours des ouvriers et des gens de la campagne. Nanon encaissait les redevances dans sa cuisine. Elle attendait toujours les ordres de son maître pour savoir ce qui devait être gardé pour la maison ou vendu au marché. L'habitude du bonhomme était, comme celle d'un grand nombre de gentils-hommes campagnards, de boire son mauvais vin et de manger ses fruits gâtés.

Vers cinq heures du soir, Grandet revint d'Angers, ayant eu quatorze mille francs [231] de son or, et tenant dans son portefeuille des bons royaux [232] qui lui portaient intérêt jusqu'au jour où il aurait à payer ses rentes. Il avait laissé Cornoiller à Angers, pour y soigner les chevaux à demi fourbus, et les ramener lentement après les avoir bien fait reposer.

— Je reviens d'Angers, ma femme, dit-il. J'ai faim.

Nanon lui cria de la cuisine :

— Est-ce que vous n'avez rien mangé depuis hier ?

— Rien, répondit le bonhomme.

Nanon apporta la soupe. Des Grassins vint prendre les ordres de son client au moment où la famille était à table. Le père Grandet n'avait seulement pas vu son neveu.

— Mangez tranquillement, Grandet, dit le banquier. Nous causerons. Savez-vous ce que vaut l'or à Angers, où l'on en est venu chercher pour Nantes ? Je vais en envoyer.

— N'en envoyez pas, répondit le bonhomme, il

y en a déjà suffisamment. Nous sommes trop bons amis pour que je ne vous épargne pas [233] une perte de temps.

— Mais l'or y vaut treize francs cinquante centimes.

— Dites donc valait.

— D'où diable en serait-il venu ?

— Je suis allé cette nuit à Angers, lui répondit Grandet à voix basse.

Le banquier tressaillit de surprise. Puis une conversation s'établit entre eux d'oreille à oreille, pendant laquelle des Grassins et Grandet regardèrent Charles à plusieurs reprises. Au moment où sans doute l'ancien tonnelier dit au banquier de lui acheter cent mille livres de rente, des Grassins laissa derechef échapper un geste d'étonnement.

— Monsieur Grandet, dit-il à Charles, je pars pour Paris; et, si vous aviez des commissions à me donner...

— Aucune, monsieur. Je vous remercie, répondit Charles.

— Remerciez-le mieux que ça, mon neveu. Monsieur va pour arranger les affaires de la maison Guillaume Grandet.

— Y aurait-il donc quelque espoir ? demanda Charles.

— Mais, s'écria le tonnelier avec un orgueil bien joué, n'êtes-vous pas mon neveu ? Votre honneur est le nôtre. Ne vous nommez-vous pas Grandet ?

Charles se leva, saisit le père Grandet, l'embrassa, pâlit et sortit. Eugénie contemplait son père avec admiration.

— Allons, adieu, mon bon des Grassins, tout à vous, et emboisez-moi [234] bien ces gens-là !

Les deux diplomates se donnèrent une poignée de main ; l'ancien tonnelier reconduisit le banquier jusqu'à la porte ; puis, après l'avoir fermée, il revint, et dit à Nanon en se plongeant dans son fauteuil :

— Donne-moi du cassis !

Mais, trop ému, pour rester en place, il se leva, regarda le portrait de M. de la Bertellière et se mit à chanter, en faisant ce que Nanon appelait des pas de danse :

Dans les gardes françaises
J'avais un bon papa... [235]

Nanon, Mme Grandet, Eugénie, s'examinèrent mutuellement et en silence. La joie du vigneron les épouvantait toujours quand elle arrivait à son apogée.

La soirée fut bientôt finie. D'abord le père Grandet voulut se coucher de bonne heure ; et, lorsqu'il se couchait, chez lui tout devait dormir : de même que quand Auguste buvait, la Pologne était ivre [236]. Puis, Nanon, Charles et Eugénie n'étaient pas moins las que le maître. Quant à Mme Grandet, elle dormait, mangeait, buvait, marchait suivant les désirs de son mari. Néanmoins, pendant les deux heures accordées à la digestion, le tonnelier, plus facétieux qu'il ne l'avait jamais été, dit beaucoup de ses apophthegmes particuliers, dont un seul donnera la mesure de son esprit [237]. Quand il eut avalé son cassis, il regarda le verre :

— On n'a pas plutôt mis les lèvres à un verre qu'il est déjà vide ! Voilà notre histoire. On ne peut pas être et avoir été. Les écus ne peuvent pas rouler et rester dans votre bourse, autrement la vie serait trop belle.

Il fut jovial et clément. Lorsque Nanon vint avec son rouet :

— Tu dois être lasse, lui dit-il. Laisse ton chanvre.

— Ah ben !... quien, je m'ennuierais, répondit la servante.

— Pauvre Nanon ! Veux-tu du cassis ?

— Ah ! pour du cassis, je ne dis pas non ; madame le fait ben mieux que les apothicaires. Celui qu'ils vendent est de la drogue.

— Ils y mettent trop de sucre, ça ne sent plus rien, dit le bonhomme.

Le lendemain, la famille, réunie à huit heures pour le déjeuner, offrit le tableau de la première scène d'une intimité bien réelle. Le malheur avait promptement mis en rapport Mme Grandet, Eugénie et Charles ; Nanon elle-même sympathisait avec eux sans le savoir. Tous quatre commencèrent à faire une même famille. Quant au vieux vigneron, son avarice satisfaite et la certitude de voir bientôt partir le mirliflore sans avoir à lui payer autre chose que son voyage à Nantes le rendirent presque indifférent à sa présence au logis. Il laissa les deux enfants, ainsi qu'il nomma Charles et Eugénie, libres de se comporter comme bon leur semblerait sous l'œil de Mme Grandet, en laquelle il avait d'ailleurs une entière confiance en ce qui concernait la morale publique et religieuse. L'alignement de ses prés et des fossés jouxtant la route, ses plantations de peupliers en Loire et les travaux d'hiver dans ses clos et à Froidfond l'occupèrent exclusivement. Dès lors

commença pour Eugénie le primevère de l'amour.
Depuis la scène de nuit pendant laquelle la cousine
donna son trésor au cousin, son cœur avait suivi
le trésor. Complices tous deux du même secret, ils
se regardaient en s'exprimant une mutuelle intelligence, qui approfondissait leurs sentiments et les
leur rendait mieux communs, plus intimes, en les
mettant, pour ainsi dire, tous deux en dehors de la
vie ordinaire. La parenté n'autorisait-elle pas une
certaine douceur dans l'accent, une tendresse dans
les regards ? Aussi Eugénie se plut-elle à endormir
les souffrances de son cousin dans les joies enfantines d'un naissant amour.

N'y a-t-il pas de gracieuses similitudes entre les
commencements de l'amour et ceux de la vie ? Ne
berce-t-on pas l'enfant par de doux chants et de
gentils regards ? Ne lui dit-on pas de merveilleuses
histoires qui lui dorent l'avenir ? Pour lui, l'espérance ne déploie-t-elle pas incessamment ses ailes
radieuses ? Ne verse-t-il pas tour à tour des larmes
de joie et de douleur ? Ne se querelle-t-il pas pour
des riens, pour des cailloux avec lesquels il essaye
de se bâtir un mobile palais, pour des bouquets
aussitôt oubliés que coupés ? N'est-il pas avide de
saisir le temps, d'avancer dans la vie ? L'amour est
notre seconde transformation. L'enfance et l'amour
furent même chose entre Eugénie et Charles : ce
fut la passion première avec tous ses enfantillages,
d'autant plus caressants pour leurs cœurs [238] qu'ils
étaient enveloppés de mélancolie.

En se débattant à sa naissance sous les crêpes du
deuil, cet amour n'en était d'ailleurs que mieux en
harmonie avec la simplicité provinciale de cette

maison en ruine. En échangeant quelques mots avec sa cousine au bord du puits, dans cette cour muette; en restant dans ce jardinet, assis sur un banc moussu jusqu'à l'heure où le soleil se couchait, occupés à se dire de grands riens, ou recueillis dans le calme qui régnait entre le rempart et la maison, comme on l'est sous les arcades d'une église, Charles comprit la sainteté de l'amour; car sa grande dame, sa chère Annette, ne lui en avait fait connaître que les troubles orageux. Il quittait en ce moment la passion parisienne, coquette, vaniteuse, éclatante, pour l'amour pur et vrai. Il aimait cette maison, dont les mœurs ne lui semblèrent plus si ridicules.

Il descendait [239] dès le matin, afin de pouvoir causer avec Eugénie quelques moments avant que Grandet vint donner les provisions; et, quand les pas du bonhomme retentissaient dans les escaliers, il se sauvait au jardin. La petite criminalité de ce rendez-vous matinal, secret même pour la mère d'Eugénie, et que Nanon faisait semblant de ne pas apercevoir, imprimait à l'amour le plus innocent du monde la vivacité des plaisirs défendus. Puis, quand, après le déjeuner, le père Grandet était parti pour aller voir ses propriétés et ses exploitations, Charles demeurait entre la mère et la fille, éprouvant des délices inconnues à leur prêter les mains pour dévider du fil, à les voir travaillant, à les entendre jaser. La simplicité de cette vie presque monastique, qui lui révéla les beautés de ces âmes auxquelles le monde était inconnu, le toucha vivement. Il avait cru ces mœurs impossibles en France, et n'avait admis leur existence qu'en Allemagne, encore n'était-ce que fabuleusement et dans les romans

d'Auguste Lafontaine [240]. Bientôt, pour lui, Eugénie
fut l'idéal de la Marguerite de Gœthe, moins la faute.

Enfin, de jour en jour, ses regards, ses paroles
ravirent la pauvre fille, qui s'abandonna délicieuse-
ment au courant de l'amour; elle saisissait sa
félicité comme un nageur saisit la branche de saule
pour se tirer du fleuve et se reposer sur la rive. Les
chagrins d'une prochaine absence n'attristaient-ils
pas déjà les heures les plus joyeuses de ces fuyardes
journées ? Chaque jour, un petit événement leur
rappelait la prochaine séparation. Ainsi, trois jours
après le départ de des Grassins, Charles fut emmené
par Grandet au tribunal de première instance avec
la solennité que les gens de province attachent à de
tels actes, pour y signer une renonciation à la succession de son père. Répudiation terrible ! espèce
d'apostasie domestique. Il alla chez maître Cruchot
faire faire deux procurations, l'une pour des Grassins, l'autre pour l'ami chargé de vendre son mobi-
lier. Puis il fallut remplir les formalités nécessaires
pour obtenir un passe-port à l'étranger. Enfin, quand
arrivèrent les simples vêtements de deuil que
Charles avait demandés à Paris, il fit venir un tailleur de Saumur, et lui vendit sa garde-robe inutile.
Cet acte plut singulièrement au père Grandet.

— Ah ! vous voilà comme un homme qui doit
s'embarquer et qui veut faire fortune, lui dit-il en
le voyant vêtu d'une redingote de gros drap noir.
Bien, très bien !

— Je vous prie de croire, monsieur, lui répondit
Charles, que je saurai bien avoir l'esprit de ma
situation.

— Qu'est-ce que c'est que cela ? dit le bonhomme,

dont les yeux s'animèrent à la vue d'une poignée d'or que lui montra Charles.

— Monsieur, j'ai réuni mes boutons, mes anneaux, toutes les superfluités que je possède et qui pouvaient avoir quelque valeur; mais, ne connaissant personne à Saumur, je voulais vous prier ce matin de...

— De vous acheter cela ? dit Grandet en l'interrompant.

— Non, mon oncle, de m'indiquer un honnête homme qui...

— Donnez-moi cela, mon neveu; j'irai vous estimer cela là-haut, et je reviendrai vous dire ce que cela vaut, à un centime près. Or de bijou, dit-il en examinant une longue chaîne, dix-huit à dix-neuf carats [241].

Le bonhomme tendit sa large main et emporta la masse d'or.

— Ma cousine, dit Charles, permettez-moi de vous offrir ces deux boutons, qui pourront vous servir à attacher des rubans à vos poignets. Cela fait un bracelet fort à la mode en ce moment.

— J'accepte sans hésiter, mon cousin, dit-elle en lui jetant un regard d'intelligence.

— Ma tante, voici le dé de ma mère, je le gardais précieusement dans ma toilette de voyage, dit Charles en présentant un joli dé d'or à Mme Grandet, qui depuis dix ans en désirait un.

— Il n'y a pas de remercîments possibles, mon neveu, dit la vieille mère, dont les yeux se mouillèrent de larmes. Soir et matin, dans mes prières, j'ajouterai la plus pressante de toutes pour vous en disant celle des voyageurs. Si je mourais, Eugénie vous conserverait ce bijou.

— Cela vaut neuf cent quatre-vingt-neuf [242] francs soixante-quinze centimes, mon neveu, dit Grandet en ouvrant la porte. Mais, pour vous épargner la peine de vendre cela, je vous en compterai l'argent... en livres.

Le mot *en livres* signifie sur le littoral de la Loire que les écus de six livres doivent être acceptés pour six francs sans déduction.

— Je n'osais vous le proposer, répondit Charles; mais il me répugnait de brocanter mes bijoux dans la ville que vous habitez. Il faut laver son linge sale en famille, disait Napoléon. Je vous remercie donc de votre complaisance.

Grandet se gratta l'oreille, et il y eut un moment de silence.

— Mon cher oncle, reprit Charles en le regardant d'un air inquiet, comme s'il eût craint de blesser sa susceptibilité, ma cousine et ma tante ont bien voulu accepter un faible souvenir de moi; veuillez à votre tour agréer des boutons de manches qui me deviennent inutiles : ils vous rappelleront un pauvre garçon qui, loin de vous, pensera certes à ceux qui désormais seront toute sa famille.

— Mon garçon, mon garçon, faut pas te dénuer comme ça... — Qu'as-tu donc, ma femme ? dit-il en se tournant avec avidité vers elle. Ah ! un dé d'or. — Et toi, fifille ? Tiens, des agrafes de diamants. — Allons, je prends tes boutons, mon garçon, reprit-il en serrant la main de Charles. Mais... tu me permettras de... te payer... ton, oui... ton passage aux Indes. Oui, je veux te payer ton passage. D'autant, vois-tu, mon garçon qu'en estimant tes bijoux, je n'en ai compté que l'or brut, il y a peut-être quelque chose à gagner sur les façons. Ainsi, voilà qui est dit. Je te donnerai quinze cents francs... en livres [243], que Cruchot me prêtera; car je n'ai pas un rouge liard ici, à moins que Perrotet, qui est en retard de son fermage, ne me le paye. Tiens, tiens, je vais l'aller voir.

Il prit son chapeau, mit ses gants et sortit.

— Vous vous en irez donc ? dit Eugénie en lui jetant un regard de tristesse mêlé d'admiration.

— Il le faut, répondit-il en baissant la tête.

Depuis quelques jours, le maintien, les manières, les paroles de Charles étaient devenus ceux d'un homme profondément affligé, mais qui, sentant peser sur lui d'immenses obligations, puise un nouveau courage dans son malheur. Il ne soupirait plus, il s'était fait homme. Aussi jamais Eugénie ne présuma-t-elle mieux du caractère de son cousin qu'en le voyant descendre dans ses habits de gros drap noir, qui allaient bien à sa figure pâlie et à sa sombre contenance. Ce jour-là, le deuil fut pris par les deux femmes, qui assistèrent avec Charles à un *Requiem* célébré à la paroisse pour l'âme de feu Guillaume Grandet.

Au second déjeuner, Charles reçut des lettres de Paris, et les lut.

— Eh bien, mon cousin, êtes-vous content de vos affaires ? dit Eugénie à voix basse.

— Ne fais donc jamais de ces questions-là, ma fille, observa Grandet. Que diable ! je ne dis pas les miennes, pourquoi fourres-tu le nez dans celles de ton cousin ? Laisse-le donc, ce garçon.

— Oh ! je n'ai point de secrets, dit Charles.

— Ta ta ta ta ! Mon neveu, tu sauras qu'il

faut tenir sa langue en bride dans le commerce.

Quand les deux amants furent seuls dans le jardin, Charles dit à Eugénie en l'attirant sur le vieux banc, où ils s'assirent sous le noyer :

— J'avais bien présumé d'Alphonse, il s'est conduit à merveille. Il a fait mes affaires avec prudence et loyauté. Je ne dois rien à Paris, tous mes meubles sont bien vendus, et il m'annonce avoir, d'après les conseils d'un capitaine au long cours, employé trois mille francs qui lui restaient en une pacotille composée de curiosités européennes, desquelles on tire un excellent parti aux Indes. Il a dirigé mes colis sur Nantes, où se trouve un navire en charge pour Java. Dans cinq jours, Eugénie, il faudra nous dire adieu pour toujours peut-être, mais au moins pour longtemps. Ma pacotille et dix mille francs que m'envoient deux de mes amis sont un bien petit commencement [244]. Je ne puis songer à mon retour avant plusieurs années. Ma chère cousine, ne mettez pas en balance ma vie et la vôtre, je puis périr, peut-être se présentera-t-il pour vous un riche établissement...

— Vous m'aimez ?... dit-elle.

— Oh ! oui, bien [245], répondit-il avec une profondeur d'accent qui révélait une égale profondeur dans le sentiment.

— J'attendrai, Charles. Dieu ! mon père est à sa fenêtre, dit-elle en repoussant son cousin, qui s'approchait [246] pour l'embrasser.

Elle se sauva sous la voûte, Charles l'y suivit; en le voyant, elle se retira au pied de l'escalier et ouvrit la porte battante; puis, sans trop savoir où elle allait, Eugénie se trouva près du bouge de Nanon, à l'endroit le moins clair du couloir; là, Charles qui l'avait accompagnée, lui prit la main, l'attira sur son cœur, la saisit par la taille et l'appuya doucement sur lui. Eugénie ne résista plus, elle reçut et donna le plus pur, le plus suave, mais aussi le plus entier de tous les baisers.

— Chère Eugénie, un cousin est mieux qu'un frère, il peut t'épouser, lui dit Charles.

— Ainsi soit-il ! cria Nanon en ouvrant la porte de son taudis.

Les deux amants, effrayés, se sauvèrent dans la salle, où Eugénie reprit son ouvrage, et où Charles se mit à lire les litanies de la Vierge dans le Paroissien de Mme Grandet.

— Quien ! dit Nanon, nous faisons tous nos prières.

Dès que Charles eut annoncé son départ [247], Grandet se mit en mouvement pour faire croire qu'il lui portait beaucoup d'intérêt; il se montra libéral de tout ce qui ne coûtait rien, s'occupa de lui trouver un emballeur, et dit que cet homme prétendait vendre ses caisses trop cher; il voulut alors à toute force les faire lui-même, et y employa de vieilles planches; il se leva dès le matin pour raboter, ajuster, planer, clouer ses voliges et en confectionner de très belles caisses [248], dans lesquelles il emballa tous les effets de Charles; il se chargea de les faire descendre par bateau sur la Loire, de les assurer, et de les expédier en temps utile à Nantes.

Depuis le baiser pris dans le couloir, les heures s'enfuyaient pour Eugénie avec une effrayante rapidité. Parfois, elle voulait suivre son cousin. Celui qui a connu la plus attachante des passions, celle dont la durée est chaque jour abrégée par l'âge, par le temps, par une maladie mortelle, par quelques-unes des fatalités humaines, celui-là comprendra les tourments d'Eugénie. Elle pleurait souvent en se promenant dans ce jardin, maintenant trop étroit pour elle, ainsi que la cour, la maison, la ville : elle s'élançait par avance sur la vaste étendue des mers.

Enfin la veille du départ arriva. Le matin, en l'absence de Grandet et de Nanon, le précieux coffret où se trouvaient les deux portraits fut solennellement installé dans le seul tiroir du bahut qui fermait à clef, et où était la bourse maintenant vide. Le dépôt de ce trésor n'alla pas sans bon nombre de baisers et de larmes. Quand Eugénie mit la clef dans son sein, elle n'eut pas le courage de défendre à Charles d'y baiser la place [249].

— Elle ne sortira pas de là, mon ami.

— Eh bien, mon cœur y sera [250] toujours aussi.

— Ah ! Charles, ce n'est pas bien, dit-elle d'un accent un peu grondeur.

— Ne sommes-nous pas mariés ? répondit-il ; j'ai ta parole, prends la mienne.

— A toi pour jamais ! fut dit deux fois de part et d'autre.

Aucune promesse faite sur cette terre ne fut plus pure : la candeur d'Eugénie avait momentanément sanctifié l'amour de Charles.

Le lendemain matin, le déjeuner fut triste. Malgré la robe d'or et une croix. à la Jeannette que lui donna Charles, Nanon elle-même, libre d'exprimer ses sentiments, eut la larme à l'œil.

— Ce pauvre mignon monsieur, qui s'en va sur mer... Que Dieu le conduise !

A dix heures et demie, la famille se mit en route pour accompagner Charles à la diligence de Nantes. Nanon avait lâché le chien, fermé la porte, et voulut porter le sac de nuit de Charles. Tous les marchands de la vieille rue étaient sur le seuil de leurs boutiques pour voir passer ce cortège, auquel se joignit sur la place maître Cruchot.

— Ne va pas pleurer, Eugénie, lui dit sa mère.

— Mon neveu, dit Grandet sous la porte de l'auberge en embrassant Charles sur les deux joues, partez pauvre, revenez riche, vous trouverez l'honneur de votre père sauf. Je vous en réponds, moi, Grandet; car, alors, il ne tiendra qu'à vous de...

— Ah ! mon oncle, vous adoucissez l'amertume de mon départ. N'est-ce pas le plus beau présent que vous puissiez me faire ?

Ne comprenant pas les paroles du vieux tonnelier, qu'il avait interrompu, Charles répandit sur le visage tanné de son oncle des larmes de reconnaissance, tandis qu'Eugénie serrait de toutes ses forces la main de son cousin et celle de son père. Le notaire seul souriait en admirant la finesse de Grandet, car lui seul avait bien compris le bonhomme.

Les quatre Saumurois, environnés de plusieurs personnes, restèrent devant la voiture jusqu'à ce qu'elle partît; puis, quand elle disparut sur le pont et ne retentit plus que dans le lointain :

— Bon voyage ! dit le vigneron.

Heureusement, maître Cruchot fut le seul qui entendit cette exclamation. Eugénie et sa mère étaient allées à un endroit du quai d'où elles pouvaient encore voir la diligence, et agitaient leurs mouchoirs blancs, signe auquel répondit Charles en déployant le sien.

— Ma mère, je voudrais avoir pour un moment la puissance de Dieu, dit Eugénie au moment où elle ne vit plus le mouchoir de Charles.

Pour ne point interrompre le cours des événements qui se passèrent au sein de la famille Grandet, il est nécessaire de jeter par anticipation un coup d'œil sur les opérations que le bonhomme fit à Paris par l'entremise des des Grassins. Un mois après le départ du banquier, Grandet possédait une inscription de cent mille livres [251] de rente achetée à quatre-vingts francs net. Les renseignements donnés à sa mort par son inventaire n'ont jamais fourni la moindre lumière sur les moyens que sa défiance lui suggéra pour échanger le prix de l'inscription contre l'inscription elle-même. Maître Cruchot pensa que Nanon fut, à son insu, l'instrument fidèle du transport des fonds. Vers cette époque, la servante fit une absence de cinq jours, sous prétexte d'aller ranger quelque chose à Froidfond, comme si le bonhomme était capable de laisser traîner quelque chose. En ce qui concerne les affaires de la maison Guillaume Grandet, toutes les prévisions du tonnelier se réalisèrent.

A la Banque de France se trouvent, comme chacun sait, les renseignements les plus exacts sur les grandes fortunes de Paris et des départements. Les noms de des Grassins et de Félix Grandet de Saumur y étaient connus, et y jouissaient de l'estime accordée aux célébrités financières qui s'appuient sur d'immenses propriétés territoriales libres d'hypothèques. L'arrivée du banquier de Saumur, chargé, disait-on, de liquider par honneur la maison Grandet de Paris, suffit donc pour épargner à l'ombre [252] du négociant la honte des protêts. La levée des scellés se fit en présence des créanciers, et le notaire de la famille se mit à procéder régulièrement à l'inventaire de la succession. Bientôt des Grassins réunit les créanciers, qui, d'une voix unanime, élurent pour liquidateur le banquier de Saumur, conjointement avec François Keller [253], chef d'une riche maison [254], l'un des principaux intéressés, et leur confièrent tous les pouvoirs nécessaires pour sauver à la fois l'honneur de la famille et les créances. Le crédit du Grandet de Saumur, l'espérance qu'il répandit au cœur des créanciers par l'organe de des Grassins facilitèrent les transactions; il ne se rencontra pas un seul récalcitrant parmi les créanciers. Personne ne pensait à passer sa créance au compte de profits et pertes, et chacun se disait :

— Grandet de Saumur payera !

Six mois s'écoulèrent. Les Parisiens avaient remboursé les effets en circulation et les conservaient au fond de leurs portefeuilles. Premier résultat que voulait obtenir le tonnelier.

Neuf mois après la première assemblée, les deux liquidateurs distribuèrent quarante-sept pour cent [255] à chaque créancier. Cette somme fut produite par la vente des valeurs, possessions, biens et choses généralement quelconques appartenant à feu Guillaume Grandet, et qui fut faite avec une fidélité scrupuleuse.

La plus exacte probité présidait à cette liquidation. Les créanciers se plurent à reconnaître l'admirable et incontestable honneur des Grandet. Quand ces

louanges eurent circulé convenablement, les créanciers demandèrent le reste de leur argent. Il leur
fallut écrire une lettre collective à Grandet.

— Nous y voilà, dit l'ancien tonnelier en jetant
la lettre au feu; patience, mes petits amis.

En réponse aux propositions contenues dans cette
lettre, Grandet de Saumur demanda le dépôt chez
un notaire de tous les titres de créance existants
contre la succession de son frère, en les accompagnant d'une quittance des payements déjà faits, sous
prétexte d'apurer les comptes, et de correctement
établir l'état de la succession. Ce dépôt souleva mille
difficultés.

Généralement, le créancier est une sorte de
maniaque. Aujourd'hui prêt à conclure, demain il
veut tout mettre à feu et à sang; plus tard, il se fait
ultra-débonnaire. Aujourd'hui, sa femme est de
bonne humeur, son petit dernier a fait ses dents, tout
va bien au logis, il ne veut pas perdre un sou;
demain, il pleut, il ne peut pas sortir, il est mélancolique, il dit oui à toutes les propositions qui
peuvent terminer une affaire; le surlendemain, il
lui faut des garanties; à la fin du mois, il prétend
vous exécuter, le bourreau ! Le créancier ressemble
à ce moineau franc sur la queue duquel on engage
les petits enfants à tâcher de poser un grain de sel;
mais le créancier rétorque cette image contre sa
créance, de laquelle il ne peut rien saisir.

Grandet avait observé les variations atmosphé-
riques des créanciers, et ceux de son frère obéirent
à tous ses calculs. Les uns se fâchèrent et se refusèrent
net au dépôt.

— Bon ! ça va bien, disait Grandet en se frottant

les mains à la lecture des lettres que lui écrivait à ce sujet des Grassins.

Quelques autres ne consentirent audit dépôt que sous la condition de faire bien constater leurs droits, ne renoncer à aucun, et se réserver même celui de faire déclarer la faillite. Nouvelle correspondance, après laquelle Grandet de Saumur consentit à toutes les réserves demandées. Moyennant cette concession, les créanciers bénins firent entendre raison aux créanciers durs. Le dépôt eut lieu, non sans quelques plaintes.

— Ce bonhomme, dit-on à des Grassins, se moque de vous et de nous.

Vingt-trois mois après la mort de Guillaume Grandet, beaucoup de commerçants, entraînés par le mouvement des affaires de Paris, avaient oublié leurs recouvrements Grandet, ou n'y pensaient que pour se dire :

— Je commence à croire que les quarante-sept [256] pour cent sont tout ce que je tirerai de cela.

Le tonnelier avait calculé sur la puissance du temps, qui, disait-il, est un bon diable. A la fin [257] de la troisième année, des Grassins écrivit à Grandet que, moyennant dix pour cent des deux millions quatre cent mille francs restant dus par la maison Grandet, il avait amené les créanciers à lui rendre leurs titres.

Grandet répondit que le notaire et l'agent de change dont les épouvantables faillites avaient causé la mort de son frère vivaient, *eux !* pouvaient être devenus bons [258], et qu'il fallait les actionner afin d'en tirer quelque chose et diminuer le chiffre du déficit.

A la fin de la quatrième année, le déficit fut bien
et dûment arrêté à la somme de douze cent mille
francs [259]. Il y eut des pourparlers qui durèrent six
mois entre les liquidateurs et les créanciers, entre
Grandet et les liquidateurs. Bref, vivement pressé
de s'exécuter, Grandet de Saumur répondit aux deux
liquidateurs, vers le neuvième mois de cette année,
que son neveu, qui avait fait fortune aux Indes, lui
avait manifesté l'intention de payer intégralement
les dettes de son père; il ne pouvait pas prendre sur
lui de les solder frauduleusement sans l'avoir consulté; il attendait une réponse.

Les créanciers, vers le milieu de la cinquième
année, étaient encore tenus en échec avec le mot
intégralement, de temps en temps lâché par le sublime
tonnelier, qui riait dans sa barbe, et ne disait jamais,
sans laisser échapper un fin sourire et un juron, le
mot : Ces PARISIENS !... Mais les créanciers furent
réservés à un sort inouï dans les fastes du commerce.
Ils se retrouveront dans la position où les avait
maintenus Grandet au moment où les événements
de cette histoire les obligeront à y reparaître.

Quand les rentes atteignirent cent quinze [260], le
père Grandet vendit, retira de Paris environ deux
millions quatre cent mille francs en or [261], qui rejoi-
gnirent dans ses barillets les six cent mille [262] francs
d'intérêts composés que lui avaient donnés ses ins-
criptions. Des Grassins demeurait à Paris; voici
pourquoi : d'abord il fut nommé député; puis il
s'amouracha, lui père de famille, mais ennuyé par
l'ennuyeuse vie saumuroise, de Florine, une des
plus jolies actrices [263] du théâtre de Madame, et
il y eut recrudescence du quartier-maître chez le

banquier. Il est inutile de parler de sa conduite;
elle fut jugée à Saumur profondément immorale.
Sa femme se trouva très heureuse d'être séparée de
biens et d'avoir assez de tête pour mener la maison
de Saumur, dont les affaires se continuèrent sous
son nom [264], afin de réparer les brèches faites à sa
fortune par les folies de M. des Grassins. Les cruchotins empiraient si bien la situation fausse de la
quasi-veuve, qu'elle maria fort mal sa fille, et dut
renoncer à l'alliance d'Eugénie Grandet pour son
fils. Adolphe rejoignit des Grassins à Paris, et y
devint, dit-on, un fort mauvais sujet. Les Cruchot
triomphèrent.

— Votre mari n'a pas de bon sens, disait Grandet
en prêtant une somme à Mme des Grassins, moyennant sûretés. Je vous plains beaucoup, vous êtes
une bonne petite femme.

— Ah ! monsieur, répondit la pauvre dame, qui
pouvait croire que le jour où il partit de chez vous
pour aller à Paris il courait à sa ruine ?

— Le ciel m'est témoin, madame, que j'ai tout
fait jusqu'au dernier moment pour l'empêcher d'y
aller. M. le Président voulait à toute force l'y rem-
placer; et, s'il tenait tant à s'y rendre, nous savons
maintenant pourquoi.

CHAGRINS DE FAMILLE

En toute situation, les femmes ont plus de causes de douleur que n'en a l'homme, et souffrent plus que lui. L'homme a sa force et l'exercice de sa puissance : il agit, il va, il s'occupe, il pense, il embrasse l'avenir et y trouve des consolations. Ainsi faisait Charles. Mais la femme demeure, elle reste face à face avec le chagrin dont rien ne la distrait, elle descend jusqu'au fond de l'abîme qu'il a ouvert, le mesure et souvent le comble de ses vœux et de ses larmes. Ainsi faisait Eugénie. Elle s'initiait à sa destinée. Sentir, aimer, souffrir, se dévouer, sera toujours le texte de la vie des femmes. Eugénie devait être toute la femme, moins ce qui la console. Son bonheur, amassé comme les clous semés sur la muraille, suivant la sublime expression de Bossuet, ne devait pas un jour lui remplir le creux de la main [265]. Les chagrins ne se font jamais attendre, et pour elle ils arrivèrent bientôt. Le lendemain du départ de Charles, la maison Grandet reprit sa physionomie pour tout le monde, excepté pour Eugénie, qui la trouva tout à coup bien vide. A l'insu de son père, elle voulut que la chambre de Charles restât dans l'état où il l'avait laissée. Mme Grandet et

Nanon furent volontiers complices de ce *statu quo*.

— Qui sait s'il ne reviendra pas plus tôt que nous ne le croyons ? dit-elle.

— Ah ! je le voudrais voir ici, répondit Nanon. Je m'accoutumais ben à lui ! C'était un ben doux, un ben parfait monsieur, quasiment joli, moutonné comme une fille.

Eugénie regarda Nanon.

— Sainte Vierge, mademoiselle, vous avez les yeux à la perdition de votre âme ! Ne regardez donc pas le monde comme ça.

Depuis ce jour, la beauté de Mlle Grandet prit un nouveau caractère. Les graves pensées d'amour par lesquelles son âme était lentement envahie, la dignité [266] de la femme aimée, donnèrent à ses traits cette espèce d'éclat que les peintres figurent par l'auréole. Avant la venue de son cousin, Eugénie pouvait être comparée à la Vierge avant la conception; quand il fut parti, elle ressemblait à la Vierge mère : elle avait conçu l'amour. Ces deux Maries, si différentes et si bien représentées par quelques peintres espagnols, constituent l'une des plus brillantes figures qui abondent dans le christianisme [267]. En revenant de la messe, où elle alla le lendemain du départ de Charles, et où elle avait fait vœu d'aller tous les jours, elle prit, chez le libraire de la ville, une mappemonde qu'elle cloua près de son miroir, afin de suivre son cousin dans sa route vers les Indes, afin de pouvoir se mettre un peu, soir et matin, dans le vaisseau qui l'y transportait, de le voir, de lui adresser mille questions, de lui dire :

— Es-tu bien ? ne souffres-tu pas ? Penses-tu bien à moi, en voyant cette étoile dont [268] tu m'as appris à connaître les beautés et l'usage [269] ?

Puis, le matin, elle restait pensive sous le noyer, assise sur le banc de bois rongé par les vers et garni de mousse grise où ils s'étaient dit tant de bonnes choses, de niaiseries, où ils avaient bâti les châteaux en Espagne de leur joli ménage. Elle pensait à l'avenir en regardant le ciel par le petit espace que les murs lui permettaient d'embrasser; puis le vieux pan de muraille, et le toit sous lequel était la chambre de Charles. Enfin ce fut l'amour solitaire, l'amour vrai qui persiste, qui se glisse dans toutes les pensées, et devient la substance, ou, comme eussent dit nos pères, l'étoffe de la vie.

Quand les soi-disant amis du père Grandet venaient faire la partie le soir, elle était gaie, elle dissimulait; mais, pendant toute la matinée, elle causait de Charles avec sa mère et Nanon. Nanon avait compris qu'elle pouvait compatir aux souffrances de sa jeune maîtresse sans manquer à ses devoirs envers son vieux patron, et elle disait à Eugénie :

— Si j'avais eu un homme à moi, je l'aurais... suivi dans l'enfer. Je l'aurais... quoi... Enfin, j'aurais voulu m'exterminer pour lui; mais... rin. Je mourrai sans savoir ce que c'est que la vie. Croiriez-vous, mamselle, que ce vieux Cornoiller, qui est un bon homme tout de même, tourne autour de ma jupe, rapport à mes rentes, tout comme ceux qui viennent ici flairer le magot de monsieur en vous faisant la cour ? Je vois ça, parce que je suis encore fine, quoique je sois grosse comme une tour; eh bien, mamselle, ça me fait plaisir, quoique ça ne soye pas de l'amour.

Deux mois se passèrent ainsi. Cette vie domestique, jadis si monotone, s'était animée par l'immense intérêt du secret qui liait plus intimement ces trois femmes. Pour elles, sous les planchers grisâtres de cette salle, Charles vivait, allait, venait encore. Soir et matin, Eugénie ouvrait la toilette et contemplait le portrait de sa tante. Un dimanche matin, elle fut surprise par sa mère au moment où elle était occupée à chercher les traits de Charles dans ceux du portrait. Mme Grandet fut alors initiée au terrible secret de l'échange fait par le voyageur contre le trésor d'Eugénie.

— Tu lui as tout donné ! dit la mère épouvantée. Que diras-tu donc à ton père, au jour de l'an, quand il voudra voir ton or ?

Les yeux d'Eugénie devinrent fixes, et ces deux femmes demeurèrent dans un effroi mortel pendant la moitié de la matinée. Elles furent assez troublées pour manquer la grand'messe, et n'allèrent qu'à la messe militaire.

Dans trois jours, l'année 1819 finissait. Dans trois jours devait commencer une terrible action, une tragédie bourgeoise sans poison, ni poignard, ni sang répandu ; mais, relativement aux acteurs, plus cruelle que tous les drames accomplis dans l'illustre famille des Atrides.

— Qu'allons-nous devenir ? dit Mme Grandet à sa fille en laissant son tricot sur ses genoux.

La pauvre mère subissait de tels troubles depuis deux mois, que les manches de laine dont elle avait besoin pour son hiver n'étaient pas encore finies. Ce fait domestique, minime en apparence, eut de tristes résultats pour elle. Faute de manches, le froid la saisit d'une façon fâcheuse au milieu d'une sueur causée par [270] une épouvantable colère de son mari.

— Je pensais, ma pauvre enfant, que, si tu m'avais confié ton secret, nous aurions eu le temps d'écrire à Paris à M. des Grassins. Il aurait pu nous envoyer des pièces d'or semblables aux tiennes ; et, quoique Grandet les connaisse bien, peut-être...

— Mais où donc aurions-nous pris tant d'argent ?

— J'aurais engagé mes propres. D'ailleurs, M. des Grassins nous eût bien...

— Il n'est plus temps, répondit Eugénie, d'une voix sourde et altérée en interrompant sa mère. Demain matin, ne devons-nous pas aller lui souhaiter la bonne année dans sa chambre ?

— Mais, ma fille, pourquoi n'irais-je donc pas voir les Cruchot ?

— Non, non, ce serait me livrer à eux et nous mettre sous leur dépendance. D'ailleurs, j'ai pris mon parti. J'ai bien fait, je ne me repens de rien. Dieu me protégera. Que sa sainte volonté se fasse. Ah ! si vous aviez lu sa lettre, vous n'auriez pensé qu'à lui, ma mère.

Le lendemain matin, 1er janvier 1820, la terreur flagrante à laquelle la mère et la fille étaient en proie leur suggéra la plus naturelle des excuses pour ne pas venir solennellement dans la chambre de Grandet. L'hiver de 1819 à 1820 fut un des plus rigoureux de l'époque. La neige encombrait les toits.

Mme Grandet dit à son mari, dès qu'elle l'entendit se remuant dans sa chambre :

— Grandet, fais donc allumer par Nanon un peu de feu chez moi ; le froid est si vif, que je gèle sous

ma couverture. Je suis arrivée à un âge où j'ai besoin
de ménagements.

D'ailleurs, reprit-elle après une légère pause,
Eugénie viendra s'habiller là. Cette pauvre fille
pourrait gagner une maladie à faire sa toilette chez
elle par un temps pareil. Puis nous irons te souhaiter
le bon an près du feu, dans la salle.

— Ta ta ta ta, quelle langue ! Comme tu com-
mences l'année, madame Grandet ! Tu n'as jamais
tant parlé. Cependant, tu n'as pas mangé de pain
trempé dans du vin, je pense.

Il y eut un moment de silence.

— Eh bien, reprit le bonhomme, que sans doute la
proposition de sa femme arrangeait, je vais faire ce
que vous voulez, madame Grandet. Tu es vraiment
une bonne femme, et je ne veux pas qu'il t'arrive
malheur à l'échéance de ton âge, quoique en général
les La Bertellière soient faits de vieux ciment. Hein !
pas vrai ? cria-t-il après une pause. Enfin, nous en
avons hérité, je leur pardonne.

Et il toussa.

— Vous êtes gai ce matin, monsieur, dit gravement la pauvre femme.

— Toujours gai, moi...

> *Gai gai gai le tonnelier,*
> *Raccommodez votre cuvier !*

ajouta-t-il en entrant chez sa femme tout habillé.
Oui, nom d'un petit bonhomme, il fait solidement
froid tout de même. Nous déjeunerons bien, ma
femme. Des Grassins m'a envoyé un pâté de foies
gras truffés ! Je vais aller le chercher à la diligence.
Il doit y avoir joint un double napoléon pour

Eugénie, vint lui dire le tonnelier à l'oreille. Je n'ai plus d'or, ma femme. J'avais bien encore quelques vieilles pièces, je puis te dire cela, à toi ; mais il a fallu les lâcher pour les affaires.

Et, pour célébrer le premier jour de l'an, il l'embrassa sur le front.

— Eugénie, cria la bonne mère, je ne sais sur quel côté ton père a dormi, mais il est bon homme ce matin. — Bah ! nous nous en tirerons.

— Quoi qu'il a donc, notre maître ? dit Nanon en entrant chez sa maîtresse pour y allumer du feu. D'abord, il m'a dit : « Bon jour, bon an, grosse bête ! Va faire du feu chez ma femme, elle a froid. » Ai-je été sotte quand je l'ai vu me tendant la main pour me donner [271] un écu de six francs qui n'est quasi point rogné du tout ! Tenez, madame, regardez-le donc. Oh ! le brave homme. C'est un digne homme, tout de même. Il y en a qui, pus y deviennent vieux, pus y durcissent ; mais lui, il se fait doux comme votre cassis, et y rabonnit. C'est un ben parfait, un ben bon homme...

Le secret de cette joie était dans une entière réussite de la spéculation de Grandet. M. des Grassins, après avoir déduit les sommes que lui devait le tonnelier pour l'escompte des cent cinquante mille francs d'effets hollandais, et pour le surplus qu'il lui avait avancé afin de compléter l'argent nécessaire à l'achat des cent mille livres [272] de rente, lui envoyait, par la diligence, trente mille francs en écus, restant sur le semestre de ses intérêts, et lui avait annoncé la hausse des fonds publics. Ils étaient alors à quatre-vingt-neuf, les plus célèbres capitalistes en achetaient, fin janvier, à quatre-vingt-douze. Grandet gagnait, depuis deux mois, douze pour cent sur ses capitaux, il avait apuré ses comptes, et allait désormais toucher cinquante mille [273] francs tous les six mois sans avoir à payer ni impositions, ni réparations. Il concevait enfin la rente, placement pour lequel les gens de province manifestent une répugnance invincible, et il se voyait, avant cinq ans, maître d'un capital de six millions [274] grossi sans beaucoup de soins, et qui, joint à la valeur territoriale de ses propriétés, composerait une fortune colossale. Les six francs donnés à Nanon étaient peut-être le solde d'un immense service que la servante avait à son insu rendu à son maître.

— Oh ! oh ! où va donc le père Grandet, qu'il court dès le matin comme au feu ? se dirent les marchands, occupés à ouvrir leurs boutiques.

Puis, quand ils le virent revenant du quai suivi d'un facteur des Messageries transportant sur une brouette des sacs pleins :

— L'eau va toujours à la rivière, le bonhomme allait à ses écus, disait l'un.

— Il lui en vient de Paris, de Froidfond, de Hollande, disait un autre.

— Il finira par acheter Saumur, s'écriait un troisième.

— Il se moque du froid, il est toujours à son affaire, disait une femme à son mari.

— Eh ! eh ! monsieur Grandet, si ça vous gênait, lui dit un marchand de drap, son plus proche voisin, je vous en débarrasserais.

— Ouin ! ce sont des sous, répondit le vigneron.

— D'argent, dit le facteur, à voix basse.

— Si tu veux que je te soigne, mets une bride à

ta *margoulette*, dit le bonhomme au facteur en ouvrant
sa porte.

— Ah ! le vieux renard, je le croyais sourd, pensa
le facteur ; il paraît que, quand il fait froid, il entend.

— Voilà vingt sous pour tes étrennes, et *motus !*
Détale ! lui dit Grandet. Nanon te reportera ta
brouette. Nanon, les linottes sont-elles à la messe ?

— Oui, monsieur.

— Allons, haut la patte ! à l'ouvrage ! cria-t-il en
la chargeant de sacs.

En un moment, les écus furent transportés dans
sa chambre, où il s'enferma.

— Quand le déjeuner sera prêt, tu me cogneras
au mur. Reporte la brouette aux Messageries.

La famille ne déjeuna qu'à dix heures.

— Ici, ton père ne demandera pas à voir ton or,
dit Mme Grandet à sa fille en rentrant de la messe.
D'ailleurs, tu feras la frileuse. Puis nous aurons le
temps de remplir ton trésor pour le jour de ta naissance...

Grandet descendit l'escalier en pensant à méta-
morphoser promptement ses écus parisiens en bon
or, et à son admirable spéculation des rentes sur
l'État. Il était décidé à placer ainsi ses revenus
jusqu'à ce que la rente atteignît le taux de cent
francs. Méditation funeste à Eugénie.

Aussitôt qu'il entra, les deux femmes lui souhai-
tèrent une bonne année, sa fille en lui sautant au
cou et le câlinant, Mme Grandet gravement et avec
dignité.

— Ah ! ah ! mon enfant, dit-il en baisant sa fille
sur les joues, je travaille pour toi, vois-tu !... je
veux ton bonheur. Il faut de l'argent pour être heu-

reux. Sans argent, bernique. Tiens, voilà un napoléon tout neuf, je l'ai fait venir de Paris. Nom d'un
petit bonhomme, il n'y a pas un grain d'or ici. Il
n'y a que toi qui as de l'or. Montre-moi ton or,
fifille.

— Bah ! il fait trop froid; déjeunons, lui répondit
Eugénie.

— Eh bien, après, hein ? Ça nous aidera tous à
digérer. — Ce gros des Grassins, il nous a envoyé
ça tout de même, reprit-il. Ainsi, mangez, mes
enfants, ça ne nous coûte rien. Il va bien, des
Grassins, je suis content de lui. Le merluchon [275]
rend service à Charles, et gratis encore. Il arrange
très bien les affaires de ce pauvre défunt Grandet.
— Ououh ! ououh ! fit-il, la bouche pleine, après
une pause, cela est bon ! Manges-en donc, ma
femme ! ça nourrit au moins pour deux jours.

— Je n'ai pas faim. Je suis toute malingre, tu le
sais bien.

— Ah ! ouin ! Tu peux te bourrer sans crainte de
faire crever ton coffre; tu es une la Bertellière, une
femme solide. Tu es bien un petit brin jaunette,
mais j'aime le jaune.

L'attente d'une mort ignominieuse et publique
est moins horrible peut-être pour un condamné que
ne l'était pour Mme Grandet et pour sa fille l'attente
des événements qui devaient terminer ce déjeuner
de famille. Plus gaiement parlait et mangeait le
vieux vigneron, plus le cœur de ces deux femmes se
serrait. La fille avait néanmoins un appui dans cette
conjoncture : elle puisait de la force en son amour.

— Pour lui, pour lui, se disait-elle, je souffrirais
mille morts.

A cette pensée, elle jetait à sa mère des regards flamboyants de courage.

— Ote tout cela, dit Grandet à Nanon quand, vers onze heures, le déjeuner fut achevé; mais laisse-nous la table. Nous serons plus à l'aise pour voir ton petit trésor, dit-il en regardant Eugénie. Petit ! ma foi, non. Tu possèdes, valeur intrinsèque, cinq mille neuf cent cinquante-neuf francs, et quarante de ce matin, cela fait six mille francs moins un. Eh bien je te donnerai, moi, ce franc pour compléter la somme, parce que, vois-tu, fifille... Eh bien, pour-quoi nous écoutes-tu ? Montre-moi tes talons, Nanon, et va faire ton ouvrage, dit le bonhomme.

Nanon disparut [276].

— Écoute, Eugénie, il faut que tu me donnes ton or. Tu ne le refuseras pas à ton pépère, ma petite fifille, hein ?

Les deux femmes étaient muettes.

— Je n'ai plus d'or, moi. J'en avais, je n'en ai plus. Je te rendrai six mille francs en livres, et tu vas les placer comme je vais te le dire. Il ne faut plus penser au douzain. Quand je te marierai, ce qui sera bientôt, je te trouverai un futur qui pourra t'offrir le plus beau douzain dont on aura jamais parlé dans la province. Écoute donc, fifille. Il se présente une belle occasion : tu peux mettre tes six mille francs dans le gouvernement, et tu en auras tous les six mois près de deux cents francs d'intérêts, sans impôts, ni réparations, ni grêle, ni gelée, ni marée, ni rien de ce qui tracasse les revenus. Tu répugnes peut-être à te séparer de ton or, hein, fifille ? Apporte-le-moi tout de même. Je te ramas-serai des pièces d'or, des hollandaises, des portugaises, des roupies du Mogol, des génovines ; et, avec celles que je te donnerai à tes fêtes, en trois ans tu auras rétabli la moitié de ton joli petit trésor en or [277]. Que dis-tu, fifille ? Lève donc le nez. Allons, va le chercher, le mignon. Tu devrais me baiser sur les yeux pour te dire ainsi des secrets et des mystères de vie et de mort pour les écus. Vraiment, les écus vivent et grouillent comme des hommes : ça va, ça vient, ça sue, ça produit.

Eugénie se leva, mais, après avoir fait quelques pas vers la porte, elle se retourna brusquement, regarda son père en face et lui dit :

— Je n'ai plus *mon* or.

— Tu n'as plus ton or ! s'écria Grandet en se dressant sur ses jarrets comme un cheval qui entend tirer le canon à dix pas de lui.

— Non, je ne l'ai plus.

— Tu te trompes, Eugénie.

— Non.

— Par la serpette de mon père !

Quand le tonnelier jurait ainsi, les planchers tremblaient.

— Bon saint bon Dieu ! voilà madame qui pâlit, cria Nanon.

— Grandet, ta colère me fera mourir, dit la pauvre femme.

— Ta ta ta ta ! vous autres, vous ne mourez jamais dans votre famille ! Eugénie, qu'avez-vous fait de vos pièces ? cria-t-il en fondant sur elle.

— Monsieur, dit la fille aux genoux de Mme Grandet, ma mère souffre beaucoup... voyez... Ne la tuez pas.

Grandet fut épouvanté de la pâleur répandue sur le teint de sa femme, naguère si jaune.

— Nanon, venez m'aider à me coucher, dit la mère d'une voix faible. Je meurs.

Aussitôt Nanon donna le bras à sa maîtresse, autant en fit Eugénie, et ce ne fut pas sans des peines infinies qu'elles purent la monter chez elle, car elle tombait en défaillance de marche en marche : Grandet resta seul. Néanmoins, quelques moments après, il monta sept ou huit marches, et cria :

— Eugénie, quand votre mère sera couchée, vous descendrez.

— Oui, mon père.

Elle ne tarda pas à venir, après avoir rassuré sa mère.

— Ma fille, lui dit Grandet, vous allez me dire où est votre trésor.

— Mon père, si vous me faites des présents dont je ne sois pas entièrement maîtresse, reprenez-les, répondit froidement Eugénie en cherchant le napoléon sur la cheminée et le lui présentant.

Grandet saisit vivement le napoléon et le coula dans son gousset.

— Je crois bien que je ne te donnerai plus rien ! Pas seulement ça ! dit-il en faisant claquer l'ongle de son pouce sous sa maîtresse dent. Vous méprisez donc votre père ? vous n'avez donc pas confiance en lui ? vous ne savez donc pas ce que c'est qu'un père ? S'il n'est pas tout pour vous, il n'est rien. Où est votre or ?

— Mon père, je vous aime et vous respecte, malgré votre colère; mais je vous ferai fort humblement observer que j'ai vingt-deux ans [278]. Vous

m'avez assez souvent dit que je suis majeure, pour
que je le sache. J'ai fait de mon argent ce qu'il m'a
plu d'en faire, et soyez sûr qu'il est bien placé...

— Où ?

— C'est un secret inviolable, dit-elle. N'avez-
vous pas vos secrets ?

— Ne suis-je pas le chef de ma famille ? Ne
puis-je avoir mes affaires [279] ?

— C'est aussi mon affaire.

— Cette affaire doit être mauvaise, si vous ne
pouvez pas la dire à votre père, mademoiselle
Grandet.

— Elle est excellente, et je ne puis pas la dire à
mon père.

— Au moins, quand avez-vous donné votre or ?
Eugénie fit un signe de tête négatif.

— Vous l'aviez encore le jour de votre fête,
hein ?

Eugénie, devenue aussi rusée par amour que son
père l'était par avarice, réitéra le même signe de
tête.

— Mais on n'a jamais vu pareil entêtement, ni
vol pareil, dit Grandet d'une voix qui alla *crescendo*
et qui fit graduellement retentir la maison. Comment ! ici, dans ma propre maison, chez moi, quelqu'un aura pris ton or ! le seul or qu'il y avait ! et
je ne saurai pas qui ? L'or est une chose chère. Les
plus honnêtes filles peuvent faire des fautes, donner
je ne sais quoi, cela se voit chez les grands seigneurs
et même chez les bourgeois; mais donner de l'or,
car vous l'avez donné à quelqu'un, hein ?
Eugénie fut impassible.

— A-t-on vu pareille fille ! Est-ce moi qui suis

votre père ? Si vous l'avez placé, vous en avez un
reçu...

— Étais-je libre, oui ou non, d'en faire ce que
bon me semblait ? Était-ce à moi ?

— Mais tu es une enfant !

— Majeure.

Abasourdi par la logique de sa fille, Grandet
pâlit, trépigna, jura ; puis, trouvant enfin des paroles,
il cria :

— Maudit serpent de fille ! ah ! mauvaise graine,
tu sais bien que je t'aime, et tu en abuses. Elle
égorge son père ! Pardieu ! tu auras jeté notre fortune aux pieds de ce va-nu-pieds qui a des bottes
de maroquin. Par la serpette de mon père ! je ne
peux pas te déshériter, nom d'un tonneau ! mais je
te maudis, toi, ton cousin, et tes enfants ! Tu ne
verras rien arriver de bon de tout cela, entends-tu ?
Si c'était à Charles que... Mais non, ce n'est pas
possible. Quoi ! ce méchant mirliflore m'aurait
dévalisé ?...

Il regarda sa fille, qui restait muette et froide.

— Elle ne bougera pas ! elle ne sourcillera pas,
elle est plus Grandet [280] que je ne suis Grandet. Tu
n'as pas donné ton or pour rien, au moins. Voyons,
dis ?

Eugénie regarda son père, en lui jetant un regard
ironique qui l'offensa.

— Eugénie, vous êtes chez moi, chez votre père.
Vous devez, pour y rester, vous soumettre à ses
ordres. Les prêtres vous ordonnent de m'obéir.

Eugénie baissa la tête.

— Vous m'offensez dans ce que j'ai de plus cher,
reprit-il, je ne veux vous voir que soumise. Allez

dans votre chambre. Vous y demeurerez jusqu'à ce que je vous permette d'en sortir. Nanon vous y portera du pain et de l'eau. Vous m'avez entendu, marchez !

Eugénie fondit en larmes et se sauva près de sa mère.

Après avoir fait un certain nombre de fois le tour de son jardin dans la neige, sans s'apercevoir du froid, Grandet se douta que sa fille devait être chez sa femme; et, charmé de la prendre en contravention à ses ordres, il grimpa les escaliers avec l'agilité d'un chat, et apparut dans la chambre de Mme Grandet au moment où elle caressait les cheveux d'Eugénie, dont le visage était plongé dans le sein maternel.

— Console-toi, ma pauvre enfant, ton père s'apaisera.

— Elle n'a plus de père ! dit le tonnelier. Est-ce bien vous et moi, madame Grandet, qui avons fait une fille désobéissante comme l'est celle-là ? Jolie éducation, et religieuse surtout ! Eh bien, vous n'êtes pas dans votre chambre ? Allons, en prison, en prison, mademoiselle.

— Voulez-vous me priver de ma fille, monsieur ? dit Mme Grandet en montrant un visage rougi [281] par la fièvre.

— Si vous la voulez garder, emportez-la, videz-moi toutes deux la maison... Tonnerre, où est l'or ? qu'est devenu l'or ?

Eugénie se leva, lança un regard d'orgueil sur son père, et rentra dans sa chambre, à laquelle le bonhomme donna un tour de clef.

— Nanon, cria-t-il, éteins le feu de la salle.

Et il vint s'asseoir sur un fauteuil, au coin de la cheminée de sa femme, en lui disant :

— Elle l'a donné sans doute à ce misérable séducteur de Charles, qui n'en voulait qu'à notre argent.

Mme Grandet trouva, dans le danger qui menaçait sa fille et dans son sentiment pour elle, assez de force pour demeurer en apparence froide, muette et sourde.

— Je ne savais rien de tout ceci, répondit-elle en se tournant du côté de la ruelle du lit pour ne pas subir les regards étincelants de son mari. Je souffre tant de votre violence, que, si j'en crois mes pressentiments, je ne sortirai d'ici que les pieds en avant. Vous auriez dû m'épargner en ce moment, monsieur, moi qui ne vous ai jamais causé de chagrin, du moins, je le pense. Votre fille vous aime, je la crois innocente autant que l'enfant qui naît ; ainsi ne lui faites pas de peine, révoquez votre arrêt. Le froid est bien vif, vous pouvez être cause de quelque grave maladie.

— Je ne la verrai ni ne lui parlerai. Elle restera dans sa chambre au pain et à l'eau jusqu'à ce qu'elle ait satisfait son père. Que diable ! un chef de famille doit savoir où va l'or de sa maison. Elle possédait les seules roupies qui fussent en France peut-être, puis des génovines, des ducats de Hollande...

— Monsieur, Eugénie est notre unique enfant, et, quand même elle les aurait jetés à l'eau...

— A l'eau ! cria le bonhomme, à l'eau ! Vous êtes folle, madame Grandet. Ce que j'ai dit est dit, vous le savez. Si vous voulez avoir la paix au logis, confessez votre fille, tirez-lui les vers du nez ; les femmes s'entendent mieux entre elles à ça que nous autres. Quoi qu'elle ait pu faire, je ne la mangerai point. A-t-elle peur de moi ? Quand elle aurait doré son cousin de la tête aux pieds, il est en pleine mer, hein ! nous ne pouvons pas courir après...

— Eh bien, monsieur...

Excitée par la crise nerveuse où elle se trouvait, ou par le malheur de sa fille qui développait sa tendresse et son intelligence, la perspicacité de Mme Grandet lui fit apercevoir un mouvement terrible dans la loupe de son mari, au moment où elle répondait; elle changea d'idée sans changer de ton :

— Eh bien, monsieur, ai-je plus d'empire sur elle que vous n'en avez ? Elle ne m'a rien dit, elle tient de vous.

— Tudieu ! comme vous avez la langue pendue ce matin ! Ta ta ta ta ! vous me narguez, je crois. Vous vous entendez peut-être avec elle.

Il regarda sa femme fixement.

— En vérité, monsieur Grandet, si vous voulez me tuer, vous n'avez qu'à continuer ainsi. Je vous le dis, monsieur, et dût-il m'en coûter la vie, je vous le répéterais encore : vous avez tort envers votre fille, elle est plus raisonnable que vous ne l'êtes. Cet argent lui appartenait, elle n'a pu qu'en faire un bel usage, et Dieu seul a le droit de connaître nos bonnes œuvres. Monsieur, je vous en supplie, rendez vos bonnes grâces à Eugénie !... Vous amoindrirez ainsi l'effet du coup que m'a porté votre colère et vous me sauverez peut-être la vie. Ma fille, monsieur ! rendez-moi ma fille.

— Je décampe, dit-il [282]. Ma maison n'est pas

tenable, la mère et la fille raisonnent et parlent comme si... Brooouh ! Pouah ! Vous m'avez donné de cruelles étrennes, Eugénie ! cria-t-il. Oui, oui, Pleurez ! Ce que vous faites vous causera des remords, entendez-vous ? A quoi donc vous sert de manger le bon Dieu six fois tous les trois mois, si vous donnez l'or de votre père en cachette à un fainéant qui vous dévorera votre cœur quand vous n'aurez plus que ça à lui prêter ? Vous verrez ce que vaut votre Charles, avec ses bottes de maroquin et son air de n'y pas toucher. Il n'a ni cœur ni âme, puisqu'il ose emporter le trésor d'une pauvre fille sans l'agrément des parents.

Quand la porte de la rue fut fermée, Eugénie sortit de sa chambre et vint près de sa mère.

— Vous avez eu bien du courage pour votre fille, lui dit-elle.

— Vois-tu, mon enfant, où nous mènent les choses illicites !... Tu m'as fait faire un mensonge.

— Oh ! je demanderai à Dieu de m'en punir seule.

— C'est-il vrai, dit Nanon effarée en arrivant, que voilà mademoiselle au pain et à l'eau pour le reste de ses jours ?

— Qu'est-ce que cela fait, Nanon ? dit tranquillement Eugénie.

— Ah ! pus souvent que je mangerai de la frippe quand la fille de la maison mange du pain sec... Non, non.

— Pas un mot de tout ça, Nanon, dit Eugénie.

— J'aurai la goule [283] morte, mais vous verrez !

Grandet dîna seul pour la première fois depuis vingt-quatre ans.

— Vous voilà donc veuf, monsieur, lui dit
Nanon. C'est bien désagréable d'être veuf avec
deux femmes dans sa maison.

— Je ne te parle pas, à toi. Tiens ta margoulette
ou je te chasse. Qu'est-ce que tu as dans ta casserole
que j'entends bouillotter sur le fourneau ?

— C'est des graisses que je fonds...

— Il viendra du monde ce soir, allume le feu.
Les Cruchot [284], Mme des Grassins et son fils arrivèrent à huit heures, et s'étonnèrent de ne voir
ni Mme Grandet ni sa fille.

— Ma femme est un peu indisposée; Eugénie
est auprès d'elle, répondit le vieux vigneron, dont
la figure ne trahit aucune émotion.

Au bout d'une heure employée en conversations
insignifiantes, Mme des Grassins, qui était montée
faire sa visite à Mme Grandet, descendit, et chacun
lui demanda :

— Comment va Mme Grandet ?

— Mais pas bien du tout, du tout, dit-elle. L'état
de sa santé me paraît vraiment inquiétant.. A son
âge, il faut prendre les plus grandes précautions,
papa Grandet.

— Nous verrons cela, répondit le vigneron d'un
air distrait.

Chacun lui souhaita le bonsoir. Quand les Cruchot furent dans la rue, Mme des Grassins leur dit :

— Il y a quelque chose de nouveau chez les
Grandet. La mère est très mal, sans seulement
qu'elle s'en doute. La fille a les yeux rouges comme
quelqu'un qui a pleuré longtemps. Voudraient-ils
la marier contre son gré ?

Lorsque le vigneron fut couché, Nanon vint en

chaussons à pas muets chez Eugénie, et lui décou-
vrit un pâté fait à la casserole.

— Tenez, mademoiselle, dit la bonne fille, Cornoiller m'a donné un lièvre. Vous mangez si peu,
que ce pâté vous durera ben huit jours ; et, par la
gelée, il ne risquera point de se gâter. Au moins,
vous ne demeurerez pas au pain sec. C'est que ça
n'est point sain du tout.

— Pauvre Nanon ! dit Eugénie en lui serrant la
main.

— Je l'ai fait ben bon, ben délicat, et *il* ne s'en
est point aperçu. J'ai pris le lard, le laurier, tout
sur mes six francs ; j'en suis ben la maîtresse.

Puis la servante se sauva, croyant entendre
Grandet.

Pendant quelques mois, le vigneron vint voir
constamment sa femme à des heures différentes dans
la journée, sans prononcer le nom de sa fille, sans
la voir, ni faire à elle la moindre allusion. Mme
Grandet ne quitta point sa chambre, et, de jour en
jour, son état empira. Rien ne fit plier le vieux tonnelier. Il restait inébranlable, âpre et froid comme
une pile de granit. Il continua d'aller et venir selon
ses habitudes ; mais il ne bégaya plus, causa moins,
et se montra dans les affaires plus dur qu'il ne l'avait
jamais été. Souvent, il lui échappait quelque erreur
dans ses chiffres.

— Il s'est passé quelque chose chez les Grandet,
disaient les cruchotins et les grassinistes.

— Qu'est-il donc arrivé dans la maison Grandet ?
fut une question convenue que l'on s'adressait généralement dans toutes les soirées à Saumur.

Eugénie allait aux offices sous la conduite de

Nanon. Au sortir de l'église, si Mme des Grassins lui adressait quelques paroles, elle y répondait d'une manière évasive et sans satisfaire sa curiosité. Néanmoins, il fut impossible au bout de deux mois de cacher, soit aux trois Cruchot, soit à Mme des Grassins, le secret de la réclusion d'Eugénie. Il y eut un moment où les prétextes manquèrent pour justifier sa perpétuelle absence. Puis, sans qu'on pût savoir par qui le secret avait été trahi, toute la ville apprit que, depuis le premier jour de l'an, Mlle Grandet était, par l'ordre de son père, enfermée dans sa chambre, au pain et à l'eau, sans feu; que Nanon lui faisait des friandises, les lui apportait pendant la nuit; et l'on savait même que la jeune personne ne pouvait voir et soigner sa mère que pendant le temps où son père était absent du logis.

La conduite de Grandet fut alors jugée très sévèrement. La ville entière le mit pour ainsi dire hors la loi, se souvint de ses trahisons, de ses duretés, et l'excommunia. Quand il passait, chacun se le montrait en chuchotant.

Lorsque sa fille descendait la rue tortueuse pour aller à la messe ou à vêpres, accompagnée de Nanon, tous les habitants se mettaient aux fenêtres pour examiner avec curiosité la contenance de la riche héritière et son visage, où se peignaient une mélancolie et une douceur angéliques. Sa réclusion, la disgrâce de son père, n'étaient rien pour elle. Ne voyait-elle pas la mappemonde, le petit banc, le jardin, le pan de mur, et ne reprenait-elle pas sur ses lèvres le miel qu'y avaient laissé les baisers de l'amour? Elle ignora pendant quelque temps les conversations dont elle était l'objet en ville, tout aussi bien que les ignorait son père. Religieuse et pure devant Dieu, sa conscience et l'amour l'aidaient à patiemment supporter la colère et la vengeance paternelles.

Mais une douleur profonde faisait taire toutes les autres douleurs. — Sa mère [285], douce et tendre créature qui s'embellissait de l'éclat que jetait son âme en approchant de la tombe, sa mère dépérissait de jour en jour. Souvent, Eugénie se reprochait d'avoir été la cause innocente de la cruelle, de la lente maladie qui la dévorait. Ces remords, quoique calmés par sa mère, l'attachaient encore plus étroitement à son amour. Tous les matins, aussitôt que son père était sorti, elle venait au chevet du lit de sa mère, et, là, Nanon lui apportait son déjeuner. Mais la pauvre Eugénie, triste et souffrante des souffrances de sa mère, en montrait le visage à Nanon par un geste muet, pleurait et n'osait parler de son cousin. Mme Grandet, la première, était forcée de lui dire :

— Où est-*il* ? Pourquoi n'écrit-*il* pas ?

La mère et la fille ignoraient complètement les distances.

— Pensons à lui, ma mère, répondait Eugénie, et n'en parlons pas. Vous souffrez, vous avant tout.

Tout, c'était *lui*.

— Mes enfants, disait Mme Grandet, je ne regrette point la vie, Dieu m'a protégée en me faisant envisager avec joie le terme de mes misères.

Les paroles de cette femme étaient constamment saintes et chrétiennes. Quand, au moment de déjeuner près d'elle, son mari venait se promener dans

sa chambre, elle lui dit, pendant les premiers mois
de l'année, les mêmes discours, répétés avec une
douceur angélique, mais avec la fermeté d'une
femme à qui une mort prochaine donnait le courage
qui lui avait manqué [286] pendant sa vie.

— Monsieur, je vous remercie de l'intérêt que
vous prenez à ma santé, lui répondait-elle quand
il lui avait fait la plus banale des demandes; mais,
si vous voulez adoucir l'amertume de mes derniers
moments et [287] alléger mes douleurs, rendez vos
bonnes grâces à notre fille; montrez-vous chrétien,
époux et père.

En entendant ces mots, Grandet s'asseyait près
du lit et agissait comme un homme qui, voyant
venir une averse, se met tranquillement à l'abri sous
une porte cochère : il écoutait silencieusement sa
femme, et ne répondait rien. Quand les plus touchantes, les plus tendres, les plus religieuses sup-
plications lui avaient été adressées, il disait :

— Tu es un peu pâlotte aujourd'hui, ma pauvre
femme.

L'oubli le plus complet de sa fille semblait être
gravé sur son front de grés, sur ses lèvres serrées.
Il n'était même pas ému par les larmes que ses
vagues réponses, dont les termes étaient à peine
variés, faisaient couler [288] le long du blanc visage
de sa femme.

— Que Dieu vous pardonne, monsieur, disait-
elle, comme je vous pardonne moi-même. Vous
aurez un jour besoin d'indulgence.

Depuis la maladie de sa femme, il n'avait plus osé
se servir de son terrible *Ta ta ta ta !* mais aussi,
son despotisme n'était-il pas désarmé par cet ange

de douceur, dont la laideur disparaissait de jour en jour, chassée par l'expression des qualités morales qui venaient fleurir sur sa face.

Elle était tout âme. Le génie de la prière semblait purifier, amoindrir les traits les plus grossiers de sa figure, et la faisait resplendir. Qui n'a pas observé le phénomène de cette transfiguration sur de saints visages où les habitudes de l'âme finissent par triompher des traits les plus rudement contournés, en leur imprimant l'animation particulière due à la noblesse et à la pureté des pensées élevées ? Le spectacle de cette transformation accomplie par les souffrances qui consumaient les lambeaux de l'être humain dans cette femme agissait, quoique faiblement, sur le vieux tonnelier, dont le caractère resta de bronze. Si sa parole ne fut plus dédaigneuse, un imperturbable silence, qui sauvait sa supériorité de père de famille, domina sa conduite.

Sa fidèle Nanon paraissait-elle au marché, soudain quelques lazzis, quelques plaintes sur son maître lui sifflaient aux oreilles; mais, quoique l'opinion publique condamnât hautement le père Grandet, la servante le défendait par orgueil pour la maison.

— Eh bien, disait-elle aux détracteurs du bonhomme, est-ce que nous ne devenons pas tous plus durs en vieillissant ? Pourquoi ne voulez-vous pas qu'il se racornisse un peu, cet homme ? Taisez donc vos menteries. Mademoiselle vit comme une reine. Elle est seule; eh bien, c'est son goût. D'ailleurs, mes maîtres ont des raisons majeures.

Enfin, un soir, vers la fin du printemps, Mme Grandet, dévorée par le chagrin encore plus que par la maladie, n'ayant pas réussi, malgré ses prières, à réconcilier Eugénie et son père, confia ses peines secrètes aux Cruchot.

— Mettre une fille de vingt-trois au pain et à l'eau !... s'écria le président de Bonfons, et sans motif; mais cela constitue *des sévices tortionnaires, elle peut protester contre, et tant dans que sur* [289]...

— Allons, mon neveu, dit le notaire, laissez votre baragouin de Palais. — Soyez tranquille, madame, je ferai finir cette reclusion dès demain.

En entendant parler d'elle, Eugénie sortit de sa chambre.

— Messieurs, dit-elle en s'avançant par un mouvement plein de fierté, je vous prie de ne pas vous occuper de cette affaire. Mon père est maître chez lui. Tant que j'habiterai sa maison, je dois lui obéir. Sa conduite ne saurait être soumise à l'approbation ni à la désapprobation du monde, il n'en est comptable qu'à Dieu. Je réclame de votre amitié le plus profond silence à cet égard. Blâmer mon père serait attaquer notre propre considération. Je vous sais gré, messieurs, de l'intérêt que vous me témoignez; mais vous m'obligeriez davantage si vous vouliez faire cesser les bruits offensants qui courent par la ville, et desquels j'ai été instruite par hasard.

— Elle a raison, dit Mme Grandet.

— Mademoiselle, la meilleure manière d'empêcher le monde de jaser est de vous faire rendre la liberté, lui répondit respectueusement le vieux notaire, frappé de la beauté que la retraite, la mélancolie et l'amour avaient imprimée à Eugénie.

— Eh bien, ma fille, laisse à M. Cruchot le soin d'arranger cette affaire, puisqu'il répond du succès. Il connaît ton père et sait comment il faut le prendre.

Si tu veux me voir heureuse pendant le peu de temps qui me reste à vivre, il faut, à tout prix, que, ton père et toi, vous soyez réconciliés.

Le lendemain, suivant une habitude prise par Grandet depuis la reclusion d'Eugénie, il vint faire un certain nombre de tours dans son petit jardin. Il avait pris pour cette promenade le moment où Eugénie se peignait. Quand le bonhomme arrivait au gros noyer, il se cachait derrière le tronc de l'arbre, restait pendant quelques instants à contempler les longs cheveux de sa fille, et flottait sans doute entre les pensées que lui suggérait la ténacité de son caractère et le désir d'embrasser son enfant. Souvent, il demeurait assis sur le petit banc de bois pourri où Charles et Eugénie s'étaient juré un éternel amour, pendant qu'elle regardait aussi son père à la dérobée ou dans son miroir. S'il se levait et recommençait sa promenade, elle s'asseyait complaisamment à la fenêtre et se mettait à examiner le pan de mur où pendaient les plus jolies fleurs, d'où sortaient, d'entre les crevasses, des cheveux-de-Vénus, des liserons et une plante grasse, jaune ou blanche, un *sedum* [290], très abondant dans les vignes à Saumur et à Tours.

Maître Cruchot vint de bonne heure et trouva le vieux vigneron assis, par un beau jour de juin, sur le petit banc, le dos appuyé au mur mitoyen, occupé à voir sa fille.

— Qu'y a-t-il pour votre service, maître Cruchot ? dit-il en apercevant le notaire.

— Je viens vous parler d'affaires.

— Ah ! ah ! avez-vous un peu d'or à me donner contre les écus ?

— Non, non, il ne s'agit pas d'argent, mais de votre fille Eugénie. Tout le monde parle d'elle et de vous.

— De quoi se mêle-t-on ? Charbonnier est maître chez lui.

— D'accord, le charbonnier est maître de se tuer aussi, ou, ce qui est pis, de jeter son argent par les fenêtres.

— Comment cela ?

— Eh ! mais votre femme est très malade, mon ami. Vous devriez même consulter M. Bergerin, elle est en danger de mort. Si elle venait à mourir sans avoir été soignée comme il faut, vous ne seriez pas tranquille, je le crois.

— Ta ta ta ta ! vous savez ce qu'a ma femme. Ces médecins, une fois qu'ils ont mis le pied chez vous, ils viennent des cinq ou six fois par jour.

— Enfin, Grandet, vous ferez comme vous l'entendrez. Nous sommes de vieux amis; il n'y a pas, dans tout Saumur, un homme qui prenne plus que moi d'intérêt à ce qui vous concerne; j'ai donc dû vous dire cela. Maintenant, arrive qui plante, vous êtes majeur, vous savez vous conduire, allez. Ceci n'est d'ailleurs pas l'affaire qui m'amène. Il s'agit de quelque chose de plus grave pour vous, peut-être. Après tout, vous n'avez pas envie de tuer votre femme, elle vous est trop utile. Songez donc à la situation où vous seriez [291], vis-à-vis de votre fille, si Mme Grandet mourait. Vous devriez des comptes à Eugénie, puisque vous êtes commun en biens avec votre femme. Votre fille sera en droit de réclamer le partage de votre fortune, de faire vendre Froidfond. Enfin, elle succède à sa mère, de qui vous ne pouvez pas hériter.

Ces paroles furent un coup de foudre pour le bonhomme, qui n'était pas aussi fort en législation qu'il pouvait l'être en commerce. Il n'avait jamais pensé à une licitation.

— Ainsi je vous engage à la traiter avec douceur, dit Cruchot en terminant.

— Mais savez-vous ce qu'elle a fait, Cruchot ?

— Quoi ? dit le notaire, curieux de recevoir une confidence du père Grandet et de connaître la cause de la querelle.

— Elle a donné son or.

— Eh bien, était-il à elle ? demanda le notaire.

— Ils me disent tous cela ! dit le bonhomme en laissant tomber ses bras par un mouvement tragique.

— Allez-vous, pour une misère, reprit Cruchot, mettre des entraves aux concessions que vous lui demanderez de vous faire à la mort de sa mère ?

— Ah ! vous appelez six mille francs d'or une misère ?

— Eh ! mon vieil ami, savez-vous ce que coûteront l'inventaire et le partage de la succession de votre femme, si Eugénie l'exige ?

— Quoi ?

— Deux, ou trois, quatre cent mille francs peut-être ! Ne faudra-t-il pas liciter, et vendre pour connaître la véritable valeur ? Au lieu qu'en vous entendant... [292].

— Par la serpette de mon père ! s'écria le vigneron, qui s'assit en pâlissant, nous verrons ça, Cruchot.

Après un moment de silence ou d'agonie, le bonhomme regarda le notaire en lui disant :

— La vie est bien dure ! Il s'y trouve bien des douleurs. Cruchot, reprit-il solenellement, vous ne voulez pas me tromper, jurez-moi sur l'honneur que ce que vous me chantez là est fondé en droit. Montrez-moi le Code, je veux voir le Code !

— Mon pauvre ami, répondit le notaire, ne sais-je pas mon métier ?

— Cela est donc bien vrai ? Je serai dépouillé, trahi, tué, dévoré par ma fille.

— Elle hérite de sa mère.

— A quoi servent donc les enfants ? Ah ! ma femme je l'aime. Elle est solide heureusement : c'est une la Bertellière.

— Elle n'a pas un mois à vivre.

Le tonnelier se frappa le front, marcha, revint, et, jetant un regard effrayant à Cruchot :

— Comment faire ? lui dit-il.

— Eugénie pourra renoncer purement et simplement à la succession de sa mère. Vous ne voulez pas la déshériter, n'est-ce pas ? Mais, pour obtenir une concession de ce genre, ne la rudoyez pas. Ce que je vous dis là, mon vieux, est contre mon intérêt. Qu'ai-je à faire, moi ?... des liquidations, des inventaires, des ventes, des partages...

— Nous verrons, nous verrons. Ne parlons plus de cela, Cruchot. Vous me tribouillez les entrailles. Avez-vous reçu de l'or ?

— Non ; mais j'ai quelques vieux louis, une dizaine, je vous les donnerai. Mon bon ami, faites la paix avec Eugénie. Voyez-vous, tout Saumur vous jette la pierre.

— Les drôles !

— Allons, les rentes sont à quatre-vingt-dix-neuf [293]. Soyez donc content une fois dans la vie.

— A quatre-vingt-dix-neuf, Cruchot ?

— Oui.

— Eh ! eh ! quatre-vingt-dix-neuf ! dit le bonhomme en reconduisant le vieux notaire jusqu'à la porte de la rue.

Puis, trop agité par ce qu'il venait d'entendre pour rester au logis, il monta chez sa femme et lui dit :

— Allons, la mère, tu peux passer la journée avec ta fille, je vas à Froidfond. Soyez gentilles toutes deux. C'est le jour de notre mariage, ma bonne femme : tiens, voilà dix écus pour ton reposoir de la Fête-Dieu. Il y a assez longtemps que tu veux en faire un, régale-toi ! Amusez-vous, soyez joyeuses, portez-vous bien. Vive la joie !

Il jeta dix écus de six francs sur le lit de sa femme et lui prit la tête pour la baiser au front.

— Bonne femme, tu vas mieux, n'est-ce pas ?

— Comment pouvez-vous penser à recevoir dans votre maison le Dieu qui pardonne, en tenant votre fille exilée de votre cœur ? dit-elle avec émotion.

— Ta ta ta ta ! dit le père d'une voix caressante, nous verrons cela.

— Bonté du ciel ! Eugénie, cria la mère en rougissant de joie, viens embrasser ton père, il te pardonne !

Mais le bonhomme avait disparu. Il se sauvait à toutes jambes vers ses closeries en tâchant de mettre en ordre ses idées renversées. Grandet commençait alors sa soixante-seizième année [294]. Depuis deux ans principalement, son avarice s'était accrue comme s'accroissent toutes les passions persistantes de l'homme. Suivant une observation faite sur les avares, sur les ambitieux, sur tous les gens dont la vie a été consacrée à une idée dominante, son sentiment avait affectionné plus particulièrement un symbole de sa passion. La vue de l'or, la possession de l'or était devenue sa monomanie. Son esprit de despotisme avait grandi en proportion de son avarice, et abandonner la direction de la moindre partie de ses biens à la mort de sa femme lui paraissait une chose *contre nature*. Déclarer sa fortune à sa fille, inventorier l'universalité de ses biens meubles et immeubles [295] pour les liciter ?...

— Ce serait à se couper la gorge, dit-il tout haut au milieu d'un clos en examinant les ceps.

Enfin il prit son parti, revint à Saumur à l'heure du dîner, résolu de plier devant Eugénie, de la cajoler, de l'amadouer afin de pouvoir mourir royalement, en tenant jusqu'au dernier soupir les rênes de ses millions. Au moment où le bonhomme, qui par hasard avait pris son passe-partout, montait l'escalier à pas de loup pour venir chez sa femme, Eugénie avait apporté sur le lit de sa mère le beau nécessaire. Toutes deux, en l'absence de Grandet, se donnaient le plaisir de voir le portrait de Charles en examinant celui de sa mère.

— C'est tout à fait son front et sa bouche ! disait Eugénie au moment où le vigneron ouvrit la porte.

Au regard que jeta son mari sur l'or, Mme Grandet cria :

— Mon Dieu, ayez pitié de nous !

Le bonhomme sauta sur le nécessaire comme un tigre fond sur un enfant endormi.

— Qu'est-ce que c'est que cela ? dit-il en emportant le trésor et allant se placer à la fenêtre. — Du bon or ! de l'or ! s'écria-t-il. Beaucoup d'or ! ça pèse deux livres [296]. Ah ! ah ! Charles t'a donné cela contre tes belles pièces, hein ? Pourquoi ne me l'avoir pas dit ? C'est une bonne affaire, fifille ! Tu es ma fille, je te reconnais.

Eugénie tremblait de tous ses membres.

— N'est-ce pas, ceci est à Charles ? reprit le bonhomme.

— Oui, mon père, ce n'est pas à moi. Ce meuble est un dépôt sacré.

— Ta ta ta ta ! il a pris ta fortune, faut te rétablir ton petit trésor.

— Mon père !...

Le bonhomme voulut prendre son couteau pour faire sauter une plaque d'or, et fut obligé de poser le nécessaire sur une chaise. Eugénie s'élança pour le ressaisir ; mais le tonnelier, qui avait tout à la fois l'œil à sa fille et au coffret, la repoussa si violemment en étendant le bras, qu'elle alla tomber sur le lit de sa mère.

— Monsieur ! monsieur ! cria la mère en se dressant sur son lit.

Grandet avait tiré son couteau et s'apprêtait à soulever l'or.

— Mon père, cria Eugénie en se jetant à genoux et marchant ainsi pour arriver plus près du bonhomme et lever les mains vers lui ; mon père, au nom de tous les saints et de la Vierge, au nom du Christ, qui est mort sur la croix ; au nom de votre

salut éternel, mon père, au nom de ma vie, ne tou-
chez pas à cela ! Ce nécessaire [297] n'est ni à vous ni
à moi ; il est à un malheureux parent qui me l'a
confié, et je dois le lui rendre intact.

— Pourquoi le regardais-tu, si c'est un dépôt ?
Voir, c'est pis que toucher.

— Mon père, ne le détruisez pas, ou vous me
déshonorez ! Mon père, entendez-vous ?

— Monsieur, grâce ! dit la mère.

— Mon père ! cria Eugénie d'une voix si éclatante, que Nanon, effrayée, monta.

Eugénie sauta sur un couteau qui était à sa
portée et s'en arma.

— Eh bien ? lui dit tranquillement Grandet en
souriant à froid.

— Monsieur, monsieur, vous m'assassinez ! dit
la mère.

— Mon père, si votre couteau entame seulement
une parcelle de cet or, je me perce de celui-ci. Vous
avez déjà rendu ma mère mortellement malade, vous
tuerez encore [298] votre fille. Allez maintenant, blessure pour blessure !

Grandet tint son couteau sur le nécessaire, et
regarda sa fille en hésitant.

— En serais-tu donc capable, Eugénie ? dit-il.

— Oui, monsieur, dit la mère.

— Elle le ferait comme elle le dit, cria Nanon.
Soyez donc raisonnable, monsieur, une fois dans
votre vie.

Le tonnelier regarda l'or et sa fille alternativement pendant un instant. Mme Grandet s'évanouit.

— Là, voyez-vous, mon cher monsieur [299],
madame se meurt ! cria Nanon.

— Tiens, ma fille, ne nous brouillons pas pour
un coffre. Prends donc ! s'écria vivement le tonnelier en jetant le nécessaire sur le lit. — Toi, Nanon,
va chercher M. Bergerin. — Allons, la mère, dit-il
en baisant la main de sa femme, ce n'est rien, va :
nous avons fait la paix. — Pas vrai, fifille ? Plus de
pain sec, tu mangeras tout ce que tu voudras... Ah !
elle ouvre les yeux. — Eh bien, la mère, mémère,
timère, allons donc ! Tiens, vois, j'embrasse Eugénie.
Elle aime son cousin, elle l'épousera si elle veut,
elle lui gardera le petit coffre. Mais vis longtemps,
ma pauvre femme. Allons, remue donc ! Écoute,
tu auras le plus beau reposoir qui se soit jamais
fait à Saumur.

— Mon Dieu, pouvez-vous traiter ainsi votre
femme et votre enfant [300] ! dit d'une voix faible
Mme Grandet.

— Je ne le ferai plus, plus ! cria le tonnelier. Tu
vas voir, ma pauvre femme.

Il alla à son cabinet et revint avec une poignée
de louis, qu'il éparpilla sur le lit.

— Tiens, Eugénie, tiens, ma femme, voilà pour
vous, dit-il en maniant les louis. Allons, égaye-toi,
ma femme; porte-toi bien, tu ne manqueras de
rien, ni Eugénie non plus. Voilà cent louis d'or
pour elle. Tu ne les donneras pas, Eugénie, ceux-là,
hein ?

Mme Grandet et sa fille se regardèrent, étonnées.

— Reprenez-les, mon père; nous n'avons besoin
que de votre tendresse.

— Eh bien, c'est ça, dit-il en empochant les
louis, vivons comme de bons amis. Descendons
tous dans la salle pour dîner, pour jouer au loto

tous les soirs, à deux sous. Faites vos farces ! Hein,
ma femme ?

— Hélas ! je le voudrais bien, puisque cela peut
vous être agréable, dit la mourante; mais je ne
saurais me lever.

— Pauvre mère, dit le tonnelier, tu ne sais pas
combien je t'aime. — Et toi, ma fille !

Il la serra, l'embrassa.

— Oh ! comme c'est bon, d'embrasser sa fille
après une brouille ! ma fifille ! — Tiens, vois-tu,
mèmère, nous ne faisons qu'un, maintenant. —
Va donc serrer cela, dit-il à Eugénie en lui montrant
le coffret. Va, ne crains rien. Je ne t'en parlerai
plus, jamais.

M. Bergerin, le plus célèbre médecin de Saumur,
arriva bientôt. La consultation finie, il déclara
positivement à Grandet que sa femme était bien
mal, mais qu'un grand calme d'esprit, un régime
doux et des soins minutieux pourraient reculer
l'époque de sa mort vers la fin de l'automne.

— Ça coûtera-t-il cher ? dit le bonhomme; faut-il
des drogues ?

— Peu de drogues, mais beaucoup de soins,
répondit le médecin, qui ne put retenir un sourire.

— Enfin, monsieur Bergerin, répondit Grandet,
vous êtes un homme d'honneur, pas vrai ? Je me
fie à vous, venez voir ma femme toutes et quantes
fois que vous le jugerez convenable. Conservez-moi
ma bonne femme; je l'aime beaucoup, voyez-
vous, sans que ça paraisse, parce que, chez moi,
tout se passe en dedans et me trifouille l'âme. J'ai
du chagrin. Le chagrin est entré chez moi avec la
mort de mon frère, pour lequel je dépense, à Paris,

des sommes... les yeux de la tête, enfin ! et ça ne finit point. Adieu, monsieur. Si l'on peut sauver ma femme, sauvez-la, quand même il faudrait dépenser pour ça cent ou deux cents francs [301].

Malgré les souhaits fervents que Grandet faisait pour la santé de sa femme, dont la succession ouverte était une première mort pour lui ; malgré la complaisance qu'il manifestait en toute occasion pour les moindres volontés de la mère et de la fille étonnées ; malgré les soins les plus tendres prodigués par Eugénie, Mme Grandet marcha rapidement vers la mort. Chaque jour, elle s'affaiblissait et dépérissait comme dépérissent la plupart des femmes atteintes, à cet âge, par la maladie. Elle était frêle autant que les feuilles des arbres en automne. Les rayons du ciel la faisaient resplendir comme ces feuilles que le soleil traverse et dore. Ce fut une mort digne de sa vie, une mort toute chrétienne ; n'est-ce pas dire sublime ?

Au mois d'octobre 1822 [302] éclatèrent particulièrement ses vertus, sa patience d'ange et son amour pour sa fille ; elle s'éteignit sans avoir laissé échapper la moindre plainte. Agneau sans tache, elle allait au ciel, et ne regrettait ici-bas que la douce compagne de sa froide vie. à laquelle ses derniers regards semblaient prédire mille maux. Elle tremblait de laisser cette brebis, blanche comme elle, seule au milieu d'un monde égoïste qui voulait lui arracher sa toison, ses trésors.

— Mon enfant, lui dit-elle avant d'expirer, il n'y a de bonheur que dans le ciel, tu le sauras un jour.

Le lendemain de cette mort, Eugénie trouva de

nouveaux motifs de s'attacher à cette maison où elle était née, où elle avait tant souffert, où sa mère venait de mourir. Elle ne pouvait contempler la croisée et la chaise à patins dans la salle sans verser des pleurs. Elle crut avoir méconnu l'âme de son vieux père en se voyant l'objet de ses soins les plus tendres : il venait lui donner le bras pour déscendre au déjeuner; il la regardait d'un œil presque bon pendant des heures entières; enfin, il la couvait comme si elle eût été d'or.

Le vieux tonnelier se ressemblait si peu à lui-même, il tremblait tellement devant sa fille, que Nanon et les cruchotins, témoins de sa faiblesse, l'attribuèrent à son grand âge, et craignirent ainsi quelque affaiblissement dans ses facultés; mais, le jour où la famille prit le deuil, après le dîner, auquel fut convié maître Cruchot, qui seul connaissait le secret de son client, la conduite du bonhomme s'expliqua.

— Ma chère enfant, dit-il à Eugénie lorsque la table fut ôtée et que les portes furent soigneuse-ment closes, te voilà héritière de ta mère, et nous avons de petites affaires à régler entre nous deux.
— Pas vrai, Cruchot ?
— Oui.
— Est-il donc si nécessaire de s'en occuper aujourd'hui, mon père ?
— Oui, oui, fifille. Je ne pourrais pas durer dans l'incertitude où je suis. Je ne crois pas que tu veuilles me faire de la peine.
— Oh ! mon père...
— Eh bien, il faut arranger tout cela ce soir.
— Que voulez-vous donc que je fasse ?

— Mais, fifille, ça ne me regarde pas. — Dites-lui donc, Cruchot.

— Mademoiselle, monsieur votre père ne vou-drait ni partager, ni vendre ses biens, ni payer des droits énormes pour l'argent comptant qu'il peut posséder. Donc, pour cela, il faudrait se dispenser de faire l'inventaire de toute la fortune qui aujour-d'hui se trouve indivise entre vous et monsieur votre père...

— Cruchot, êtes-vous bien sûr de cela, pour en parler ainsi devant une enfant ?

— Laissez-moi dire, Grandet.

— Oui, oui, mon ami. Ni vous ni ma fille ne voulez me dépouiller. — N'est-ce pas, fifille ?

— Mais, monsieur Cruchot, que faut-il que je fasse ? demanda Eugénie impatientée.

— Eh bien, dit le notaire, il faudrait signer cet acte par lequel vous renonceriez à la succession de madame votre mère, et laisseriez à votre père l'usu-fruit de tous les biens indivis entre vous, et dont il vous assure la nue propriété...

— Je ne comprends rien à tout ce que vous me dites, répondit Eugénie; donnez-moi l'acte et montrez-moi la place où je dois signer.

Le père Grandet regardait alternativement l'acte et sa fille, sa fille et l'acte en éprouvant de si vio-lentes émotions, qu'il essuya quelques gouttes de sueur venues sur son front.

— Fifille, dit-il, au lieu de signer cet acte, qui coûtera gros à faire enregistrer, si tu voulais renoncer purement et simplement à la succession de ta pauvre chère mère défunte, et t'en rapporter à moi pour l'avenir, j'aimerais mieux ça. Je te

ferais alors tous les mois une bonne grosse rente
de cent francs. Vois, tu pourrais payer autant de
messes que tu voudrais à ceux pour lesquels tu
en fais dire... Hein ! cent francs par mois, en livres ?

— Je ferai tout ce qu'il vous plaira, mon père.

— Mademoiselle, dit le notaire, il est de mon
devoir de vous faire observer que vous vous
dépouillez...

— Eh ! mon Dieu, dit-elle, qu'est-ce que cela
me fait ?

— Tais-toi, Cruchot. — C'est dit, c'est dit, s'écria
Grandet en prenant la main de sa fille et y frappant avec la sienne. Eugénie, tu ne te dédiras point,
tu es une honnête fille, hein ?

— Oh ! mon père...

Il l'embrassa avec effusion, la serra dans ses
bras à l'étouffer.

— Va, mon enfant, tu donnes la vie à ton père;
mais tu lui rends ce qu'il t'a donné : nous sommes
quittes. Voilà comment doivent se faire les affaires.
La vie est une affaire. Je te bénis ! Tu es une vertueuse fille, qui aime bien son papa. Fais ce que tu
voudras maintenant.

— A demain donc, Cruchot, dit-il en regardant
le notaire épouvanté. Vous verrez à bien préparer
l'acte de renonciation au greffe du tribunal.

Le lendemain, vers midi, fut signée la déclaration par laquelle Eugénie accomplissait elle-même
sa spoliation.

Cependant, malgré sa parole, à la fin de la première
année le vieux tonnelier n'avait pas encore donné
un sou des cent francs par mois si solennellement
promis à sa fille. Aussi, quand Eugénie lui en parla

plaisamment, ne put-il s'empêcher de rougir ; il monta vivement à son cabinet, revint, et lui présenta environ le tiers des bijoux qu'il avait pris à son neveu.

— Tiens, petite, dit-il d'un accent plein d'ironie, veux-tu ça pour tes douze cents francs ?

— Oh ! mon père, vrai, me les donnez-vous ?

— Je t'en rendrai autant l'année prochaine, dit-il en les lui jetant dans son tablier. Ainsi, en peu de temps, tu auras toutes *ses* breloques, ajouta-t-il en se frottant les mains, heureux de pouvoir spéculer sur le sentiment de sa fille.

Néanmoins, le vieillard, quoique robuste encore, sentit la nécessité d'initier sa fille aux secrets du ménage. Pendant deux années consécutives, il lui fit ordonner en sa présence le menu de la maison, et recevoir les redevances. Il lui apprit lentement et successivement les noms, la contenance de ses clos, de ses fermes. Vers la troisième année, il l'avait si bien accoutumée à toutes ses façons d'avarice, il les avait si véritablement tournées chez elle en habitudes, qu'il lui laissa sans crainte les clefs de la dépense, et l'institua la maîtresse au logis.

Cinq ans se passèrent sans qu'aucun événement marquât dans l'existence monotone d'Eugénie et de son père. Ce fut les mêmes actes constamment accomplis avec la régularité chronométrique des mouvements de la vieille pendule. La profonde mélancolie de Mlle Grandet n'était un secret pour personne ; mais, si chacun put en pressentir la cause, jamais un mot prononcé par elle ne justifia les soupçons que toutes les sociétés de Saumur formaient sur l'état du cœur de la riche héritière. Sa

seule compagnie se composait des trois Cruchot
et de quelques-uns de leurs amis qu'ils avaient
insensiblement introduits au logis. Ils lui avaient
appris à jouer au whist, et venaient tous les soirs
faire la partie.

Dans l'année 1827 [303], son père, sentant le poids
des infirmités, fut forcé de l'initier aux secrets de sa
fortune territoriale, et lui disait, en cas de difficultés,
de s'en rapporter à Cruchot le notaire, dont la
probité lui était connue [304]. Puis, vers la fin de cette
année, le bonhomme fut enfin, à l'âge de quatre-
vingt-deux ans [305], pris par une paralysie qui fit de
rapides progrès. Grandet fut condamné par M. Bergerin.

En pensant qu'elle allait bientôt se trouver seule
dans le monde, Eugénie se tint, pour ainsi dire, plus
près de son père, et serra plus fortement ce dernier
anneau d'affection [306]. Dans sa pensée, comme dans
celles de toutes les femmes aimantes, l'amour était
le monde entier, et Charles n'était pas là. Elle fut
sublime de soins et d'attentions pour son vieux
père, dont les facultés commençaient à baisser, mais
dont l'avarice se soutenait instinctivement. Aussi la
mort de cet homme ne contrasta-t-elle point avec sa
vie.

Dès le matin, il se faisait rouler entre la cheminée
de sa chambre et la porte de son cabinet, sans doute
plein d'or. Il restait là sans mouvement, mais il
regardait tour à tour avec anxiété ceux qui venaient
le voir et la porte doublée de fer. Il se faisait rendre
compte des moindres bruits qu'il entendait; et, au
grand étonnement du notaire, il entendait le bâille-
ment de son chien dans la cour. Il se réveillait de sa

stupeur apparente au jour et à l'heure où il fallait recevoir des fermages, faire des comptes avec les closiers, ou donner des quittances. Il agitait alors son fauteuil à roulettes jusqu'à ce qu'il se trouvât en face de la porte de son cabinet. Il le faisait ouvrir par sa fille, et veillait à ce qu'elle plaçat en secret elle-même les sacs d'argent les uns sur les autres, à ce qu'elle fermât la porte. Puis il revenait à sa place silencieusement aussitôt qu'elle lui avait rendu la précieuse clef, toujours placée dans la poche de son gilet, et qu'il tâtait de temps en temps. D'ailleurs, son vieil ami le notaire, sentant que la riche héritière épouserait nécessairement son neveu le président, si Charles Grandet ne revenait pas, redoubla de soins et d'attentions : il venait tous les jours se mettre aux ordres de Grandet, allait à son commandement à Froidfond, aux terres, aux prés, aux vignes, vendait les récoltes, et transmutait tout en or et en argent qui venait se réunir secrètement aux sacs empilés dans le cabinet. Enfin arrivèrent les jours d'agonie, pendant lesquels la forte charpente du bonhomme fut aux prises avec la destruction. Il voulut rester assis au coin de son feu, devant la porte de son cabinet. Il attirait à lui et roulait toutes les couvertures que l'on mettait sur lui, et disait à Nanon :

— Serre, serre ça, pour qu'on ne me vole pas.

Quand il pouvait ouvrir les yeux, où toute sa vie s'était réfugiée, ils les tournait aussitôt vers la porte du cabinet où gisaient ses trésors, en disant à sa fille :

— Y sont-ils ? y sont-ils ? d'un son de voix qui dénotait une sorte de peur panique.

— Oui, mon père.

— Veille à l'or !... mets de l'or devant moi !

Eugénie lui étalait des louis sur une table, et il demeurait des heures entières les yeux attachés sur les louis, comme un enfant qui, au moment où il commence à voir contemple stupidement le même objet; et, comme à un enfant, il lui échappait un sourire pénible.

— Ça me réchauffe ! disait-il quelquefois en laissant paraître sur sa figure une expression de béatitude.

Lorsque le curé de la paroisse vint l'administrer, ses yeux, morts en apparence depuis quelques heures, se ranimèrent à la vue de la croix, des chandeliers, du bénitier d'argent qu'il regarda fixement, et sa loupe remua pour la dernière fois. Lorsque le prêtre lui approcha des lèvres le crucifix en vermeil pour lui faire baiser l'image du Christ [307], il fit un épouvantable geste pour le saisir, et ce dernier effort lui coûta la vie. Il appela Eugénie, qu'il ne voyait pas, quoiqu'elle fût agenouillée devant lui et qu'elle baignât de ses larmes une main déjà froide.

— Mon père, bénissez-moi, demanda-t-elle.

— Aie bien soin de tout ! Tu me rendras compte de ça là-bas, dit-il en prouvant par cette dernière parole que le christianisme [308] doit être la religion des avares.

Eugénie Grandet se trouva donc seule au monde dans cette maison, n'ayant que Nanon à qui elle pût jeter un regard avec la certitude d'être entendue et comprise, Nanon, le seul être qui l'aimât pour elle et avec qui elle pût causer de ses chagrins. La grande Nanon était une providence pour Eugénie. Aussi ne fut-elle plus une servante, mais une humble amie.

Après la mort de son père, Eugénie apprit par maître Cruchot qu'elle possédait trois cent mille [309] livres de rente en biens-fonds dans l'arrondissement de Saumur, six millions placés en trois pour cent à soixante francs, et il valait alors soixante-dix-sept francs ; plus deux millions en or [310] et cent mille francs en écus, sans compter les arrérages à recevoir. L'estimation totale de ses biens allait à dix-sept millions [311].

— Où donc est mon cousin ? se dit-elle.

Le jour où maître Cruchot remit à sa cliente l'état de la succession, devenue claire et liquide, Eugénie resta seule avec Nanon, assises l'une et l'autre de chaque côté de la cheminée de cette salle si vide, où tout était souvenir, depuis la chaise à patins sur laquelle s'asseyait sa mère jusqu'au verre dans lequel avait bu son cousin.

— Nanon, nous sommes seules !

— Oui, mamselle ; et, si je savais où il est, ce mignon, j'irais de mon pied le chercher.

— Il y a la mer entre nous, dit-elle.

Pendant que la pauvre héritière pleurait ainsi en compagnie de sa vieille servante, dans cette froide et obscure maison, qui pour elle composait tout l'univers, il n'était question, de Nantes à Orléans, que des dix-sept millions [312] de Mlle Grandet. Un de ses premiers actes fut de donner douze cents francs de rente viagère à Nanon, qui, possédant déjà six cents autres francs, devint un riche parti. En moins d'un mois, elle passa de l'état de fille à celui de femme, sous la protection d'Antoine Cornoiller, qui fut nommé garde général des terres et propriétés de Mlle Grandet [313]. Mme Cornoiller eut sur ses contemporaines un immense avantage. Quoiqu'elle eût cinquante-neuf ans [314], elle ne paraissait pas en avoir plus de quarante. Ses gros traits avaient résisté aux attaques du temps. Grâce au régime de sa vie monastique, elle narguait la vieillesse par un teint coloré, par une santé de fer [315]. Peut-être n'avait-elle jamais été aussi bien qu'elle le fut au jour de son mariage. Elle eut les bénéfices de sa laideur, et apparut grosse, grasse, forte, ayant sur sa figure indestructible un air de bonheur qui fit envier par quelques personnes le sort de Cornoiller.

— Elle est bon teint, disait le drapier.

— Elle est capable de faire des enfants, dit le marchand de sel; elle s'est conservée comme dans de la saumure, sous votre respect.

— Elle est riche, et le gars Cornoiller fait un bon coup, disait un autre voisin.

En sortant du vieux logis, Nanon, qui était aimée de tout le voisinage, ne reçut que des compliments en descendant la rue tortueuse pour se rendre à la paroisse.

Pour présent de noces, Eugénie lui donna trois douzaines de couverts. Cornoiller, surpris d'une telle magnificence, parlait de sa maîtresse les larmes aux yeux : il se serait fait hacher pour elle. Devenue la femme de confiance d'Eugénie, Mme Cornoiller eut désormais un bonheur égal pour elle à celui de posséder un mari. Elle avait enfin une dépense à ouvrir, à fermer, des provisions à donner le matin, comme faisait son défunt maître. Puis elle eut à régir deux domestiques, une cuisinière et une femme de chambre chargée de raccommoder le linge de la maison, de faire les robes de mademoiselle. Cornoiller cumula les fonctions de garde et de régisseur. Il est inutile de dire que la cuisinière et la femme de chambre choisies par Nanon étaient de véritables *perles*. Mlle Grandet eut ainsi quatre serviteurs dont le dévouement était sans bornes. Les fermiers ne s'aperçurent donc pas de la mort du bonhomme, tant il avait sévèrement établi les usages et coutumes de son administration, qui fut soigneusement continuée par M. et Mme Cornoiller.

AINSI VA LE MONDE

A trente ans, Eugénie ne connaissait encore aucune des félicités de la vie. Sa pâle et triste enfance s'était écoulée auprès d'une mère dont le cœur méconnu, froissé, avait toujours souffert. En quittant avec joie l'existence, cette mère plaignit sa fille d'avoir à vivre, et lui laissa dans l'âme de légers remords et d'éternels regrets. Le premier, le seul amour d'Eugénie était, pour elle, un principe de mélancolie. Après avoir entrevu son amant pendant quelques jours, elle lui avait donné son cœur entre deux baisers furtivement acceptés et rendus; puis il était parti, mettant tout un monde entre elle et lui. Cet amour, maudit par son père, lui avait presque coûté sa mère, et ne lui causait que des douleurs mêlées de frêles espérances. Ainsi, jusqu'alors, elle s'était élancée vers le bonheur en perdant ses forces, sans les échanger. Dans la vie morale, aussi bien que dans la vie physique, il existe une aspiration et une respiration : l'âme a besoin d'absorber les sentiments d'une autre âme, de se les assimiler pour les lui restituer plus riches. Sans ce beau phénomène humain, point de vie au cœur; l'air lui manque alors, il souffre et dépérit.

Eugénie commençait à souffrir. Pour elle, la fortune n'était ni un pouvoir ni une consolation; elle ne pouvait exister que par l'amour, par la religion, par sa foi dans l'avenir. L'amour lui expliquait l'éternité. Son cœur et l'Évangile lui signalaient deux mondes à attendre. Elle se plongeait nuit et jour au sein de deux pensées infinies, qui pour elle peut-être n'en faisaient qu'une seule. Elle se retirait en elle-même, aimant et se croyant aimée. Depuis sept ans, sa passion avait tout envahi. Ses trésors n'étaient pas les millions dont les revenus s'entassaient [316], mais le coffret de Charles, mais les deux portraits suspendus à son lit, mais les bijoux rachetés à son père, étalés orgueilleusement sur une couche de ouate dans un tiroir du bahut; mais le dé de sa tante duquel s'était servie sa mère, et que, tous les jours, elle prenait religieusement pour travailler à une broderie, ouvrage de Pénélope, entrepris seulement pour mettre à son doigt cet or plein de souvenirs.

Il ne paraissait pas vraisemblable que Mlle Grandet voulût se marier durant son deuil. Sa piété vraie était connue. Aussi la famille Cruchot, dont la politique était sagement dirigée par le vieil abbé, se contenta-t-elle de cerner l'héritière en l'entourant des soins les plus affectueux.

Chez elle, tous les soirs, la salle se remplissait d'une société composée des plus chauds et des plus dévoués cruchotins du pays, qui s'efforçaient de chanter les louanges de la maîtresse du logis sur tous les tons. Elle avait le médecin ordinaire de sa chambre, son grand aumônier, son chambellan, sa première dame d'atours, son premier ministre, son chancelier surtout, un chancelier qui voulait lui tout dire. L'héritière

eût-elle désiré un porte-queue, on lui en aurait trouvé
un. C'était une reine, et la plus habilement adulée de
toutes les reines. La flatterie n'émane jamais des
grandes âmes, elle est l'apanage des petits esprits,
qui réussissent à se rapetisser encore pour mieux
entrer dans la sphère vitale de la personne autour de
laquelle ils gravitent. La flatterie sous-entend un
intérêt. Aussi les personnes qui venaient meubler
tous les soirs la salle de Mlle Grandet, nommée par
elles Mlle de Froidfond, réussissaient-elles merveilleusement à l'accabler de louanges. Ce concert
d'éloges, nouveaux pour Eugénie, la fit d'abord rougir; mais insensiblement, et quelque grossiers que
fussent les compliments, son oreille s'accoutuma si
bien à entendre vanter sa beauté, que si quelque nouveau venu l'eût trouvée laide, ce reproche lui aurait
été beaucoup plus sensible alors que huit ans auparavant. Puis elle finit par aimer des douceurs qu'elle
mettait secrètement aux pieds de son idole. Elle
s'habitua donc par degrés à se laisser traiter en sou-
veraine et à voir sa cour pleine tous les soirs.

M. le président de Bonfons était le héros de ce
petit cercle, où son esprit, sa personne, son instruction, son amabilité sans cesse étaient vantés. L'un
faisait observer que, depuis sept ans, il avait beaucoup augmenté sa fortune; que Bonfons valait au
moins dix mille francs de rente et se trouvait enclavé,
comme tous les biens des Cruchot, dans les vastes
domaines de l'héritière.

— Savez-vous, mademoiselle, disait un habitué,
que les Cruchot ont à eux quarante mille livres de
rente !

— Et leurs économies, reprenait une vieille

cruchotine, Mlle de Gribeaucourt. Un monsieur de
Paris est venu dernièrement offrir à M. Cruchot deux
cent mille francs de son étude. Il doit la vendre, s'il
peut être nommé juge de paix.

— Il veut succéder à M. de Bonfons dans la pré-
sidence du tribunal, et prend ses précautions, répondit Mme d'Orsonval; car M. le président deviendra
conseiller, puis président à la cour; il a trop de
moyens pour ne pas arriver.

— Oui, c'est un homme bien distingué, disait un
autre. Ne trouvez-vous pas, mademoiselle ?

M. le président avait tâché de se mettre en harmonie avec le rôle qu'il voulait jouer. Malgré ses
quarante ans, malgré sa figure brune et rébarbative,
flétrie comme le sont presque toutes les physionomies judiciaires, il se mettait en jeune homme, badi-
nait avec un jonc, ne prenait point de tabac chez
Mlle de Froidfond, y arrivait toujours en cravate
blanche, et en chemise dont le jabot à gros plis lui
donnait un air de famille avec les individus du genre
dindon. Il parlait familièrement à la belle héritière, et
lui disait : « Notre chère Eugénie. »

Enfin, hormis le nombre des personnages, en
remplaçant le loto par le whist, et en supprimant les
figures de M. et de Mme Grandet, la scène par
laquelle commence cette histoire était à peu près la
même que par le passé. La meute poursuivait toujours Eugénie et ses millions; mais la meute, plus
nombreuse, aboyait mieux et cernait sa proie avec
ensemble. Si Charles fût arrivé du fond des Indes, il
eût donc retrouvé les mêmes personnages et les
mêmes intérêts. Mme des Grassins, pour laquelle
Eugénie était parfaite de grâce et de bonté, persistait

à tourmenter les Cruchot. Mais alors, comme autrefois, la figure d'Eugénie eût dominé le tableau;
comme autrefois, Charles eût encore été là le souverain. Néanmoins, il y avait un progrès. Le bouquet
présenté jadis à Eugénie au jour de sa fête par le président était devenu périodique. Tous les soirs, il
apportait à la riche héritière un gros et magnifique
bouquet que Mme Cornoiller mettait ostensiblement
dans un bocal, et jetait secrètement dans un coin de
la cour, aussitôt les visiteurs partis.

Au commencement du printemps, Mme des Grassins essaya de troubler le bonheur des cruchotins en
parlant à Eugénie du marquis de Froidfond, dont
la maison ruinée pouvait se relever si l'héritière
voulait lui rendre sa terre par un contrat de mariage.
Mme des Grassins faisait sonner haut la pairie, le
titre de marquise [317], et, prenant le sourire de dédain
d'Eugénie pour une approbation, elle allait disant
que le mariage de M. le président Cruchot n'était
pas aussi avancé qu'on le croyait.

— Quoique M. de Froidfond ait cinquante ans,
disait-elle, il ne paraît pas plus âgé que ne l'est
M. Cruchot; il est veuf, il a des enfants, c'est vrai;
mais il est marquis, il sera pair de France, et, par le
temps qui court, trouvez donc des mariages de cet
acabit [318]. Je sais de science certaine que le père Grandet, en réunissant tous ses biens à la terre de Froidfond, avait l'intention de s'enter sur les Froidfond.
Il me l'a souvent dit. Il était malin, le bonhomme.

— Comment, Nanon, dit un soir Eugénie en se
couchant, il ne m'écrira pas une fois en sept ans !...

Pendant que ces choses se passaient à Saumur.
Charles faisait fortune aux Indes. Sa pacotille s'était

d'abord très bien vendue. Il avait réalisé promptement une somme de six mille dollars. Le baptême
de la ligne lui fit perdre beaucoup de préjugés; il
s'aperçut que le meilleur moyen d'arriver à la fortune était, dans les régions intertropicales aussi bien
qu'en Europe, d'acheter et de vendre des hommes.
Il vint donc sur les côtes d'Afrique et fit la traite
des nègres, en joignant à son commerce d'hommes
celui des marchandises les plus avantageuses à
échanger sur les divers marchés où l'amenaient ses
intérêts. Il porta dans les affaires une activité qui ne
lui laissait aucun moment de libre. Il était dominé
par l'idée de reparaître à Paris dans tout l'éclat
d'une haute fortune, et de ressaisir une position
plus brillante encore que celle d'où il était tombé.

A force de rouler à travers les hommes et les pays,
d'en observer les coutumes contraires, ses idées se
modifièrent, et il devint sceptique. Il n'eut plus de
notions fixes sur le juste et l'injuste, en voyant taxer
de crime dans un pays ce qui était vertu dans un
autre. Au contact perpétuel des intérêts, son cœur
se refroidit, se contracta, se dessécha. Le sang des
Grandet ne faillit point à sa destinée, Charles devint
dur, âpre à la curée. Il vendit des Chinois, des nègres,
des nids d'hirondelles, des enfants, des artistes; il fit
l'usure en grand. L'habitude de frauder les droits de
douane le rendit moins scrupuleux sur les droits de
l'homme. Il allait alors à Saint-Thomas acheter à
vil prix les marchandises volées par les pirates, et
les portait sur les places où elles manquaient.

Si la noble et pure figure d'Eugénie l'accompagna
dans son premier voyage, comme cette image de
Vierge que mettent sur leur vaisseau les marins

espagnols, et s'il attribua ses premiers succès à la magique influence des vœux et des prières de cette douce fille, plus tard, les négresses, les mûlâtresses, les blanches, les Javanaises, les almées, ses orgies de toutes les couleurs et les aventures qu'il eut en divers pays effacèrent complètement le souvenir de sa cousine, de Saumur, de la maison, du banc, du baiser pris dans le couloir. Il se souvenait seulement du petit jardin encadré de vieux murs, parce que là sa destinée hasardeuse avait commencé; mais il reniait sa famille : son oncle était un vieux chien qui lui avait filouté ses bijoux; Eugénie n'occupait ni son cœur ni ses pensées, elle occupait une place dans ses affaires comme créancière d'une somme de six mille francs. Cette conduite et ces idées expliquent le silence de Charles Grandet. Dans les Indes, à Saint-Thomas, à la côte d'Afrique, à Lisbonne et aux États-Unis, le spéculateur avait pris [319], pour ne pas compromettre son nom, le pseudonyme de Sepherd. Carl Sepherd pouvait [320] sans danger se montrer partout infatigable, audacieux, avide, en homme qui, résolu de faire fortune *quibuscumque viis*, se dépêche d'en finir avec l'infamie pour rester honnête homme pendant le restant de ses jours [321]. Avec ce système, sa fortune fut rapide et brillante. En 1827 [322] donc, il revenait à Bordeaux sur le joli brick *Marie-Caroline*, appartenant à une maison de commerce royaliste. Il possédait dix-neuf cent mille [323] francs en trois tonneaux de poudre d'or bien cerclés, desquels il comptait tirer sept ou huit pour cent en les monnayant à Paris. Sur ce brick se trouvait également un gentilhomme ordinaire de la chambre de Sa Majesté le roi Charles X, M. d'Aubrion, bon vieillard qui

avait fait la folie d'épouser une femme à la mode,
et dont la fortune était aux Iles. Pour réparer les
prodigalités de Mme d'Aubrion, il était allé réaliser
ses propriétés [324]. M. et Mme d'Aubrion, de la maison
d'Aubrion de Buch, dont le dernier captal mourut
avant 1789 [325], réduits à une vingtaine de mille livres
de rente, avaient une fille assez laide que la mère
voulait marier sans dot, sa fortune lui suffisant à
peine pour vivre à Paris. C'était une entreprise dont
le succès eût semblé problématique à tous les gens
du monde, malgré l'habileté qu'ils prêtent aux
femmes à la mode. Aussi Mme d'Aubrion elle-même
désespérait-elle presque, en voyant sa fille, d'en
embarrasser qui que ce fût [326], fût-ce même un
homme ivre de noblesse.

Mlle d'Aubrion était une demoiselle longue
comme l'insecte, son homonyme; maigre, fluette, à
bouche dédaigneuse, sur laquelle descendait un nez
trop long, gros du bout, flavescent à l'état normal,
mais complètement rouge après les repas, espèce de
phénomène végétal plus désagréable au milieu d'un
visage pâle et ennuyé que dans tout autre. Enfin, elle
était telle que pouvait la désirer une mère de trente-
huit ans qui, belle encore, avait encore des prétentions. Mais, pour contre-balancer de tels désavantages
la marquise d'Aubrion avait donné à sa fille un air
très distingué, l'avait soumise à une hygiène qui
maintenait provisoirement le nez à un ton de chair
raisonnable, lui avait appris l'art de se mettre avec
goût [327], l'avait dotée de jolies manières, lui avait
enseigné ces regards mélancoliques qui intéressent
un homme et lui font croire qu'il va rencontrer
l'ange si vainement cherché [328]; elle lui avait montré

la manœuvre du pied, pour l'avancer à propos et en faire admirer la petitesse, au moment où le nez avait l'impertinence de rougir; enfin elle avait tiré de sa fille un parti très satisfaisant. Au moyen de manches larges, de corsages menteurs, de robes bouffantes et soigneusement garnies, d'un corset à haute pression, elle avait obtenu des produits féminins si curieux, que, pour l'instruction des mères, elle aurait dû les exposer dans un musée. Charles se lia beaucoup avec Mme d'Aubrion, qui voulait précisément se lier avec lui. Plusieurs personnes prétendent même que, pendant la traversée, la belle Mme d'Aubrion ne négligea aucun moyen de capturer un gendre si riche. En débarquant à Bordeaux, au mois de juin 1827, M., Mme et Mlle d'Aubrion et Charles logèrent ensemble dans le même hôtel et partirent ensemble pour Paris. L'hôtel d'Aubrion était criblé d'hypothèques, Charles devait le libérer. La mère avait déjà parlé du bonheur qu'elle aurait de céder son rez-de-chaussée à son gendre et à sa fille [329]. Ne partageant pas les préjugés de M. d'Aubrion sur la noblesse, elle avait promis à Charles Grandet d'obtenir du bon Charles X une ordonnance royale qui l'autoriserait, lui Grandet, à porter le nom d'Aubrion, à en prendre les armes, et à succéder, moyennant la constitution d'un majorat de trente-six mille [330] livres de rente, à Aubrion, dans le titre de captal de Buch et marquis d'Aubrion [331]. En réunissant leurs fortunes, vivant en bonne intelligence, et moyennant des sinécures, on pourrait réunir cent et quelques mille livres de rente à l'hôtel d'Aubrion.

— Et quand on a cent mille livres de rente, un nom, une famille, que l'on va à la cour, car je vous ferai nommer gentilhomme de la chambre [332], on devient tout ce qu'on veut être, disait-elle à Charles [333]. Ainsi vous serez, à votre choix, maître des requêtes au conseil d'État, préfet, secrétaire d'ambassade, ambassadeur. Charles X aime beaucoup d'Aubrion, ils se connaissent depuis l'enfance.

Enivré d'ambition par cette femme, Charles avait caressé, pendant la traversée, toutes ces espérances, qui lui furent présentées par une main habile et sous forme de confidences versées de cœur à cœur. Croyant les affaires de son père arrangées par son oncle, il se voyait ancré tout à coup dans le faubourg Saint-Germain, où tout le monde voulait alors entrer et où, à l'ombre du nez bleu de Mlle Mathilde, il reparaissait en comte d'Aubrion, comme les Dreux reparurent un jour en Brézé [334]. Ébloui par la prospérité de la Restauration, qu'il avait laissée chancelante, saisi par l'éclat des idées aristocratiques, son enivrement commencé sur le vaisseau se maintint à Paris, où il résolut de tout faire pour arriver à la haute position que son égoïste belle-mère lui faisait entrevoir. Sa cousine n'était donc pour lui qu'un point dans l'espace de cette brillante perspective.

Il revit Annette. En femme du monde, Annette conseilla vivement à son ancien ami de contracter cette alliance, et lui promit son appui dans toutes ses entreprises ambitieuses. Annette était enchantée de faire épouser une demoiselle laide et ennuyeuse à Charles, que le séjour des Indes avait rendu très séduisant : son teint avait bruni, ses manières étaient devenues décidées, hardies, comme le sont celles des hommes habitués à trancher, à dominer, à réussir. Charles respira plus à l'aise dans

Paris, en voyant qu'il pouvait y jouer un rôle.

Des Grassins, apprenant son retour, son mariage prochain, sa fortune, le vint voir pour lui parler des trois cent mille francs [335] moyennant lesquels il pouvait acquitter les dettes de son père.

Il trouva Charles en conférence avec le joaillier auquel il avait commandé des bijoux pour la corbeille de Mlle d'Aubrion, et qui lui en montrait les dessins. Malgré les magnifiques diamants que Charles avait rapportés des Indes, les façons, l'argenterie, la joaillerie solide et futile du jeune ménage, allaient encore à plus de deux cent mille francs [336]. Charles reçut des Grassins, qu'il ne reconnut pas, avec l'impertinence d'un jeune homme à la mode qui, dans les Indes, avait tué quatre hommes en différents duels. M. des Grassins était déjà venu trois fois. Charles l'écouta froidement; puis il lui répondit, sans l'avoir bien compris :

— Les affaires de mon père ne sont pas les miennes. Je vous suis obligé, monsieur, des soins que vous avez bien voulu prendre, et dont je ne saurais profiter. Je n'ai pas ramassé presque deux millions [337] à la sueur de mon front pour aller les flanquer à la tête des créanciers de mon père.

— Et si monsieur votre père était, d'ici à quelques jours, déclaré en faillite ?

— Monsieur, d'ici à quelques jours, je me nommerai le comte d'Aubrion. Vous entendez bien que ce me sera parfaitement indifférent. D'ailleurs, vous savez mieux que moi que, quand un homme a cent mille livres de rente, son père n'a jamais fait faillite, ajouta-t-il en poussant poliment le sieur des Grassins [338] vers la porte.

Au commencement du mois d'août de cette année, Eugénie était assise sur le petit banc de bois où son cousin lui avait juré un éternel amour, et où elle venait déjeuner quand il faisait beau. La pauvre fille se complaisait en ce moment, par la plus fraîche, la plus joyeuse matinée, à repasser dans sa mémoire les grands, les petits événements de son amour, et les catastrophes dont il avait été suivi. Le soleil éclairait le joli pan de mur tout fendillé, presque en ruine, auquel il était défendu de toucher, de par la fantasque héritière, quoique Cornoiller répétât souvent à sa femme qu'on serait écrasé dessous quelque jour. En ce moment, le facteur de la poste frappa, remit une lettre à Mme Cornoiller, qui vint au jardin en criant :

— Mademoiselle, une lettre !

Elle la donna à sa maîtresse en lui disant :

— C'est-il [339] celle que vous attendez ?

Ces mots retentirent aussi fortement au cœur d'Eugénie qu'ils retentirent réellement entre les murailles de la cour et du jardin.

— Paris !... C'est de lui ! Il est revenu.

Eugénie pâlit, et garda intacte la lettre pendant un moment. Elle palpitait trop vivement pour pouvoir la décacheter et la lire.

La grande Nanon resta debout, les deux mains sur les hanches, et la joie semblait s'échapper comme une fumée par les crevasses de son brun visage.

— Lisez donc, mademoiselle...

— Ah ! Nanon, pourquoi revient-il par Paris, quand il s'en est allé par Saumur ?

— Lisez, vous le saurez.

Eugénie décacheta la lettre en tremblant. Il en

tomba un mandat sur la maison *Madame des Grassins
et Corret*, de Saumur. Nanon le ramassa.

« Ma chère cousine... »

— Je ne suis plus Eugénie, pensa-t-elle ; et son
cœur se serra.

« Vous... »

— Il me disait : *tu !*
Elle se croisa les bras, n'osa plus lire la lettre, et
de grosses larmes lui vinrent aux yeux.
— Est-il mort ? demanda Nanon.
— Il n'écrirait pas ! dit Eugénie.
Elle lut [340] toute la lettre que voici :

« Ma chère cousine, vous apprendrez, je le crois,
avec plaisir, le succès de mes entreprises. Vous
m'avez porté bonheur, je suis revenu riche, et j'ai
suivi les conseils de mon oncle, dont la mort et celle
de ma tante viennent de m'être apprises par M. des
Grassins. La mort [341] de nos parents est dans la
nature, et nous devons leur succéder. J'espère que
vous êtes aujourd'hui consolée. Rien ne résiste au
temps, je l'éprouve. Oui, ma chère cousine, malheureusement pour moi, le moment des illusions est
passé. Que voulez-vous ! en voyageant à travers
de nombreux pays, j'ai réfléchi sur la vie. D'enfant
que j'étais au départ, je suis devenu un homme au
retour. Aujourd'hui, je pense à bien des choses
auxquelles je ne songeais pas autrefois. Vous êtes
libre, ma cousine, et je suis libre encore ; rien n'em-

pêche, en apparence, la réalisation de nos petits projets; mais j'ai trop de loyauté dans le caractère pour vous cacher la situation de mes affaires. Je n'ai point oublié que je ne m'appartiens pas; je me suis toujours souvenu, dans mes longues traversées, du petit banc de bois... »

Eugénie se leva comme si elle eût été sur des charbons ardents, et alla s'asseoir sur une des marches de la cour.

«... Du petit banc de bois où nous nous sommes juré de nous aimer toujours; du couloir, de la salle grise, de ma chambre en mansarde, et de la.nuit où vous m'avez rendu, par votre délicate obligeance, mon avenir plus facile. Oui, ces souvenirs ont soutenu mon courage, et je me suis dit que vous pensiez toujours à moi comme je pensais souvent à vous, à l'heure convenue entre nous. Avez-vous bien regardé les nuages à neuf heures? Oui, n'est-ce pas? Aussi, ne veux-je pas trahir une amitié sacrée pour moi; non, je ne dois point vous tromper. Il s'agit, en ce moment, pour moi, d'une alliance qui satisfait à toutes les idées que je me suis formées sur le mariage. L'amour, dans le mariage, est une chimère. Aujourd'hui, mon expérience me dit qu'il faut obéir à toutes les lois sociales et réunir toutes les convenances voulues par le monde en se mariant. Or, déjà se trouve entre nous une différence d'âge qui, peut-être, influerait plus sur votre avenir, ma chère cousine, que sur le mien. Je ne vous parlerai ni de vos mœurs, ni de votre éducation, ni de vos habitudes, qui ne sont nullement en rapport avec la vie de Paris, et ne

cadreraient sans doute point avec mes projets ulté-
rieurs. Il entre dans mes plans de tenir un grand
état de maison, de recevoir beaucoup de monde, et
je crois me souvenir que vous aimez une vie douce
et tranquille. Non, je serai plus franc, et veux vous
faire arbitre de ma situation; il vous appartient de
la connaître, et vous avez le droit de la juger. Aujour-
d'hui, je possède quatre-vingt mille livres [342] de rente.
Cette fortune me permet de m'unir à la famille
d'Aubrion dont l'héritière, jeune personne de dix-
neuf ans [343], m'apporte en mariage son nom, un
titre, la place de gentilhomme honoraire de la
chambre de Sa Majesté, et une position des plus
brillantes. Je vous avouerai, ma chère cousine, que
je n'aime pas le moins du monde Mlle d'Aubrion;
mais, par son alliance, j'assure à mes enfants une
situation sociale dont un jour les avantages seront
incalculables : de jour en jour, les idées monarchiques
reprennent faveur. Donc, quelques années plus tard,
mon fils, devenu marquis d'Aubrion, ayant un
majorat de quarante mille [344] livres de rente, pourra
prendre dans l'État telle place qu'il lui conviendra de
choisir. Nous nous devons à nos enfants. Vous voyez,
ma cousine, avec quelle bonne foi je vous expose
l'état de mon cœur, de mes espérances et de ma fortune. Il est possible que, de votre côté, vous ayez
oublié nos enfantillages après sept années d'absence;
mais, moi, je n'ai oublié ni votre indulgence, ni mes
paroles; je me souviens de toutes, même des plus
légèrement données, et auxquelles un jeune homme
moins consciencieux que je ne le suis, ayant un
cœur moins jeune et moins probe, ne songerait même
pas. En vous disant que je ne pense qu'à faire un

mariage de convenance, et que je me souviens encore de nos amours d'enfants, n'est-ce pas me mettre entièrement à votre discrétion, vous rendre maîtresse de mon sort, et vous dire que, s'il faut renoncer à mes ambitions sociales, je me contenterai volontiers de ce simple et pur bonheur duquel vous m'avez offert de si touchantes images... »

— Tan ta ta. — Tan ta ti. — Tinn ta ta. — Toûn ! — Toûn ta ti. — Tinn ta ta..., etc., avait chanté Charles Grandet sur l'air de *Non più andrai*, en signant :

> « Votre dévoué cousin,
> « CHARLES. »

— Tonnerre de Dieu ! c'est y mettre des procédés, se dit-il.

Puis il avait cherché le mandat, et il avait ajouté ceci :

« P.-S. — Je joins à ma lettre un mandat, sur la maison des Grassins, de huit mille francs à votre ordre, et payable en or, comprenant intérêts et capital de la somme que vous avez eu la bonté de me prêter. J'attends de Bordeaux une caisse où se trouvent quelques objets que vous me permettrez de vous offrir en témoignage de mon éternelle reconnaissance Vous pouvez renvoyer par la diligence mon nécessaire [345] à l'hôtel d'Aubrion, rue Hillerin-Bertin [346]. »

— Par la diligence ! dit Eugénie. Une chose pour laquelle j'aurais donné mille fois ma vie !

Épouvantable et complet désastre. Le vaisseau

sombrait sans laisser ni un cordage ni une planche sur le vaste océan des espérances.

En se voyant abandonnées, certaines femmes vont arracher leur amant aux bras d'une rivale, la tuent et s'enfuient au bout du monde, sur l'échafaud ou dans la tombe. Cela, sans doute, est beau ; le mobile de ce crime [347] est une sublime passion qui impose à la justice humaine. D'autres femmes baissent la tête et souffrent en silence : elles vont mourantes et résignées, pleurant et pardonnant, priant et se souvenant jusqu'au dernier soupir. Ceci est de l'amour, l'amour vrai, l'amour des anges, l'amour fier qui vit de sa douleur et qui en meurt. Ce fut le sentiment d'Eugénie après avoir lu cette horrible lettre. Elle jeta ses regards au ciel, en pensant aux dernières paroles de sa mère, qui, semblable à quelques mourants, avait projeté sur l'avenir un coup d'œil pénétrant, lucide ; puis Eugénie, se souvenant de cette mort et de cette vie prophétiques, mesura d'un regard toute sa destinée. Elle n'avait plus qu'à déployer ses ailes, tendre au ciel, et vivre en prière jusqu'au dernier jour de sa délivrance.

— Ma mère avait raison, dit-elle en pleurant. Souffrir et mourir.

Elle vint à pas lents de son jardin dans la salle. Contre son habitude, elle ne passa point par le couloir ; mais elle retrouva le souvenir de son cousin dans ce vieux salon gris, sur la cheminée duquel était toujours une certaine soucoupe dont elle se servait tous les matins à son déjeuner, ainsi que du sucrier de vieux Sèvres. Cette matinée devait être solennelle et pleine d'événements pour elle. Nanon lui annonça le curé de la paroisse. Ce curé, parent des Cruchot, était dans les intérêts du président de Bonfons. Depuis quelques jours, le vieil abbé l'avait déterminé à parler à Mlle Grandet, dans un sens purement religieux, de l'obligation où elle était de contracter mariage. En voyant son pasteur, Eugénie crut qu'il venait chercher les mille francs [348] qu'elle donnait mensuellement aux pauvres, et dit à Nanon de les aller chercher; mais le curé se prit à sourire.

— Aujourd'hui, mademoiselle, je viens vous parler d'une pauvre fille à laquelle toute la ville de Saumur s'intéresse, et qui, faute de charité pour elle-même, ne vit pas chrétiennement.

— Mon Dieu ! monsieur le curé, vous me trouvez dans un moment où il m'est impossible de songer à mon prochain, je suis tout occupée de moi. Je suis bien malheureuse, je n'ai d'autre refuge que l'Église; elle a un sein assez large pour contenir toutes nos douleurs, et des sentiments assez féconds pour que nous puissions y puiser sans craindre de les tarir.

— Eh bien, mademoiselle, en nous occupant de cette fille, nous nous occuperons de vous. Écoutez ! si vous voulez faire votre salut, vous n'avez que deux voies à suivre : ou quitter le monde ou en suivre les lois; obéir à votre destinée terrestre ou à votre destinée céleste.

— Ah ! votre voix me parle au moment où je voulais entendre une voix. Oui, Dieu vous adresse ici, monsieur. Je vais dire adieu au monde et vivre pour Dieu seul dans le silence et la retraite.

— Il est nécessaire, ma fille, de longtemps réfléchir à ce violent parti. Le mariage est une vie, le voile est une mort.

— Eh bien, la mort, la mort promptement, monsieur le curé ! dit-elle avec une effrayante vivacité.

— La mort ? Mais vous avez de grandes obligations à remplir envers la société, mademoiselle.
N'êtes-vous donc pas la mère des pauvres auxquels
vous donnez des vêtements, du bois en hiver et du
travail en été ? Votre grande fortune est un prêt
qu'il faut rendre, et vous l'avez saintement acceptée
ainsi. Vous ensevelir dans un couvent, ce serait de
l'égoïsme; quant à rester vieille fille, vous ne le
devez pas. D'abord, pourriez-vous gérer seule votre
immense fortune ? Vous la perdriez peut-être. Vous
auriez bientôt mille procès, et vous seriez angariée [349]
en d'inextricables difficultés. Croyez votre pasteur :
un époux vous est utile, vous devez conserver ce
que Dieu vous a donné. Je vous parle comme à une
ouaille chérie. Vous aimez trop sincèrement Dieu
pour ne pas faire votre salut au milieu du monde,
dont vous êtes un des plus beaux ornements et
auquel vous donnez de saints exemples.

En ce moment, Mme des Grassins se fit annoncer.
Elle venait amenée par la vengeance et par un grand
désespoir.

— Mademoiselle..., dit-elle. — Ah ! voici M. le
curé... Je me tais, je venais vous parler d'affaires,
et je vois que vous êtes en grande conférence.

— Madame, dit le curé, je vous laisse le champ
libre.

— Oh ! monsieur le curé, dit Eugénie, revenez
dans quelques instants, votre appui m'est en ce
moment bien nécessaire.

— Oui, ma pauvre enfant, dit Mme des Grassins.

— Que voulez-vous dire ? demandèrent Mlle Grandet et le curé.

— Ne sais-je pas le retour de votre cousin, son mariage avec Mlle d'Aubrion ?... Une femme n'a jamais son esprit dans sa poche.

Eugénie rougit et resta muette; mais elle prit le parti d'affecter à l'avenir l'impassible contenance qu'avait su prendre son père.

— Eh bien, madame, répondit-elle avec ironie, j'ai sans doute l'esprit dans ma poche, je ne comprends pas. Parlez devant M. le curé, vous savez qu'il est mon directeur.

— Eh bien, mademoiselle, voici ce que des Grassins m'écrit. Lisez.

Eugénie lut la lettre suivante :

« Ma chère femme, Charles Grandet arrive des Indes, il est à Paris depuis un mois... ».

— Un mois ! se dit Eugénie en laissant tomber sa main. Après une pause, elle reprit la lettre [350].

« ... Il m'a fallu faire antichambre deux fois avant de pouvoir parler à ce futur comte d'Aubrion. Quoique tout Paris parle de son mariage et que tous les bans soient publiés... »

— Il m'écrivait donc au moment où... ? se dit Eugénie.

Elle n'acheva pas, elle ne s'écria pas comme une Parisienne : « Le polisson ! » Mais, pour ne pas être exprimé, le mépris n'en fut pas moins complet.

« ... Ce mariage est loin [351] de se faire; le marquis d'Aubrion ne donnera pas sa fille au fils d'un ban-

queroutier. Je suis venu lui faire part des soins que,
son oncle et moi, nous avons donnés aux affaires
de son père, et des habiles manœuvres par lesquelles
nous avons su faire tenir les créanciers tranquilles
jusqu'aujourd'hui. Ce petit impertinent n'a-t-il
pas eu le front de me répondre, à moi qui, pendant
cinq ans, me suis dévoué nuit et jour à ses intérêts
et à son honneur, que *les affaires de son père n'étaient
pas les siennes !* Un agréé serait en droit de lui
demander trente à quarante mille francs d'hono-
raires, à un pour cent sur la somme des créances.
Mais, patience, il est bien légitimement dû douze
cent mille francs [352] aux créanciers, et je vais faire
déclarer son père en faillite. Je me suis embarqué
dans cette affaire sur la parole de ce vieux caïman
de Grandet. et j'ai fait des promesses au nom de la
famille. Si M. le comte d'Aubrion se soucie peu
de son honneur, le mien m'intéresse fort. Aussi
vais-je expliquer ma position aux créanciers. Néanmoins j'ai trop de respect pour Mlle Eugénie, à
l'alliance de laquelle, en des temps plus heureux,
nous avions pensé, pour agir sans que tu lui aies
parlé de cette affaire... ».

Là, Eugénie rendit froidement la lettre sans
l'achever.

— Je vous remercie, dit-elle à Mme des Grassins;
nous verrons cela...

— En ce moment, vous avez toute la voix de
défunt votre père, dit Mme des Grassins.

— Madame, vous avez huit mille cent francs d'or
à nous compter, lui dit Nanon.

— Cela est vrai; faites-moi l'avantage de venir
avec moi, Mme Cornoiller.

— Monsieur le curé, dit Eugénie avec un noble sang-froid que lui donna la pensée qu'elle allait exprimer, serait-ce pécher que de demeurer en état de virginité dans le mariage ?

— Ceci est un cas de conscience dont la solution m'est inconnue. Si vous voulez savoir ce qu'en pense en sa Somme *De matrimonio* le célèbre Sanchez [353], je pourrai vous le dire demain.

Le curé partit. Mlle Grandet monta dans le cabinet de son père et y passa la journée seule, sans vouloir descendre à l'heure du dîner, malgré les instances de Nanon. Elle parut le soir, à l'heure où les habitués de son cercle arrivèrent. Jamais le salon des Grandet n'avait été aussi plein qu'il le fut pendant cette soirée. La nouvelle du retour et de la sotte trahison de Charles avait été répandue dans toute la ville. Mais, quelque attentive que fût la curiosité des visiteurs, elle ne fut point satisfaite. Eugénie, qui s'y était attendue, ne laissa percer sur son visage calme aucune des cruelles émotions qui l'agitaient. Elle sut prendre une figure riante pour répondre à ceux qui voulurent lui témoigner de l'intérêt par des regards ou des paroles mélancoliques. Elle sut enfin couvrir son malheur sous les voiles de la politesse.

Vers neuf heures, les parties finissaient, et les joueurs quittaient leurs tables, se payaient et discutaient les derniers coups de whist en venant se joindre au cercle des causeurs. Au moment où l'assemblée se leva en masse pour quitter le salon, il y eut un coup de théâtre qui retentit dans Saumur, de là dans l'arrondissement et dans [354] les quatre préfectures environnantes.

— Restez, monsieur le président, dit Eugénie à

M. de Bonfons, en lui voyant prendre sa canne.

À cette parole, il n'y eut personne dans cette nombreuse assemblée qui ne se sentît ému. Le président pâlit et fut obligé de s'asseoir.

— Au président les millions [355], dit Mlle de Gribeaucourt.

— C'est clair, le président de Bonfons épouse Mlle Grandet, s'écria Mme d'Orsonval.

— Voilà le meilleur coup de la partie, dit l'abbé.

— C'est un beau *schleem*, dit le notaire.

Chacun dit son mot, chacun fit son calembour, tous voyaient l'héritière montée sur ses millions [356], comme sur un piédestal. Le drame commencé depuis neuf ans se dénouait. Dire, en face de tout Saumur, au président de rester, n'était-ce pas annoncer qu'elle voulait faire de lui son mari ? Dans les petites villes, les convenances sont si sévèrement observées, qu'une infraction de ce genre y constitue la plus solennelle des promesses.

— Monsieur le président, lui dit Eugénie d'une voix émue quand ils furent seuls, je sais ce qui vous plaît en moi. Jurez de me laisser libre pendant toute ma vie, de ne me rappeler aucun des droits que le mariage vous donnerait sur moi, et ma main est à vous [357]. Oh ! reprit-elle en le voyant se mettre à ses genoux [358], je n'ai pas tout dit. Je ne dois pas vous tromper, monsieur. J'ai dans le cœur un sentiment inextinguible. L'amitié sera le seul sentiment que je puisse accorder à mon mari : je ne veux ni l'offenser, ni contrevenir aux lois de mon cœur. Mais vous ne posséderez ma main et ma fortune qu'au prix d'un immense service.

— Vous me voyez prêt à tout, dit le président.

— Voici quinze cent mille francs, monsieur le président, dit-elle en tirant de son sein une reconnaissance de cent actions de la Banque de France, partez pour Paris [359], non pas demain, non pas cette nuit, mais à l'instant même. Rendez-vous chez M. des Grassins, sachez-y le nom de tous les créanciers de mon oncle, rassemblez-les, payez tout ce que sa succession peut devoir, capital et intérêts à cinq pour cent depuis le jour de la dette jusqu'à celui du remboursement, enfin veillez à faire faire une quittance générale et notariée [360], bien en forme. Vous êtes magistrat, je ne me fie qu'à vous en cette affaire. Vous êtes un homme loyal, un galant homme ; je m'embarquerai sur la foi de votre parole pour traverser les dangers de la vie à l'abri de votre nom. Nous aurons l'un pour l'autre une mutuelle indulgence. Nous nous connaissons depuis si longtemps, nous sommes presque parents, vous ne voudriez pas me rendre malheureuse.

Le président tomba aux pieds de la riche héritière en palpitant de joie et d'angoisse.

— Je serai votre esclave ! lui dit-il.

— Quand vous aurez la quittance, monsieur, reprit-elle en lui jetant un regard froid, vous la porterez avec tous les titres à mon cousin Grandet, et vous lui remettrez cette lettre. A votre retour, je tiendrai ma parole.

Le président comprit, lui, qu'il devait Mlle Grandet à un dépit amoureux ; aussi s'empressa-t-il d'exécuter ses ordres avec la plus grande promptitude, afin qu'il n'arrivât aucune réconciliation entre les deux amants.

Quand M. de Bonfons fut parti, Eugénie tomba

sur son fauteuil et fondit en larmes. Tout était
consommé. Le président prit la poste, et se trouvait
à Paris le lendemain soir. Dans la matinée du jour
qui suivit son arrivée, il alla chez des Grassins. Le
magistrat [361] convoqua les créanciers en l'étude du
notaire où étaient déposés les titres, et chez lequel
pas un ne faillit à l'appel. Quoique ce fussent des
créanciers, il faut leur rendre justice : ils furent
exacts. Là, le président de Bonfons, au nom de
Mlle Grandet [362], leur paya le capital et les intérêts
dus. Le payement des intérêts fut pour le commerce
parisien un des événements les plus étonnants de
l'époque.

Quand la quittance fut enregistrée et des Grassins
payé de ses soins par le don d'une somme de cinquante mille francs que lui avait allouée Eugénie,
le président se rendit à l'hôtel d'Aubrion, et y trouva
Charles au moment où il rentrait dans son appartement, accablé par son beau-père. Le vieux marquis
venait de lui déclarer que sa fille ne lui appartiendrait
qu'autant que tous les créanciers de Guillaume
Grandet seraient soldés.

Le président lui remit d'abord la lettre suivante :

« Mon cousin,

« M. le président de Bonfons s'est chargé de vous
remettre la quittance de toutes les sommes dues
par mon oncle et celle par laquelle je reconnais les
avoir reçues de vous. On m'a parlé [363] de faillite !
J'ai pensé que le fils d'un failli ne pourrait peut-être
pas épouser Mlle d'Aubrion. Oui, mon cousin, vous
avez bien jugé de mon esprit et de mes manières :

je n'ai sans doute rien du monde, je n'en connais ni les calculs ni les mœurs, et ne saurais vous y donner les plaisirs que vous voulez y trouver. Soyez heureux, selon les conventions sociales auxquelles vous sacrifiez nos premières amours. Pour rendre votre bonheur complet, je ne puis donc plus vous offrir que l'honneur de votre père. Adieu, vous aurez toujours une fidèle amie dans votre cousine,

« EUGÉNIE. »

Le président sourit de l'exclamation que ne put réprimer cet ambitieux au moment où il reçut l'acte authentique [364].

— Nous nous annoncerons réciproquement nos mariages, lui dit-il.

— Ah ! vous épousez Eugénie ? Eh bien, j'en suis content, c'est une bonne fille. — Mais, reprit-il, frappé tout à coup par une réflexion lumineuse, elle est donc riche ?

— Elle avait, répondit le président d'un air goguenard, près de dix-neuf millions [365], il y a quatre jours; mais elle n'en a plus que dix-sept [366] aujourd'hui.

Charles regarda le président d'un air hébété.

— Dix-sept... [367] mil...

— Dix-sept millions, oui, monsieur. Nous réunissons, Mlle Grandet et moi, sept cent cinquante mille [368] livres de rente, en nous mariant.

— Mon cher cousin, dit Charles en retrouvant un peu d'assurance, nous pourrons nous pousser l'un l'autre.

— D'accord, dit le président. Voici, de plus, une

petite caisse que je dois aussi ne remettre qu'à vous, ajouta-t-il en déposant sur une table le coffret dans lequel était la toilette.

— Eh bien, mon cher ami, dit Mme la marquise d'Aubrion en entrant sans faire attention à Cruchot, ne prenez nul souci de ce que vient de vous dire ce pauvre M. d'Aubrion, à qui la duchesse de Chaulieu [369] avait tourné la tête. Je vous le répète, rien n'empêchera votre mariage...

— Rien, madame, répondit Charles. Les trois millions autrefois dus par mon père ont été soldés hier.

— En argent ? dit-elle.

— Intégralement, intérêts et capital [370], et je vais faire réhabiliter sa mémoire.

— Quelle bêtise ! s'écria la belle-mère. — Quel est ce monsieur ? dit-elle à l'oreille de son gendre, en apercevant le Cruchot.

— Mon homme d'affaires, lui répondit-il à voix basse.

La marquise salua dédaigneusement M. de Bonfons et sortit.

— Nous nous poussons déjà, dit le président en prenant son chapeau. Adieu, mon cousin.

— Il se moque de moi, ce kakatoès [371] de Saumur. J'ai envie de lui donner six pouces de fer dans le ventre.

Le président était parti. Trois jours après, M. de Bonfons, de retour à Saumur, publia son mariage avec Eugénie. Six mois après, il était nommé conseiller à la cour royale d'Angers.

Avant de quitter Saumur, Eugénie fit fondre l'or des joyaux si longtemps précieux à son cœur, et les consacra, ainsi que les huit mille francs de son cousin, à un ostensoir d'or et en fit présent à la paroisse où elle avait tant prié Dieu pour *lui* !

Elle partagea d'ailleurs son temps entre Angers et Saumur. Son mari, qui montra du dévouement dans une circonstance politique, devint président de chambre et enfin premier président au bout de quelques années [372]. Il attendit impatiemment la réélection générale afin d'avoir un siège à la Chambre. Il convoitait déjà la pairie, et alors...

— Alors, le roi sera donc son cousin ? disait Nanon, la grande Nanon, Mme Cornoiller, bourgeoise de Saumur [373], à qui sa maîtresse annonçait les grandeurs auxquelles elle était appelée.

CONCLUSION

Néanmoins, M. le président de Bonfons (il avait enfin aboli le nom patronymique de Cruchot) ne parvint à réaliser aucune de ses idées ambitieuses. Il mourut huit jours après avoir été nommé député de Saumur.

Dieu, qui voit tout et ne frappe jamais à faux, le punissait sans doute de ses calculs et de l'habileté juridique avec laquelle il avait minuté, *accurante Cruchot,* son contrat de mariage où les deux futurs époux se donnaient l'un à l'autre, *au cas où ils n'auraient pas d'enfants, l'universalité de leurs biens, meubles et immeubles, sans en rien excepter ni réserver, en toute propriété, se dispensant même de la formalité de l'inventaire, sans que l'omission dudit inventaire puisse être opposée à leurs héritiers ou ayants cause, entendant que ladite donation soit, etc.* Cette clause peut expliquer le profond respect que le président eut constamment pour la volonté, pour la solitude de Mme de Bonfons. Les femmes citaient M. le premier président comme un des hommes les plus délicats, le plaignaient et allaient souvent jusqu'à accuser la douleur, la passion d'Eugénie, mais comme elles savent accuser une femme avec les plus cruels ménagements.

— Il faut que Mme la présidente de Bonfons soit bien souffrante pour laisser son mari seul. Pauvre petite femme ! Guérira-t-elle bientôt ? Qu'a-t-elle donc, une gastrite, un cancer ? Pourquoi ne voit-elle pas des médecins ? Elle devient jaune depuis quelque temps ; elle devrait aller consulter les célébrités de Paris. Comment peut-elle ne pas désirer un enfant ? Elle aime beaucoup son mari, dit-on ; comment ne pas lui donner d'héritier, dans sa position ? Savez-vous que cela est affreux ; et si c'était par l'effet d'un caprice, il serait condamnable... Pauvre président !

Douée de ce tact fin que le solitaire exerce par ses perpétuelles méditations et par la vue exquise avec laquelle il saisit les choses qui tombent dans sa sphère, Eugénie, habituée par le malheur et par sa dernière éducation à tout deviner, savait que le président désirait sa mort pour se trouver en possession de cette immense fortune encore augmentée par les successions de son oncle [374] le notaire et de son oncle l'abbé, que Dieu eut la fantaisie d'appeler à lui. La pauvre recluse avait pitié du président. La Providence la vengea des calculs et de l'infâme indifférence d'un époux qui respectait, comme la plus forte des garanties, la passion sans espoir dont se nourrissait Eugénie. Donner la vie à un enfant, n'était-ce pas tuer les espérances de l'égoïsme, les joies de l'ambition caressées par le premier président.

Dieu jeta donc [375] des masses d'or à sa prisonnière, pour qui l'or était indifférent et qui aspirait au ciel, qui vivait, pieuse et bonne, en de saintes pensées, qui secourait incessamment les malheureux en secret.

Mme de Bonfons fut veuve à trente-trois ans, riche de huit cent mille livres de rente [376], encore belle, mais comme une femme est belle à près de quarante ans. Son visage est blanc, reposé, calme. Sa voix est douce et recueillie, ses manières sont simples. Elle a toutes les noblesses de la douleur, la sainteté d'une personne qui n'a pas souillé son âme au contact du monde, mais aussi la raideur de la vieille fille et les habitudes mesquines que donne l'existence étroite de la province. Malgré ses huit cent mille [377] livres de rente, elle vit comme avait vécu la pauvre Eugénie Grandet, n'allume le feu de sa chambre qu'aux jours où jadis son père lui permettait d'allumer le foyer de la salle, et l'éteint conformément au programme en vigueur dans ses jeunes années. Elle est toujours vêtue comme l'était sa mère. La maison de Saumur, maison sans soleil, sans chaleur, sans cesse ombragée, mélancolique, est l'image de sa vie. Elle accumule soigneusement ses revenus, et peut-être semblerait-elle parcimonieuse si elle ne démentait la médisance par un noble emploi de sa fortune. De pieuses et charitables fondations, un hospice pour la vieillesse et des écoles chrétiennes pour les enfants, une bibliothèque publique richement dotée, témoignent chaque année contre l'avarice que lui reprochent certaines personnes [378]. Les églises de Saumur lui doivent quelques embellissements. Mme de Bonfons que, par raillerie, on appelle *mademoiselle*, inspire généralement [379] un religieux respect. Ce noble cœur, qui ne battait que pour les sentiments les plus tendres, devait donc être soumis aux calculs de l'intérêt humain. L'argent devait communiquer ses teintes froides à cette vie céleste et donner de la défiance pour les sentiments [380] à une femme qui était tout sentiment.

— Il n'y a que toi qui m'aimes, disait-elle à Nanon.

La main de cette femme panse les plaies secrètes de toutes les familles. Eugénie marche au ciel accompagnée d'un cortège de bienfaits. La grandeur de son âme amoindrit les petitesses de son éducation et les coutumes de sa vie première. Telle est l'histoire de cette femme, qui n'est pas du monde au milieu du monde ; qui, faite pour être magnifiquement épouse et mère, n'a ni mari, ni enfants, ni famille.

Depuis quelques jours, il est question d'un nouveau mariage pour elle. Les gens de Saumur s'occupent d'elle et de M. le marquis de Froidfond, dont la famille commence à cerner la riche veuve comme jadis avaient fait les Cruchot.

Nanon et Cornoiller sont, dit-on, dans les intérêts du marquis ; mais rien n'est plus faux. Ni la grande Nanon ni Cornoiller n'ont assez d'esprit pour comprendre les corruptions du monde [381].

Paris, septembre 1833.

NOTES

NOTES *

1. On ne sait qui est cette Maria, sinon une maîtresse de Balzac et de qui il eut un enfant, une petite fille du nom de Marie. Spoelberch de Lovenjoul cite, dans *Un roman d'amour*, une lettre de Balzac à sa sœur Laure, datée du 12 [octobre 1833] où il écrit : « Je suis *père* —, voilà un secret que j'avais à te dire, — et à la tête d'une gentille personne, la plus naïve créature qui soit, tombée comme une fleur du ciel, qui vient chez moi en cachette, n'exige ni correspondance, ni soins, et qui dit : « Aime-moi un an, je t'aimerai toute ma vie. » (P. 81-82.) Dans son commentaire de cette lettre, Spoelberch de Lovenjoul écrit : « Que peut être devenue cette enfant, une fille nommée Marie, si nous ne nous trompons ? Aucun indice sérieux n'existe, à notre connaissance, qui permette d'en rechercher la trace avec quelque chance de succès. C'est certainement à sa mère, à cette délicieuse créature qui disait au grand scrutateur d'âmes : « Aime-moi un an, je t'aimerai toute ma vie », qu'est dédiée son œuvre la plus émouvante peut-être et la plus populaire à coup sûr, *Eugénie Grandet...* » (P. 92-93.)

Il ne faut guère espérer sans doute de savoir jamais qui était Maria, quand un chercheur aussi habile et aussi heureux que M. Spoelberch de Lovenjoul ne l'a pas découvert, quand un chercheur aussi persévérant que le docteur Cabanès se déclare, à son tour, impuissant à le découvrir. (Cf. docteur Cabanès : *Balzac intime*, p. 240-243.)

2. Dans l'édition Charpentier, de 1839, où elle parut pour la première fois, cette dédicace s'arrêtait au mot « pieuses »; le dernier membre de phrase n'y a été ajouté qu'à l'édition de 1843.

3. En 1839 cette dédicace était signée « l'auteur ».

4. Voici la préface de la première édition; elle précède le texte

---

* Les variantes pour lesquelles il n'est pas donné d'indication différente sont tirées de l'édition de 1834.

qui commence ici, sans en être distinguée par aucun titre spécial, et comme un préambule inhérent au roman. Nous indiquons en italiques, et entre crochets, les variantes que présente avec ce texte celui qui avait paru dans *L'Europe littéraire* :

« Il se rencontre, au fond des provinces, quelques têtes dignes d'une étude sérieuse, des caractères pleins d'originalité, des existences tranquilles à la superficie et que ravagent secrètement de tumultueuses passions, mais les aspérités les plus tranchées [mais les *arêtes* les plus *vives*] des caractères, mais les exaltations les plus passionnées finissent par s'y abolir dans la constante monotonie des mœurs. [dans la constante *atonie* de mœurs *égales et sans accidents*.] Aucun poète n'a tenté de décrire les phénomènes de cette vie qui s'en va, s'adoucissant toujours. Pourquoi non ? S'il y a de la poésie dans l'atmosphère de Paris où tourbillonne un *simoun* qui enlève les fortunes [où *règne* un *simoun* qui tourbillonne, enlève les fortunes] et brise les cœurs, n'y en a-t-il donc pas aussi dans la lente action du *sirocco* de l'atmosphère provinciale qui détend les plus fiers courages, relâche les fibres, et désarme les passions de leur *acutesse* ? Si tout arrive à Paris, tout passe en province : là, ni relief, ni saillie [*ni saillie, ni relief*] ; mais là, des drames dans le silence; là, des mystères habilement dissimulés; là, des dénouements dans un seul mot; là, d'énormes valeurs prêtées par le calcul et l'analyse aux actions les plus indifférentes. On y vit en public.

« Si les peintres littéraires ont abandonné les admirables scènes de la vie de province, ce n'est ni par dédain, ni faute d'observation; peut-être y a-t-il impuissance. En effet, pour initier à un intérêt presque muet, qui gît moins dans l'action que dans la pensée; pour rendre des figures, au premier aspect peu colorées, mais dont les détails et les demi-teintes sollicitent les plus savantes touches du pinceau; pour restituer à ces tableaux leurs ombres grises et leur clair obscur; pour sonder une nature creuse en apparence, mais que l'examen trouve pleine et riche sous une écorce unie, ne faut-il pas une multitude de préparations, des soins inouïs, et, pour de tels portraits, les finesses de la miniature antique ?

« La superbe littérature de Paris, économe de ses heures, qu'au détriment de l'art, elle emploie en haines et en plaisirs, veut son drame tout fait; quant à le chercher, elle n'en a pas [*elle n'en a*] le loisir à une époque où le temps manque aux événements; quant à le créer, si quelque auteur en émettait la prétention, cet acte viril exciterait [*la prétention, ce serait annoncer un* acte *qui* exciterait] des émeutes dans une république où depuis longtemps, il est défendu, de par la critique des eunuques, d'inventer [*par la critique d'inventer*] une forme, un genre, une action quelconques.

« Ces observations étaient nécessaires, et pour faire connaître la modeste intention de l'auteur, qui ne veut être ici que le plus humble des copistes, et pour établir incontestablement son droit à prodiguer les longueurs exigées par le cercle de minuties dans lequel il est obligé de se mouvoir. Enfin, au moment où l'on donne aux œuvres les plus éphémères le glorieux nom de CONTE, qui ne doit appartenir qu'aux créations les plus vivaces de l'art, il lui sera sans doute pardonné de descendre aux mesquines proportions de l'histoire, l'histoire vulgaire, le récit pur et simple de ce qui se voit tous les jours en province.

« Plus tard, il apportera son grain de sable au tas élevé par les manœuvres de l'époque; aujourd'hui, le pauvre artiste n'a saisi [n'a *rencontré*] qu'un de ces fils blancs promenés dans les airs par la brise, et dont s'amusent les enfants, les jeunes filles, les poètes; dont les savants ne se soucient guère; mais que, dit-on, laisse tomber de sa quenouille une céleste fileuse. Prenez garde ! Il y a des *moralités* dans cette tradition champêtre. Aussi, l'auteur en fait-il son épigraphe. Il vous montrera comment, durant la belle saison de la vie, certaines illusions, de blanches espérances, des fils argentés descendent des cieux [*du ciel*] et y retournent sans avoir touché terre. »

Il n'y a pas de date à cette préface dans *l'Europe littéraire ;* dans l'édition de 1839 la date est : « *Paris*, septembre 1833. »

M. de Lovenjoul, dans son *Histoire des Œuvres de Balzac*, mentionne une édition d'*Eugénie Grandet*, publiée en 1853 chez Hachette, dans la *Bibliothèque des Chemins de fer*, et précédée d'une préface anonyme, qui, dit-il, « est devenue très rare, ayant été enlevée de presque tous les exemplaires sur le désir de Mme de Balzac à qui elle avait déplu ». Et il ajoute : « Elle est de M. Jules Simon. » Au verso de la couverture de l'exemplaire de cette édition qui est conservé à la bibliothèque Lovenjoul à Chantilly, on lit cette note de la main de M. de Lovenjoul : « *L'Avertissement* ayant déplu à Mme de Balzac a été enlevé de presque tous les exemplaires. Il est *rarissime*, et écrit par Jules Simon qui ne l'a reconnu que beaucoup plus tard. » Et, à la suite de l'avertissement, M. de Lovenjoul a inscrit le nom de Jules Simon.

Que cet *avertissement*, publié trois ans après la mort de Balzac, ait déplu à sa veuve, ce n'est pas surprenant. Il contient, en effet, quelques remarques assez vives, non pas sur le roman d'*Eugénie Grandet*, dont il est à peine question, mais sur l'œuvre de Balzac, en général. Cet avertissement était destiné à servir de préface aux romans de Balzac que l'on avait l'intention d'admettre dans la série littéraire de la *Bibliothèque des Chemins de fer*. Ces romans devaient être fort peu nombreux, Balzac n'étant pas, d'après l'auteur de cet *avertissement*, un auteur suffisamment moral.

J. Simon écrit, aux dernières lignes de son étude : « Le malheur de *la Comédie humaine*, comme du siècle dont elle est la plus vive

expression, est de ne pas conclure. M. de Balzac touchait au
grand art s'il avait su faire sortir de ses livres un noble et sévère
enseignement. »

Dans cet avertissement il est écrit encore : « Balzac se trompait
en beaucoup de points sur l'homme et sur la société : il croyait
à des puissances occultes, à des combinaisons machiavéliques; il
inventait des perversités impossibles; il avait, en un mot, comme
tous les analystes, ses verres grossissants, mais que de fois il
prenait la nature sur le fait ! avec quelle subtilité il saisissait les
nuances les plus délicates ! avec quelle justesse il analysait les
motifs qui nous font agir ! Le gros des lecteurs s'intéressait à ces
descriptions sans savoir pourquoi, et le public lettré était moins
touché des fines analyses que des exagérations et des contre-sens,
de sorte que personne ne le mettait à sa véritable place.

« Pour lui, malgré son talent d'observateur, il était soumis
à de véritables fascinations. La critique l'irritait sans l'éclairer.
Il aurait donné tout ce qu'il y avait de véritablement fort dans
ses livres pour les conceptions bizarres, invraisemblables, qui
lui semblaient ses découvertes. Ses défauts grandissaient aussi
en même temps que son talent. Il en vint à croire qu'il avait
raison contre toute la critique, et qu'il avait analysé le premier
la société et l'humanité avec fidélité et exactitude. Il se crut dès
lors un philosophe. Il parla sérieusement de son *œuvre*. Il l'appela
la Comédie humaine, titre ambitieux qui le fit accuser de charlata-
nisme. Il était pourtant le contraire d'un charlatan. »

M. Jules Simon, qui lui était officiellement un philosophe,
bien qu'il dénie ici ce titre à Balzac, le lui accordait presque à
la deuxième page de son avertissement à l'endroit où il mentionne,
fort brièvement, le roman d'*Eugénie Grandet*. « Il faut, écrit-il,
que les cabinets de lecture s'alimentent de nouveautés, comme
les modistes; et le sort des romanciers les plus célèbres est de
charmer leurs contemporains, de les amuser, de les égayer, de les
attendrir et de mourir tout entiers. M. de Balzac sera du très petit
nombre de ceux qui échapperont à cette condamnation sévère.
Il y a beaucoup plus en lui qu'un amuseur ordinaire; il y a un
peintre, un analyste, presque un philosophe. N'eût-il fait qu'*Eugénie
Grandet*, ce roman-là le sauverait de l'oubli. On ne trouverait.pas
aisément portrait plus ressemblant et plus terrible. »

5. VAR. : « Dans certaines villes de province se trouvent des
maisons dont la vue... »

6. VAR. : « ...dont, au bruit des pas d'un inconnu, la figure
à demi-monastique dépasse l'appui de la croisée. »

7. M. Claude Serval dit que vers 1830 il y avait deux rues
montant au château et « qui s'appelaient, l'une et l'autre, la

montée du Château », mais « aujourd'hui il n'y en a plus qu'une, qu'on nomme la rue du Fort ». On a voulu reconnaître dans la maison qui porte le nº 7 de cette rue, la maison de Grandet, mais c'est une supposition bien hasardée, car, sauf qu'elle est, comme celle de Grandet, dans un renfoncement, elle ne correspond pas à la description qu'en donne Balzac. (Cf. Claude SERVAL, *Autour d'Eugénie Grandet*, p. 29-30.)

8. Phrase modifiée deux fois : « dont la pluie, le soleil et le changement de temps ont tordu les bardeaux pourris » *(Europe littéraire)* et : « dont les bardeaux pourris ont été tordus par la pluie et par le soleil ». (Édit. de 1834.)

9. Littré dit : « Gentilshommes de la cloche, noblesse de la cloche, nom que l'on donnait aux descendants des maires et des échevins, maîtres, en leur qualité d'officiers municipaux, de la cloche de la commune et anoblis en certaines villes, par quelques charges municipales. » On a dit aussi que ce nom venait à ces magistrats du fait que les assemblées municipales étaient convoquées au son de la cloche.

10. VAR. : « Vers dix heures. »

11. VAR. : « ...une perdrix, qu'on ne demande au mari s'il l'a mangée. » *(Europe litt.)*

12. VAR. : « ...fenêtre, sans que trente visages ne la voient. » *(Europe litt.)*

13. Littré, après avoir donné l'étymologie de ce terme quand il a le sens d'abondant, venant de *copia* abondance, ajoute : « On trouve dans les XVIe et XVe siècles le mot *copieux* pour railleur, moqueur; mais ce n'est pas le même mot : copieux, en ce sens, vient de *copier*, celui qui copie, qui contrefait. »

14. VAR. : « dont les mœurs françaises s'éloignent de jour en jour. »

15. VAR. : « dont il est difficile d'expliquer complètement les causes et les effets aux personnes qui n'ont pas (peu ou prou), vécu en province. »

16. VAR. : « M. Grandet (que certaines gens nommaient le père Grandet, mais le nombre de ces spectateurs du temps passé diminuait sensiblement). » *(Europe litt.)*

17. Après « un dernier lot » il y avait, dans L'*Europe litt.* : « la république ayant gardé quelques poires pour la soif. »

18. VAR. : « cent quarante arpents ».

19. VAR. : « mille à douze cents ».

20. Poinçon de vin : « Sorte de tonneau qui tient à peu près les deux tiers d'un muid. » (Littré.)

21. Var. : « cent vingt-sept arpents de prairie sur lesquelles il avait planté trois mille peupliers, en 1794, et demeurait dans une maison à lui. » *(L'Europe litt.)*

22. Var. : « ne devait jamais rien, ni au percepteur des contributions, ni à ses closiers, ni à qui que ce soit; qui, vieux tonnelier, vieux vigneron, savait avec précision... »

23. Var. : « à huit pour cent ».

24. Dans *L'Europe litt.*, la phrase s'arrête à « prononcé ».

25. Dans *L'Europe litt.*, cette fortune n'était que « deux millions et demi », elle se montait « à près de trois millions et demi » dans l'édition de 1834; dans celle de 1839 elle était de « trois millions ».

26. En 1834 « cent et quelques mille francs ». Dans *L'Europe litt. :* « Depuis 1796 jusqu'en 1816, cent mille francs... »

27. Var. : « au moins égale ».

28. « Près de six millions » dans *L'Europe litt.* et dans l'édition de 1834; dans celle de 1839 « près de cinq millions ».

29. Jacques Laffitte, né en 1767, à Bayonne où son père était charpentier. Dès l'âge de douze ans il fut employé dans l'étude d'un notaire, et, à l'âge de vingt-un ans, il vint à Paris où il espérait faire mieux son chemin. Et il fit un très beau chemin, en effet. Entré chez le banquier Perregaux qui, en 1804, fit de lui son associé, il devint le véritable directeur de la banque Perregaux, Laffitte et Compagnie. Nommé président de la Chambre de Commerce, il devint juge consulaire, en 1813, gouverneur de la Banque de France, en 1814, et, en 1816, il fut élu député de Paris. La maison qu'il dirigeait, et qui était alors la banque Laffitte et Compagnie, prospérait, et l'importance financière qu'elle prit donna à Laffitte une grande influence politique. Il fut parmi les partisans et les artisans de la Monarchie de juillet dont il fut, pendant les premiers mois, le ministre; mais le parti des doctrinaires, le trouvant trop avancé, le renversa. Lancé dans de nombreuses opérations financières fort chanceuses, il perdit sa fortune, et, en 1834, ce ne fut que par le secours d'une souscription nationale que, ayant déjà vendu la plus grande partie de ses propriétés foncières, il put conserver l'hôtel qu'il habitait. Il entreprit de nouvelles affaires et il eut la satisfaction, en 1843, d'être élu président de la Chambre des Députés. Il mourut, à Paris, le 26 mai 1844.

30. Var. : « En tout ce qu'il faisait. » *(L'Europe litt.)*

31. Var. : « Ses treize ou quatorze fermiers lui apportaient régulièrement par semaine... » *(L'Europe litt.)*

32. Var. : « dont le meunier ».

33. Truisse : « Touffe d'arbres, en Vendée. » (Bescherelle.) Littré ne donne pas ce terme. *Le Nouveau Larousse illustré* donne la même définition que Bescherelle, et en outre cet exemple : « Une truisse de chênes », pris d'ailleurs dans Balzac.

34. Var. : « dont il débarrassait le bord de ses champs ».

35. Var. : Ce texte, dans *L'Europe litt.*, était : « ... son unique servante, boulangeait elle-même, malgré son âge, tous les samedis, le pain de la maison. Les maraîchers devaient, outre leurs fermages, des légumes, et M. Grandet avait tant de fruits, qu'il en faisait vendre au marché. Son bois était coupé dans ses haies ; ses fermiers le lui charroyaient en ville tout débité, et le rangeaient par complaisance dans son bûcher. »

36. Var. : « 500 arpents. » *(L'Europe litt.)* ; — « trois cents arpents. » (Édit. de 1834 et de 1839.)

37. Var. : Après gibier, dans *L'Europe litt.* venait le passage suivant, qui, dans notre texte, se trouve, en partie, avec quelques changements, deux pages après : « Toujours vêtu de la même manière, qui le voyait aujourd'hui, le voyait tel qu'il était depuis 1794. Il avait de gros souliers à cordons de cuir, des bas de laine drapés, portait une culotte de gros drap marron, des boucles d'argent, un gilet de velours à raies alternativement jaunes et puce, boutonné carrément, un large habit marron à grands pans, une cravate blanche [la cravate était *blanche* encore en 1834 ; elle ne devint *noire* qu'en 1839] et un chapeau de quaker. Ses gros gants de gendarme duraient vingt mois, toujours exactement propres, et il les posait sur le bord de son chapeau, à la même place, par un geste méthodique. Sa voix était douce et ses manières simples. Il ne faisait jamais de bruit et semblait économiser tout, même le mouvement. Il ne dérangeait rien chez les autres, par respect constant de la propriété. Lui parlait-on... »

38. Var. : Après « commande » le texte, dans *L'Europe litt.*, était : « Il faisait tout avec quatre mots : *je ne sais pas, je ne puis pas, je ne veux pas, nous verrons cela*. Il n'écrivait jamais, ne disait jamais *oui*, ni *non*. Il n'allait jamais chez personne, ne voulait ni recevoir ni donner à dîner. Au physique c'était un homme... »

39. Var. : « Ses lèvres sans sinuosités et ses dents blanches. »

40. Var. : « que le vulgaire ».

41. Var. : « Aussi quoique doux et tranquille en apparence, M. Grandet était-il d'une incroyable fermeté dans ses opinions. » *(L'Europe litt.)*

42. Cette phrase : « Le plaideur... », etc., n'était pas dans la version de *L'Europe litt.*

43. Cette phrase : « Ces trois Cruchot... », etc., manquait aussi dans la première version. Dans l'édition de 1834, il y avait : « ...comme jadis à Florence les Pazzi; puis, comme les Pazzi, les Cruchot avaient leurs adversaires. »

44. VAR. : Après «mademoiselle Eugénie », il y avait dans *L'Europe litt. :* « tandis que l'abbé Cruchot, bien appuyé... »

45. VAR. : « le petit Talleyrand ».

46. VAR. : « dont Eugénie était le prix, occupait toutes les langues de Saumur. » *(L'Europe litt.)*

47. VAR. : « deux cent mille. » (*L'Europe litt.*, édit. 1834 et 1839.)

48. VAR. : « et qui d'ailleurs était bonnet rouge. »

49. VAR. : « que Mme Des Grassins avait trop d'adresse pour ne pas réussir. »

50. Cette phrase manquait à la première version.

51. C'est Victor-Ange-Guillaume Grandet, qui a signé de tous ses prénoms une lettre qu'il adressa à son frère. (Voir p. 57.) Il est question de lui dans *la Maison Nucingen :* « L'année 1815 arrive, mon gars [Nucingen] réunit ses capitaux, achète des fonds avant la bataille de Waterloo, suspend ses paiements, au moment de la crise, liquide avec des actions dans les mines de Wartschin qu'il s'était procurées à vingt pour cent au-dessous de la valeur à laquelle il les émettait lui-même !... Il prend à Grandet cent cinquante mille bouteilles de vin de Champagne pour se couvrir, en prévoyant la faillite [qui se produisit, en effet, comme on le verra] de ce vertueux père du comte d'Aubrion actuel [Charles Grandet, voir la n. 104], et autant à Duberghe en vins de Bordeaux. Ces trois cent mille bouteilles *acceptées*, mon cher, à trente sous, il les a fait boire aux alliés, à six francs, au Palais-Royal, de 1817 à 1819. » (*La Maison Nucingen*, édit. Calmann-Lévy, in-18, p. 14.)

52. VAR. : « cinq millions. »

53. VAR. : « Alors la belle terre de Froidfond fut convoyée... »

54. VAR. : « sous escompte, en or, après les formalités. »

55. VAR. : « à cinq. Il songea magnifiquement à réunir ses treize fermes à la terre de Froidfond. » *(L'Europe litt.)* — « à cinq, et conçut la magnifique pensée... » (Édit. de 1834.)

56. Après « remparts », il y avait, dans *L'Europe litt. :* « La porte ressemblait au porche abaissé d'une geôle. »

57. Après « desséchée » il y avait, dans *L'Europe litt.* « découpée par le bas ».

58. VAR. : « Par cette petite grille carrée, destinée à reconnaître les étrangers, les passants pouvaient apercevoir au fond d'une longue voûte obscure... » *(L'Europe litt.)*

59. VAR. : « pleins de suintements et de végétations. » *(L'Europe litt.)*

60. VAR. : Après « l'œuvre », on lit dans *L'Europe litt.* : « Sur la cheminée en pierre blanche et mal sculptée, se trouvaient un vieux cartel de cuivre incrusté d'arabesques en écaille, une glace verdâtre dont les côtés étaient coupés en biseau pour en montrer l'épaisseur, et encadrée dans un trumeau gothique d'acier damasquiné. »

61. VAR. : « Dont les mouches avaient si licencieusement abusé. »

62. Table à ouvrage.

63. VAR. : « jusqu'au mois de novembre, M. Grandet ne voulait allumer du feu que le 1er novembre et il l'éteignait le 30 mars, quelque rigoureuse que fût la saison. La mère et la fille avaient le secours d'une chaufferette, entretenue par la complaisance de la grande Nanon qui leur cédait la braise de son feu. Malgré son âge, Mme Grandet travaillait avec sa fille aux reprises à faire dans le linge de la maison, aux raccommodages de celui de son mari; véritable labeur d'ouvrière, et si grand que, lorsque Mlle Grandet voulait broder une collerette à sa mère, elle était forcée d'y employer quelques heures de sommeil en trichant M. Grandet qui, depuis longtemps, distribuait la chandelle... »

64. VAR. : « de trente ans. » *(L'Europe litt.)*

65. VAR. : « semblait repoussante. »

66. Halleboteurs : grapilleurs. Frédéric Godefroy *(Dictionnaire de l'ancien français)* dit « Hallebuter, grapiller; rechercher après la vendange les hallebots, les raisins oubliés dans la vigne. » Employé par Rabelais.

67. Le membre de phrase « dont la récolte coûta des peines inouïes », manque à l'édition de 1834; il est dans celle de 1839.

68. VAR. : « seul présent qu'il lui eût fait. En effet, la grande Nanon, ayant le pied aussi grand que celui de son maître, en recevait bien de vieux souliers, mais il est impossible... » *(L'Europe litt.)*

69. VAR. : « de pointes dont elle ne sentait plus le grattement. » *(L'Europe litt.)* ; — « de pointes dont elle supportait patiemment les piqûres. » (Édit. de 1834.)

70. VAR. : « pliaient sous les fruits. Pour une fille qui n'avait, dans sa jeunesse, récolté que des coups, et qui avait été recueillie

avec une apparente charité, le rire équivoque ». *(L'Europe litt.)*

71. VAR. : « que voulez-vous la belle ? »

72. VAR. : « Son mot : *cette pauvre Nanon*, était toujours suivi ».

73. VAR. : « une chaîne d'amitié ininterrompue, dont chaque exclamation était un chaînon. Il y avait, dans cette pitié placée au cœur de M. Grandet, et que la vieille fille prenait toute en gré, je ne sais quoi d'horrible. Cette atroce pitié d'avare, une pitié pleine de plaisir, était pour Nanon, toute sa somme de bonheur. » *(L'Europe litt.)*

74. VAR. : « Sa santé de fer n'était point altérée de son habitation dans ce trou, d'où elle pouvait, comme un chien, entendre ». *(L'Europe litt.)*

75. VAR. : « soirée, le 16 novembre, au moment où la grande Nanon allumait du feu pour la première fois, l'automne ayant été très beau, trois des personnages qui avaient le droit de visiter M. et Mᵐᵉ Grandet étaient déjà venus. Voici pourquoi. Le matin, tout Saumur... » *(L'Europe litt.)*

76. VAR. : « un double napoléon d'or. »

77. VAR. : Mᵐᵉ Grandet offrait toujours à sa fille une robe d'hiver. » *(L'Europe litt.)* Après cette phrase, il manquait près d'une page du texte actuel, jusqu'à : « médailles d'or antiques de la plus grande valeur. »

78. VAR. : « ces deux robes, les quatre napoléons et deux autres pièces d'or qu'elle récoltait. »

79. « Pour montrer jusqu'où ces banquiers [les Médicis] poussèrent la magnificence [lors du mariage de Catherine de Médicis] le douzain mis dans la bourse de mariage par le pape fut composé de médailles d'or d'une importance historique incalculable, car elles étaient alors uniques. » (H. de BALZAC : *Sur Catherine de Médicis*, édit. Calmann-Levy, in-16, p. 29-30.)

80. VAR. : « il faudra s'en occuper bientôt. »

81. VAR. : « Eugénie et sa mère se regardèrent en silence. » *(L'Europe litt.)*

82. VAR. : « cette fierté bête et toute secrète, cette noblesse d'âme peu appréciée par M. Grandet. » *(L'Europe litt.)*

83. VAR. : « peu de souliers. Elle raccommodait elle-même ses bas et ses chemises, et sa fille lui brodait ses collerettes. Elle n'avait rien jamais voulu pour elle. » *(L'Europe litt.)*

84. VAR. : « Mais c'était de la sublimité perdue. »

85. VAR. : « M. Grandet se croyait très généreux en accordant environ cinquante francs par an à sa femme, outre les cent francs

d'épingles qu'il lui faisait donner par les marchands de vin de la Belgique. Les philosophes... » *(L'Europe litt.)*

86. VAR. : « Nanon, ayant fait le feu, alla... »

87. VAR. : « l'endroit où elle tient. » *(L'Europe litt.)*

88. VAR. : « je rafistole mon escalier qui n'allait pas. » *(L'Europe litt.)*

89. La suite de cette phrase manque dans la version de *L'Europe litt.*

90. VAR. : « avec une amplitude et une complaisance qui rendirent... »

91. VAR. : « en offrant son bouquet. »

92. VAR. : « sa face en écumoire ». *(L'Europe litt.)*

93. La phrase s'arrête là dans *L'Europe litt.*

94. VAR. : « dans deux ans il sera meilleur.
— Ha ! vous gardez ?... dit M. Grandet d'un ton qui fit frémir le président.
— Est-ce que le vin ne se conserverait pas ? pensa Cruchot. En ce moment un coup de marteau... » *(L'Europe litt.)*

95. VAR. : « boîte à ouvrage en bois précieux dont tous les ustensiles étaient en vermeil, et sur le couvercle de laquelle un E. G. gothique était merveilleusement gravé. Eugénie l'ouvrit et une de ces joies... » *(L'Europe litt.)*

96. VAR. : « dont aucun acteur ne devinerait l'accent. »

97. VAR. : « il peut y avoir deux tables. » *(L'Europe litt.)*

98. VAR. : « la joie qu'elle avait faite à Eugénie.
— Vous êtes bien bonne, dit l'héritière.
— C'est Adolphe... » *(L'Europe litt.)*

99. VAR. : « ne sera pas bonne. » *(L'Europe litt.)* ; — « ne sera jamais bonne. » (Édit. de 1834.)

100. VAR. : « ...francs. Si des Grassins en a moitié, c'est tout le bout du monde. Or, il a une fille; ils peuvent offrir... » (Édit. de 1834.) Dans *L'Europe litt.* la phrase est achevée ainsi : « Or il a une fille... Ils peuvent faire des cadeaux. »
Là se termine la partie publiée dans le nº 11 de *L'Europe littéraire*. Elle était suivie de cet avis : « Un prochain numéro contiendra le § II, intitulé *Le cousin de Paris.* »
— Dans le nº 12, qui parut trois jours après (22 septembre 1833), on lisait : « Le numéro de jeudi prochain contiendra le § 2 de la nouvelle d'*Eugénie Grandet*, par M. de Balzac. » Le jeudi d'après, autre avis : « Une prochaine livraison contiendra », etc. Cet avis a été répété dans chaque numéro jusqu'au nº 3 du tome II (en

fait le 21e de la revue) qui parut le 24 octobre. Le n° 4 du t. II
(27 octobre) commença d'une manière plus précise : « La prochaine
livraison contiendra... » La livraison suivante ne contint cependant
pas ce paragraphe II, que l'on avait tant fait désirer aux lecteurs
de la revue, mais que l'on cessa enfin de leur annoncer.

Au sujet de cette interruption, dans son *Historique du procès
auquel a donné lieu « le Lys dans la vallée »*, roman dont la publication
commencée dans la *Revue de Paris*, de Buloz, y fut aussi interrompue, Balzac a donné les explications et les documents que
voici :

« Ici se place la lettre que M. Buloz a demandée à M. Capo
de Feuillide, [directeur, à l'automne 1833, de l'*Europe littéraire*],
qui, *comme vous le savez*, a dit l'avocat des adversaires, est *un homme
distingué*. Je distingue en M. de Feuillide plusieurs hommes,
l'homme politique, beaucoup plus distingué que ne l'est l'homme
littéraire; l'homme littéraire, qu'il n'est pas dans mes habitudes
de juger; le directeur de journal de qui je possède une lettre que
je lui rendrai sans la publier : procédé chrétien; mais je déclare
que, de la discussion, il va ressortir que je n'ai affaire à aucun
de ces personnages.

« Voici la lettre obtenue par M. Buloz de la magnanimité de
M. de Feuillide.

« Vous me demandez pour quelle cause M. de Balzac ne donna
pas à l'*Europe littéraire*, quand j'en étais le rédacteur en chef-
propriétaire, la suite d'*Eugénie Grandet*, dont il nous avait donné
le premier paragraphe; je suis en mesure de vous satisfaire, d'autant plus qu'en cela l'*Europe littéraire* n'a éprouvé que ce que
bien d'autres recueils ont éprouvé avant et depuis. M. de Balzac
avait touché une très forte somme en avance (douze cents francs,
je crois... oui, douze cents francs), et il nous donna la *Théorie
de la Démarche **, d'abord. Mais cette *Théorie* était fort loin d'avoir
libéré l'auteur envers nous.

« *Eugénie Grandet* fut annoncée et il en parut le premier chapitre.
Ce chapitre paru, M. Balzac voyage je ne sais où : par exemple...
à Clichy, ou en Savoie **, comme il lui arrive souvent. Un sien
parent ou ami nous vient un jour, qui nous dit que M. de Balzac

---

* *La Théorie de la Démarche* avait paru dans les livraisons des
15, 18, 25 août et 5 septembre 1833. Elle se trouve au t. XX,
p. 565-609, des *Œuvres complètes*, édit. Calmann-Lévy, in-8°.
** Balzac s'était rendu à Neuchâtel, en Suisse, où il devait,
pour la première fois de sa vie, rencontrer Mme Hanska. Il quitta
Paris le 22 septembre 1833 pour arriver à Neuchâtel le 25, d'où
il repartit le 1er octobre pour rentrer à Paris le 4. (Cf. Spoelberch
de Lovenjoul : *Un roman d'amour*, p. 72.)

exigeait, pour nous donner la continuation d'*Eugénie Grandet*, l'énorme somme de deux mille francs, avant même que nous eussions une ligne de cette suite. Quelque beau que soit devenu le sujet d'*Eugénie Grandet*, nous trouvâmes que c'était le payer cher; surtout si l'on veut bien considérer que, par les frais de remaniement, les corrections chez l'imprimeur, la nouvelle de M. de Balzac se serait montée à quatre mille francs au moins.

« Notez encore que le prix de deux mille francs était le double de celui que nous aurions dû à M. de Balzac, en suivant le traité verbal fait avec lui pour le prix de ses œuvres. Cette manière de nous demander de l'argent nous déplut.

« Nous n'eûmes donc pas la suite d'*Eugénie Grandet*, dont nous avions le premier chapitre... fort bien payé, ma foi !

« Faites l'usage que vous voudrez de ma lettre, qui dit toute la vérité.

« A vous d'estime et d'amitié.

FEUILLIDE. »

« Si l'on me demande pour quelle cause je n'ai pas donné à M. de Feuillide, rédacteur en chef et propriétaire de l'*Europe littéraire*, la suite d'*Eugénie Grandet*, dont j'avais donné le commencement à l'*Europe littéraire*, je suis en mesure de satisfaire le public, qu'il met dans la confidence de ceci, moins parce qu'il est le public que parce qu'il s'agit d'assommer M. de Balzac. Je n'ai pas donné mon œuvre à l'*Europe littéraire* de M. de Feuillide, parce que j'ai très énergiquement refusé d'y participer en quoi que ce soit. L'*Europe littéraire* de M. de Feuillide n'était pas plus l'*Europe littéraire* de M. Lefebvre que celle de M. Lefebvre n'était celle de M. Bohain. Cela signifie qu'il y a eu trois sociétés pour l'*Europe littéraire* : 1º celle de M. Bohain qui a été dissoute et liquidée par M. Bohain [...] Puis il a cédé l'*Europe* comme journal à une société nouvelle, dont M. Lefebvre a été le gérant. Moi qui n'avais rien mis dans l'*Europe* de M. Bohain qu'une histoire de Napoléon, extraite du *Médecin de campagne* *, je travaillai beaucoup à la deuxième *Europe littéraire* dont M. Lefebvre était le gérant. Le gérant d'une société est le seul administrateur légal; sachons bien ceci. Mais cette société, voyant qu'il fallait énormément de fonds, s'assembla pour se tâter les capitaux; il fut résolu d'abandonner l'*Europe*. Dans ces conjonctures, *Eugénie Grandet* parut. Comme la société allait se dissoudre et que nous ne savions pas dans quelles mains tomberait le journal, je déclarai à l'un des

---

* Ce morceau avait paru dans *L'Europe littéraire*, le 19 juin 1833, avec, comme titre : *La Veillée ; histoire de Napoléon contée dans une grange par un vieux soldat.*

hommes les plus éminents de la justice consulaire, et qui aujourd'hui occupe une fonction élevée dans le corps municipal de la ville de Paris, qui était alors bailleur de fonds de cette deuxième *Europe*, que je ne continuerais pas *Eugénie Grandet* s'il quittait le journal, parce que, s'il ne lui donnait pas ses fonds, lui homme riche, je ne lui donnerais pas ma prose, moi homme pauvre, parce que *six mille francs*, qu'il devait ajouter aux six mille francs perdus, étaient moins pour lui que *deux mille francs* pour moi. Je ne cite pas le nom de ce magistrat, il n'est pour rien dans tout ceci; il peut regarder la presse comme très venimeuse, il peut ne pas aimer à figurer dans une affaire judiciaire, même pour jouer un beau rôle, mais il ne me démentira pas, même sous le manteau de la cheminée; car, avant d'écrire ceci, je l'ai prié de consulter ses souvenirs.

— Deux mille francs, *Eugénie Grandet* ! dit-il avec une franchise commerciale qui est dans son caractère, qu'est-ce que c'est donc ?

— C'est une œuvre toute faite, ce qui arrive rarement aujourd'hui.

« Comme j'avais eu un procès dans ce temps pour le *Médecin de campagne*, et qu'on commençait à me calomnier, le magistrat me prit à part et me dit :

— Je vous avoue que je ne donnerais pas deux mille francs d'une chose qu'il faudrait attendre; je suis commerçant : quand je paye, je veux qu'on me livre.

« Je l'invitai à venir me voir, et il parcourut le manuscrit entier d'*Eugénie Grandet*. Il me pria d'attendre six jours avant d'en disposer, car il ne savait pas encore s'il soutiendrait ou non l'*Europe :* il s'en abstint, et fit bien. Le lendemain, il m'écrivit qu'il quittait l'*Europe littéraire*. Ici commença la troisième *Europe littéraire*, celle de M. de Feuillide. Pour montrer le cas que les juges doivent faire de la lettre de M. de Feuillide, je n'ai qu'à rapporter la déclaration que M. Lefebvre, le gérant de la deuxième *Europe*, m'a remise, écrite entièrement de sa main, et que j'ai portée au juge :

« Je soussigné, déclare à M. de Balzac renoncer à exercer tout recours contre lui pour les publications d'un ouvrage intitulé *Eugénie Grandet ;* en conséquence, ledit M. de Balzac est autorisé à publier ledit ouvrage où et quand bon lui semblera, y compris ce qui a été inséré dans l'*Europe littéraire*, considérant que la fin ne peut être séparée du commencement.

                                          « *Le gérant du journal,*
                                          « LEFEBVRE. »

« Paris, 1er décembre 1833. »

« Ceci est concluant, je pense, et coïncide, comme vous le voyez, avec mon récit. M. de Feuillide prétend que je devais à l'*Europe littéraire* des sommes importantes. Si quelqu'un pouvait le savoir c'était, certes, M. Lefebvre, et, quand on se retire d'une mauvaise affaire, généralement les gérants la liquident. Liquider, c'est payer ce qu'on doit et se faire payer ce qui est dû. Si j'avais dû quelque chose, il est clair que M. Lefebvre ne m'eût pas laissé vendre à Mᵐᵉ Béchet * ce qu'il eût déjà payé, sans me réclamer son dû; loin de là, il se départit de ses droits pour m'en faciliter la vente. Ceci me semble d'une excessive clarté, et dément, pièces à l'appui, la lettre de M. de Feuillide, dans le journal duquel je n'ai rien mis. Voici pourquoi. M. de Feuillide prit des arrangements pour acheter l'*Europe* pendant que j'y imprimais (de novembre à décembre) *Eugénie Grandet*, et, quand le journal parut sous une autre forme typographique, j'étais en Suisse où je passai trois mois **; je ne pouvais lui prêter le secours de ma plume; d'ailleurs il fit un article contre ma collaboration, qu'il trouvait trop chère, et, comme je suis forcé de le dire, vivant de ma plume, ayant des obligations, je ne pouvais pas lui donner gratis ce que Mᵐᵉ Béchet achetait fort cher.

« Je ne dirai pas comment a fini l'*Europe littéraire* pour M. de Feuillide, j'ai la religion du malheur. Mais il m'est permis de dire qu'en écrivant de semblables lettres contre moi, M. de Feuillide abuse de sa position et de la mienne; il a l'estime et l'amitié de M. Buloz, il peut se passer de Balzac.

« Ceci n'est concluant qu'en raisonnement; mais j'aime mieux les faits.

« L'*Europe* de M. Lefebvre m'a donné douze cents francs. D'accord. Que devais-je ? Soixante colonnes car on me les payait vingt francs chacune, et je crois que le compte sera juste si je prouve que j'ai fait soixante colonnes.

« La *Théorie de la Démarche*, retirée de la *Revue de Paris* pour l'*Europe*, en a fait trente-six ou quarante, que j'ai chez moi.

« La *Persévérance d'amour*, conte, a donné vingt colonnes; je n'ai pas les colonnes, car elles ont servi de manuscrit pour mon troisième dizain de contes drôlatiques, où le conte fait quatre-vingts pages; cependant, je puis faire erreur, n'ayant pas les pièces dans les yeux.

« Les deux premiers chapitres d'*Eugénie Grandet* *** ont fait entre vingt et trente colonnes.

---

* Premier éditeur d'*Eugénie Grandet*. (Voir Introduction.)
** En réalité, il quitta Paris un peu avant la Noël de 1833 et il y était de retour le 12 février 1834. (Cf. *Lettres à l'Étrangère*, I, p. 99 et 120.)
*** Ainsi qu'on l'a vu, c'est un seul chapitre que publia *L'Europe littéraire*.

« Voilà, de bon compte, entre quatre-vingts ou quatre-vingt-cinq colonnes. Total : seize cents francs *.

« Comprenez-vous, maintenant la quittance de M. Lefebvre ? Mon prix de vingt francs est stipulé par un acte particulier, revêtu du timbre de l'étude de maître Clausse, et qui déroge pour moi seulement aux conventions faites avec les autres collaborateurs.

« Il est une phrase proverbiale qui nomme ce qui se fait ici *laver son linge en public ;* que la honte de ces explications, qui ne révèlent en moi que travail et pauvreté, retombe sur ceux qui les ont provoquées. Quand par hasard j'ai reçu de la boue en passant dans la rue, je me brosse tranquillement chez moi, sans croire que mon honneur en ait souffert. »

(*Œuv. compl.*, XXII, 463-467.)

101. VAR. : « pour les autres. Et ce sont mes harpons ! »

102. VAR. : « ces oiseaux pourchassés, victimes ».

103. VAR. : « intronisé par une seule physionomie ».

104. VAR. : « au bal de monsieur le maréchal Oud... »
— C'est au bal de Nucingen que Charles Grandet, fils de Victor-Ange-Guillaume Grandet, avait dû être vu, car son père avait été en rapport d'affaires avec Nucingen. (Voir la n. 51 où il est dit aussi que Charles Grandet, ainsi qu'on le verra d'ailleurs, dans *Eugénie Grandet*, devint comte d'Aubrion.)

105. VAR. : « comme se conduisait Charles Grandet, fémi-ninement, coquettement. »

106. Buisson était établi marchand-tailleur 108, rue de Richelieu, au coin du boulevard. Il était le tailleur de Balzac qui parle de lui, en termes élogieux, dans d'autres romans. Il était aussi le propriétaire de Balzac, à qui, quand Balzac habitait aux Jardies, il louait un pied-à-terre. Il était encore pour Balzac un créancier, et ils eurent bien des comptes ensemble. (Voir, sur Buisson, *Balzac et ses fournisseurs*, par H. Clouzot et R. H. Valensi [Paris, Le Goupy, 1926; in-8°].)

107. VAR. : « son père lui ayant dit de ne pas emmener de valet de chambre, il était venu... »

108. VAR. : « seul il n'avait pas voulu gâter ».

109. VAR. : « un col de chemise rond ».

---

* Cette évaluation est presque exacte. *La Théorie de la Démarche* forme 43 colonnes : 6 dans le n° 1 (15 août 1833); 13 ½ dans le n° 2 (18 août); 10 ½ dans le n° 4 (25 août); 13 dans le n° 7 (5 septembre); — *La Persévérance d'amour* (n° 8, 8 septembre) a 17 col. ½; — le chapitre d'*Eugénie Grandet* en a 25. En tout 85 ½.

110. Var. : « négligemment mise dans une poche ».

111. Var. : « gants jaunes. » (Même leçon dans l'édition de 1839.)

112. Var. : « un air brave et fier. »

113. Var. : « la vive lumière. »

114. *L'Encyclopédie méthodique par ordre de matières* fut publiée par Panckoucke et Agasse de 1781 à 1832; elle consiste en une série de dictionnaires sur les diverses sciences, et ne forme pas moins de 201 vol. in-4°, dont 47 avec planches. — *Le Moniteur* fut fondé par Panckoucke; son premier numéro parut le 24 novembre 1789. Il donnait des informations et contenait sur les séances de l'Assemblée nationale des notices qui étaient à la fois et un peu trop brèves et pas toujours assez exactes. Plus tard, Marat réunit le *Bulletin de l'Assemblée nationale*, qu'il rédigeait, au journal de Panckoucke, et le *Moniteur*, dont il fut le premier des rédacteurs en chef, devint un journal fort intéressant et dont la collection constitue un document précieux pour notre histoire politique. Il avait aussi une partie littéraire fort importante. Alexandre Dumas, Nisard, Théophile Gautier, About, y ont collaboré. Sainte-Beuve y a publié un grand nombre de ses *Lundis*.

115. Var. : « de délicate volupté ».

116. Richard Westal, dessinateur, aquarelliste et graveur anglais, né à Hertford, en 1765, mort à Londres le 4 décembre 1836. — Guillaume Finden, graveur anglais, né en 1782, mort en 1852.

117. Var. : « Mme Grandet se leva, suivit Nanon. »

118. Var. : « la fastueuse existence dont il avait gratifié son oncle. »

119. Var. : « par M. le maréchal Oudinot, et... »

120. Francis Chantrey, l'un des plus célèbres sculpteurs anglais, né à Morton (comté de Derby), en 1782, mort à Londres, en 1842. Il fit de nombreux bustes et quelques statues colossales : celle de George IV, celle de Wellington. Il avait projeté aussi un monument à Nelson, de proportions plus colossales encore et qui, pour cette raison même, ne fut jamais réalisé.

121. Var. : « de mon agent de change et de mon notaire. » — Roguin, nommé ici, pour la première fois, dans l'édition de 1843, ruina César Birotteau, Mme Descoings et Mme Brideau. (Cf. : outre *Eugénie Grandet*, *César Birotteau* et *la Rabouilleuse*). Il eut une fille, Tiphaine, « la belle Tiphaine », mariée au président du tribunal de Provins. (Cf. *Pierrette*.) Il apparaît aussi dans *la Vendetta*, comme notaire de la jeune Ginevra de Diombo. (D'après

Anatole Cerfbeer et Jules Christophe : *Répertoire de « la Comédie humaine »*, p. 442-443.)

122. VAR. : « près de trois millions. »

123. VAR. : « huit pour cent. »

124. VAR. : « reconduire, car, n'ayant pas prévu l'incident qui devait finir prématurément cette soirée, leur domestique n'était pas venu. »

125. VAR. : « pas grand'chose à lui dire de sa cousine. Le Parisien fera de lui-même ».

126. Il y a un Francis du Hautey, dans *Illusions perdues*. (Cf. *Répertoire de la Comédie humaine*, p. 259.)

127. VAR. : « tourner autour de lui et l'engluer, comme les abeilles enveloppent de cire le colimaçon tombé dans leur ruche. »

128. VAR. : « une chambre communiquant avec celle d'Eugénie par une porte vitrée. »

129. VAR. : « dont on se sert pour tapisser les guinguettes. »

130. VAR. : « cannelée, sous peinture et dont le seul aspect... »

131. VAR. : « lit à ciel, garni de Perse, dont les pentes tremblaient. »

132. VAR. : « C'est-il salé ? Oh ! oh ! oh ! »

133. VAR. : « occupation devenue importante et qui, désormais... »

134. VAR. : « des bas blancs et ses souliers les moins laids. »

135. VAR. : « ...brouis, dont le tortueux sarment courait le long de la maison et gagnait le bûcher où le bois... »

136. VAR. : « qui désormais devait aimer ce pan de mur. »

137. VAR. : « Vénus de Milo, elle avait dans les formes la suavité des sentiments chrétiens qui les purifiaient et leur donnaient une distinction. »

138. VAR. : « de cette grâce qui s'acquiert ».

139. VAR. : « ces lignes vierges que donne parfois la nature, mais que la chasteté dans la vie et la pensée peuvent seules conserver ».

140. VAR. : « bordée de lueur comme une jolie fleur fraîche éclose ».

141. VAR. : « s'y reflétait; elle redemandait le regard. »

142. Robe de chambre.

143. VAR. : « Alors, ça mangera de la *frippe*. »

144. Le prix du sucre avait été élevé en effet, au temps du

blocus continental, mais par un décret du 15 janvier 1812, Napoléon institua cinq écoles de chimie pour la fabrication du sucre de betterave.

145. *Mette*, ou encore *met* : pétrin, huche.

146. Var. : « Alors, ceci doit être bon à manger. »

147. Var. : « Tien, tien. »

148. Var. : « souverain. — Cruchot ! dit M. Grandet en arrivant aux magnifiques prairies. »

149. Var. : « trois mille bottes de ce foin-là valent environ dix-huit cents francs. »

150. Var. : « deux mille ».

151. Var. : « deux mille ».

152. Var. : « cent mille ».

153. Var. : « cent mille ».

154. Var. : « deux mille cinq cents ».

155. Var. : « soixante-quinze mille ».

156. Var. : « des sourires. Cruchot, stupéfait, était prêt à adorer Grandet. — Cela est clair. »

157. « qui avait ouvert son journal », manque dans l'édit. de 1834.

158. Var. : « MM. A. et S. » (1834) — « MM. Roguin et S. » (1839.)

159. Var. : « les neuf millions. »

160. Var. : « sursaute dans le corps. »

161. « dit le vieillard en continuant » manque dans l'édit. de 1834.

162. Les sœurs hongroises étaient deux jumelles, Hélène et Judith, nées à Tzoni (Hongrie) le 26 octobre 1701 et qui « étaient réunies extérieurement dans la région fessière et une partie des lombes ». (Cf. Isidore Geoffroy Saint-Hilaire : *Traité de Tératologie*, t. III, Paris, 1836; in-8°). — Ce monstre double a été maintes fois décrit, notamment par Buffon, dans son *Histoire naturelle*, chapitre *Sur les monstres*. « A l'âge de sept ans, dit-il, on les amena en Hollande, en Angleterre, en France, en Italie, en Russie et presque dans toute l'Europe : âgées de neuf ans, un bon prêtre les acheta pour les mettre au couvent à Pétersbourg, où elles sont restées jusqu'à l'âge de vingt et un ans, c'est-à-dire jusqu'à leur mort, qui arriva le 23 février 1723. »

163. Var. : « m'être agréable, le vieux... »

164. Var. : « que je me laisserai conduire par vous. D'ailleurs...

165. Abraham-Louis Bréguet, horloger célèbre, né à Neuchâtel, en Suisse, le 10 janvier 1747, mort à Paris, le 17 septembre 1823. Il a fabriqué des chronomètres de poche, des horloges marines et bien d'autres instruments de mécanique : thermomètre métallique, compteur astronomique, parachute, mécanisme des télégraphes de Chappe, etc. A.-L. Bréguet fut nommé successivement horloger de la Marine et membre du Bureau des longitudes; il fut, enfin, élu membre de l'Académie des sciences.

166. VAR. : « Il y a dans la compatissance et la tendresse d'une jeune fille une influence vraiment magnétique ».

167. VAR. : « connu pour tuer mon homme du premier coup à douze pas, la raillerie me respecte. » (Édit. de 1834.) Même texte, sauf qu'il y a « trente pas », dans l'édit. de 1839.

168. Bouilli.

169. Du nom de Jean-Antoine Chaptal, comte de Chanteloup, né à Nogaret (Lozère), le 5 juin 1756, mort à Paris le 29 juin 1832, après une laborieuse et féconde carrière de médecin, de chimiste, d'agronome. Il fut pair de France, membre de l'Académie des sciences, et sous le Consulat, ministre de l'Intérieur. — Nous ignorons ce qu'était « la cafetière à la Chaptal », et MM. Clouzot et Valensi disent *(Balzac et ses fournisseurs)* qu'ils ont « vainement mis en émoi le Conservatoire des Arts et Métiers pour retrouver la trace de ce système perfectionné ».

170. VAR. : « dont le son particulier. »

171. VAR. : « une peur panique dont Charles dut s'étonner. »

172. VAR. : « qui pâlit, se leva trois pas, se pencha. »

173. VAR. : « chez Grandand. » (Édit. de 1834.) — Mais il y a « Fessard », dans celle 1839.

174. VAR. : « Le sucre qui était là. »

175. VAR. : « en mettant la soucoupe sur la table. »

176. VAR. : « J'ai des choses assez tristes à vous dire. »

177. VAR. : « — Tristes, mon oncle ? Depuis la mort... »

178. VAR. : « suivit, en proie à de mortelles inquiétudes, son terrible parent. »

179. VAR. : « à suivre au moins des yeux les deux acteurs ».

180. Le mot « pourquoi » n'est pas dans l'édition de 1834.

181. Cette phrase n'est pas dans l'édition de 1834.

182. VAR. : « Trois millions » (1834); — « deux millions. » (1839.)

183. VAR. : « Trois millions, dit Grandet, mais c'est trois

millions de pièces de vingt sous. » (1834.) Dans l'édition de 1839 il y a : « deux millions ».

184. VAR. : « trois millions » (1834); — « deux millions » (1839).

185. VAR. : « sauta d'un bond au cou ».

186. VAR. : « entre cent cinquante et deux cents francs, quelquefois trois cents. »

187. VAR. : « ne comprenant plus rien, en resta là de ses calculs ».

188. VAR. : « contre les irrésistibles harmonies ».

189. VAR. : « la volonté du ciel ».

190. VAR. : « deux cents écus ».

191. VAR. : « acheter du sucre ».

192. VAR. : « quinze cent mille » (1834); — « huit cent mille ». (1839.)

193. VAR. : « outre les cent mille écus. » (1834 et 1839.)

194. VAR. : « de deux millions quatre cent mille. » (1834); — « de treize cent mille francs. » (1839.)

195. VAR. : « à 80 fr. 50. » (1834 et 1839.)

196. VAR. : « j'aurai quatre millions » (1834); — « deux millions » (1839).

197. VAR. : « contre le rusé tonnelier. »

198. VAR. : « quatorze millions » (1834); — « huit millions » (1839).

199. VAR. : « prendraient le plancher pour cuire ».

200. VAR. : « supériorité réelle, ce sont deux parties... »

201. VAR. : « la comédie dont il avait arrêté le *scénario* afin d'être... »

202. VAR. : « pour le lui servir avec toute l'ingénuité du sentiment, en lui jetant un bon regard, ses yeux se mouillèrent-ils ».

203. VAR. : « Ce sont des larmes » (1834); — « c'est des larmes » (1839).

204. Manquent aux édit. de 1834 et 1839 les mots « demain » et « aujourd'hui ».

205. VAR. : « après avoir ainsi filouté quelque argent. — Tiens, Cornoiller, dit-elle en lui donnant dix francs, quelque jour ».

206. VAR. : « amène l'égalité. »

207. VAR. : « des esprits comme des animaux »

208. Var. : « des ambages les plus incompréhensibles dans lesquels Grandet eut jamais enveloppé ses idées. »

209. Décliquer : « terme de mécanique : lâcher un déclic. » (Littré.) Peu usité.

210. Var. : « dans un... »

211. Var. : « l'attitude du tonnelier. »

212. *Mais sans argent l'honneur n'est qu'une maladie.*

(*Les Plaideurs*, A. I, sc. 1.)

213. Var. : « cela est sublime, fichtre ! »

214. Var. : « en admirant son honneur et une générosité... »

215. Les mots « de l'agio » ne sont pas dans les édit. de 1834 et 1839.

216. Au lieu de cette adresse, il y avait dans les éditions de 1834 et 1839 : *A Monsieur Jean Robert, sellier.* » Il n'est question ni de Robert, ni de Farry Breilman et Cⁱᵉ, dans l'ouvrage de MM. Clouzot et Valensi, sur les fournisseurs de Balzac, mentionné à notre note 106, à propos du tailleur Buisson. — Dans le Bottin de 1819, le premier de la collection conservé à la Bibliothèque nationale, on ne trouve pas Farry Breilman et Cⁱᵉ, mais il y a un Robert (sans prénom), sellier, 27, boulevard Poissonnière.

217. Var. : « La fille encore davantage. »

218. Var. : « me paraît avoir...
La lettre en était là :
— Il devait être bien fatigué pour avoir cessé de lui écrire, se dit Eugénie.
Elle le justifiait ! »

219. Var. : « les larmes dont les yeux de Charles étaient encore pleins pour son père, lui accusaient toutes les noblesses qui séduisent une jeune fille. »

220. Clément Chardin des Lupeaulx, qu'Annette appelle ici « un homme peu honorable », et dont les armes figuraient « un loup ravissant de sable emportant un agneau de gueules » avec, comme devise : *En lupus in historia*, était un homme d'affaires habile et ambitieux qui sut rendre des services au gouvernement et qui, surtout, sut en retirer honneurs et profits. Homme de plaisir, il eut bien des aventures galantes. On le retrouve dans quelques autres romans de Balzac : *La Muse du département, La Rabouilleuse, Illusions perdues, Les Employés, Splendeurs et misères des courtisanes, Ursule Mirouët, La Dernière incarnation de Vautrin, Le Comte de Sallenauve.* (Cf. : le *Répertoire de « la Comédie humaine »*, p. 325.)

221. Jeanne-Louise-Henriette Genet, née à Paris, le 6 octobre 1752. A l'âge de quinze ans elle devint lectrice de Mesdames, filles de Louis XV; puis, elle entra au service de Marie-Antoinette, qui s'intéressa à elle, et qui contribua à la marier à un M. Berthollet, parent du chimiste, qui prit, du lieu de son origine, le nom de Campan. (Campan est dans les Hautes-Pyrénées, arrondissement de Bagnères-de-Bigorre.) Dévouée à la reine au point d'avoir demandé à être emprisonnée avec elle, elle a écrit des *Mémoires* intéressants sur cette princesse. La Terreur passée, Mme Campan ouvrit une maison d'éducation, qui prospéra et où elle eut pour élèves la fille et la nièce de Mme de Beauharnais. Napoléon, fondant la maison d'éducation de la Légion d'honneur, en confia la direction à Mme Campan. Sous la Restauration, Mme Campan se retira à Mantes, où elle mourut le 16 mars 1822. Outre ses *Mémoires*, elle a écrit des comédies, des nouvelles, et surtout quelques ouvrages sur l'éducation des filles.

222. VAR. : « à celui qu'elle choisissait pour amant. »

223. VAR. : « Robert m'a fait [...] mais il ne me l'a pas livrée. » La suite, de la phrase, au singulier naturellement.

224. VAR. : « la sublime monnaie. »

225. VAR. : « — Hé bien, dit-elle.
Il baissa la tête.
— Vous refuseriez ?... »

226. Les mots « tous deux » ne sont pas dans les éditions de 1834 et de 1839.

227. Mme Lizinska-Aimée-Zoé Rue, femme de Charles-François Brisseau de Miribel, naquit à Cherbourg, en 1796, et mourut à Paris, en 1849. Elle a fait un grand nombre de portraits de personnages de son temps : le duc de Fitz-James, le duc Decazes, Charles X, Louis-Philippe, le duc d'Orléans, le comte de Paris, etc. On louait la finesse de son dessin et la vigueur de son coloris, l'interprétation intelligente des physionomies.

228. Les mots « ajouta-t-il avec grâce » manquent aux éditions de 1834 et de 1839.

229. VAR. : « de sa mère qui put alors s'expliquer la promenade de sa fille ».

230. Closier : « celui qui tient à ferme une closerie. » (Littré.)

231. VAR. : « vingt et quelques mille francs. »

232. VAR. : « les mandats sur le trésor et les bons royaux. »

233. VAR. : « évite pas. »

234. Emboiser : « Engager quelqu'un par des promesses, par

des cajoleries, à faire ce qu'on souhaite de lui. — Terme populaire et vieilli. » (Littré.)

235. La chanson *Dans les gardes françaises*, qui fut attribuée
à Vadé, mais qui n'est probablement pas de lui, parut en 1760
dans le *Chansonnier français*, t. VI. Elle commençait ainsi :

> *Dans les gardes françaises*
> *J'avais un amoureux...*

Elle fut longtemps célèbre. On la chanta beaucoup. On fit
d'autres chansons à son imitation; sans doute est-ce l'une d'elles
que Balzac fait chanter ici au père Grandet.

236. *Lorsque Auguste buvait, la Pologne était ivre.*
Vers de Frédéric II dans une épître à son frère, et que Voltaire a cité dans son *Épître à l'Impératrice de Russie, Catherine II*
(1771) en y changeant le premier mot. Il écrit en effet :

> *Un grand homme du temps a dit dans un beau livre :*
> *« Quand Auguste buvait, la Pologne était ivre. »*

(*Épitres, satires, contes, épigrammes,* de Voltaire; édition Garnier frères, p. 230). — Le souverain dont il s'agit, est Frédéric-
Auguste III (7 octobre 1696-5 octobre 1763), qui fut électeur
de Saxe et roi de Pologne, à partir de 1733.

237. Les mots « de son esprit » ne sont pas dans les éditions
de 1834 et de 1839.

238. VAR. : « pour le cœur. »

239. VAR. : « l'amour pur et vrai. Puis, trois jours étaient
à peine écoulés, qu'il aimait cette maison dont il avait compris
les mœurs. Il descendait... »

240. Auguste-Henri-Jules Lafontaine, romancier allemand
plus remarquable par sa fécondité que par son talent, descendait d'une famille protestante française, exilée après la Révo-
cation de l'Edit de Nantes. Il naquit à Brunswick le 10 octobre 1759
et mourut à Halle, le 20 octobre 1831. Outre ses romans qui
sont au nombre de plus de deux cents il donna une édition, dont
les conjectures hasardeuses furent fort critiquées, des tragédies
d'Eschyle.

241. VAR. : « dix-neuf à vingt carats. » (1834 et 1839.)

242. VAR. : « dix-neuf cent quatre-vingt-neuf... » (1834 et
1839.)

243. VAR. : « un millier d'écus, en livres » (1834 et 1839.)

244. VAR. : « ma pacotille et dix mille francs sont un bien
petit commencement. »

245. La phrase s'arrête ici dans les éditions de 1834 et de 1839.

246. Var. : « qui déjà s'approchait ».

247. Var. : « Du moment que Charles eut annoncé son départ... »

248. Var. : « et en confectionner, dans son fournil, de très belles caisses. »

249. Var. : « d'en laisser la place. »

250. Var. « mon amour y sera ».

251. Var. : « deux cent mille livres » (1834); — « quatre-vingt mille livres (1839).

252. Var. : « pour éviter à l'ombre... »

253. François Keller, personnage de Balzac, fut un grand et riche banquier, qui, devenu député en 1816, le resta jusqu'en 1836, et fut un des plus célèbres orateurs du centre gauche. Naturellement, après la révolution de 1830, il fut philippiste, à quoi il gagna un siège de pair et le titre de comte. On le retrouve encore dans *La Paix du ménage, César Birotteau, Les Employés, Le député d'Arcis.* Ce député d'Arcis (sur Aube) c'est lui-même. (Cf. le *Répertoire de la Comédie humaine,* pp. 280-281.)

254. Var. : « François Keller, conjointement avec un de ses confrères de Paris, chef d'une riche maison... »

255. Var. : « vingt-deux pour cent ».

256. Var. : « vingt-deux pour cent ».

257. Var. : « un bon diable. Mais le mot dont il se servait commençait par la deuxième lettre de l'alphabet et cause ici une légère inexactitude. A la fin »

258. Var. : « étaient devenus bons. »

259. Var. : « deux millions. » (1834 et 1839.)

260. Var. : « cent neuf » (1834 et 1839).

261. Var. : « retira de Paris quatre millions trois cent mille francs en or » (1834); — « environ deux millions en or » (1839).

262. Var. : « quinze cent mille. » (1834).

263. Var. : « vie saumuroise, d'une des plus jolies actrices » (1834 et 1839). — Le vrai nom de Florine, dans le monde balzacien, était Sophie Grignault. Balzac la fait naître en 1805 en Bretagne, fait d'elle une comparse au théâtre de la Gaîté, — qui fut plus tard appelé Théâtre de Madame, — et lui donne, outre M. des Grassins, qu'elle ruina, quelques autres amants, dont le principal fut Etienne Lousteau, avant de la marier avec le journaliste et écrivain Raoul Nathan. On la voit encore dans *La Muse du département, Illusions perdues, Splendeurs et misères des courtisanes, Les Employés, La Rabouilleuse, Ursule Mirouët, La Fausse Maîtresse,*

Un prince de la Bohême, Une fille d'Eve, Les Comédiens sans le savoir.
(Cf. *Le Répertoire de « la Comédie humaine »*, pp. 380-381.)

264. VAR. : « dont elle continua les affaires sous son nom. »

265. « Ma carrière est de quatre-vingts ans tout au plus, et de ces quatre-vingts ans, combien y a-t-il que je compte pendant ma vie ? [...] Le temps où j'ai eu quelque contentement, où j'ai acquis quelque honneur ? mais combien ce temps est-il clairsemé dans ma vie ! C'est comme les clous attachés à une longue muraille, dans quelques distances; vous diriez que cela occupe bien de la place; amassez-les, il n'y en a pas pour emplir la main. » (*De la brièveté de la vie*, imprimé à la suite du *Sermon sur la mort*. (*Sermons* de Bossuet, édition Garnier frères, II, 467.)

266. VAR. : « pensées dont l'amour mordait son âme et la dignité... »

267. VAR. : « quelques peintres italiens constituent l'une des plus brillantes figures typiques dont abonde le Christianisme ».

268. VAR. : « en voyant les nuages dont... »

269. VAR. : « les beautés et l'usage en amour. »

270. VAR. : « d'une crise amenée par... »

271. VAR. : « Puis, j'ai été sotte comme un panier quand je lui ai vu me tendre la main pour me donner... »

272. VAR. : « l'achat de deux cent mille livres (1834); — « l'achat de ces quatre-vingt mille livres » (1839).

273. VAR. : « cent mille » (1834); — « quarante mille » (1839).

274. VAR. : « de six à sept millions » (1834); — « de quatre à cinq millions » (1839).

275. MERLUCHON, sans doute dérivé de merle : homme adroit, rusé, débrouillard.

276. VAR. : « Nanon vida lestement la place. »

277. VAR. : « la moitié de ton joli petit, mignon, mignonnet, mignonnard de trésor, en or ! »

278. VAR. : « vingt-trois ans. »

279. VAR. : « ne puis-je avoir ma politique, mes affaires ? »

280. VAR. : « elle est plus Grandet, fistre... »

281. VAR. : « Mme Grandet, le visage rougi. »

282. VAR. : « — Je fiche le camp, dit-il. »

283. Goule, pour gueule, sans doute : bouche.

284. VAR. : « En effet, les Cruchot... »

285. VAR. : « Chaque jour, sa mère. »

286. Var. : « d'une femme qui, sentant sa mort prochaine y puisait le courage dont elle avait manqué. »

287. Var. : « si vous voulez rendre mes derniers moments moins amers et... »

288. Var. : « dont néanmoins il variait les termes, faisaient couler... »

289. Var. : « mais ce sont *des sévices tortionnaires, et elle peut protester tant dedans que* sur. »

290. « Un *sedum* » n'est pas dans les édit. de 1834 et 1830. — Sedum, ou sedon, est le nom scientifique de l'orpin.

291. Var. : « trop utile. Vous ne songez pas à la situation où vous seriez. »

292. Var. : « — Vingt ou trente mille francs, cinquante, soixante, peut-être. Ne vous faudra-t-il pas accuser votre fortune au Domaine et payer d'énormes droits au lieu qu'en vous entendant... »

293. Var. : « à 97,75 » (1834 et 1839). De même dans les répliques qui suivent.

294. Var. : « sa soixante-douzième année. »

295. Dans les édit. de 1834 et de 1839 la phrase s'arrête au mot « immeubles ».

296. Var. : « trois ou quatre livres ».

297. Var. : « à ceci. Cette toilette... »

298. Var. : « Vous avez déjà tué ma mère, vous tuerez encore... »

299. Var. : « mon cher mignon monsieur. »

300. Dans les édit. de 1834 et de 1839 cette phrase s'arrête au mot « enfant ».

301. Var. : « mille francs, deux mille francs même » (1834); — « deux cents francs. » (1839).

302. Var. : « 1820 ».

303. Var. : « 1827 ».

304. Var. : « dont il avait éprouvé la probité ».

305. Var. : « 79 ans ».

306. Var. : « fortement le dernier anneau d'affection qui le lia à la société. »

307. Var. : « pour lui faire baiser le Christ ».

308. Var. : « en prouvant que le Christianisme... »

309. Var. : « quatre cent mille » (1834); — « deux cent mille » (1839).

310. Var. : « deux cent cinquante mille francs en trois pour cent acquis à soixante et un francs et qui valait alors soixante-dix-sept francs, plus trois millions en or » (1834); — « un million en trois pour cent », la suite comme ci-dessus jusqu'à « plus deux millions en or » (1839).

311. Var. : « vingt millions » (1834); — « onze millions » (1839).

312. Mêmes rectifications qu'à la note précédente.

313. Var. : « garde-général de la terre de Froidfond. »

314. Var. : « soixante-trois ans. »

315. Var. : « une santé de fer et un visage indestructible ».

316. Var. : « dont elle entassait insouciamment les revenus »·

317. Var. : « la pairie, la cour, le titre de marquise ».

318. Var. : « de ce célèbre-là ».

319. Var. : « six mille francs. De là le silence de Charles Grandet, qui, dans les Indes, à Saint-Thomas, à la côte d'Afrique, à Lisbonne et aux États-Unis avait pris ».

320. Var. : « le pseudonyme de Chippart, et tout ainsi pouvait ».

321. Var. : « le demeurant de ses jours ».

322. Var. : « 1826 ».

323. Var. : « seize cent mille » (1834 et 1839).

324. Var. : « il avait été en réaliser les débris. »

325. Cette relation des d'Aubrion et du captal de Buch est imaginée par Balzac.

326. Var. : « d'en empêcher qui que ce soit. »

327. Var. : « avec goût et originalité ».

328. Var. : « l'ange dont il est en quête ».

329. Var. : « d'en céder le rez-de-chaussée au jeune ménage. »

330. Var. : « vingt-quatre mille ».

331. Var. : « captal de Buch, marquis d'Aubrion, comte de Rochegourd, etc. »

332. Var. : « gentilhomme ordinaire de la chambre. »

333. Dans les édit. de 1834 et 1839 il n'y a pas : « disait-elle à Charles ».

334. Var. : « comme les Chabot reparurent un jour en Rohan ».

335. Var. : « deux cent mille francs» (1834 et 1839).

336. VAR. : « à plus de cent mille francs » (1834 et 1839).

337. VAR. : « quelques cent mille francs » (1834 et 1839).

338. VAR. : « fait faillite et il poussa des Grassins ».

339. VAR. : « C'est-y ».

340. VAR. : « Enfin, elle lut ».

341. VAR. : « mon oncle, dont M. des Grassins vient de m'apprendre la mort ainsi que celle de ma tante. La mort... »

342. VAR. : « soixante mille » (1834 et 1839).

343. VAR. : « dix-huit ans » (1834 et 1839).

344. VAR. : « trente mille » (1834 et 1839).

345. VAR. : « ma toilette ».

346. Cette rue, dont le nom venait de celui d'un propriétaire de terrains, M. Hillerin, commençait à la rue de Grenelle-Saint-Germain et aboutissait à la rue de Varennes. Aujourd'hui rue de Bellechasse.

347. VAR. : « le mobile de ce noble crime ».

348. VAR. : « les cinq cents francs. » (1834 et 1839.)

349. Dans les éditions de 1834 et de 1839 ce mot est écrit : « engarriée. » — Angarier : « Engager dans de mauvaises affaires, dans l'embarras. Se dit encore dans le centre de la France pour signifier embarrasser, empêtrer, mettre dans l'embarras, vexer, opprimer. Nous sommes engariés d'ouvrage. » (Frédéric Godefroy : *Dictionnaire de l'ancien français*.)

350. Les mots « après une pause » ne sont pas dans l'édition de 1834, ni dans celle de 1839.

351. VAR. : « Ce mariage, reprit-elle, est loin... » (1834 et 1839).

352. VAR. : « deux millions ».

353. Le père Thomas Sanchez, jésuite espagnol, né à Cordoue, en 1551, mort à Grenade, en 1611. Il publia en 1592, à Gênes, son fameux traité *De Matrimonio*, ouvrage fort scabreux, mais écrit par un directeur de conscience et un confesseur pour ses seuls confrères.

354. VAR. : « dans l'arrondissement et dont il fut parlé dans... »

355. VAR. : « les vingt et un millions » (1834); — « les onze millions » (1839).

356. Mêmes rectifications qu'à la note précédente.

357. VAR. : « aucun des devoirs du mariage et ma main est à vous. »

358. Var. : « en le voyant prêt à se mettre ».

359. Var. : « Voici deux millions et quelques cent mille francs, dit-elle en tirant des papiers de son sein, partez pour Paris ».

360. Var. : « une quittance notariée ».

361. Var. : « Le banquier ».

362. Var. : « de la famille Grandet ».

363. Var. : « dues par mon oncle. On m'a parlé... »

364. Var. : « où il reçut les quittances ».

365. Var. : « vingt et un millions » (1834); — « onze millions » (1839).

366. Var. : « plus que dix-neuf millions... » (1834 et 1839.)

367. Var. : « dix-neuf » — Même rectification à la ligne suivante.

368. Var. : « huit cent mille » (1834); — « trois cent mille » (1839).

369. Var. : « la duchesse de Margency. » La duchesse Éléonore de Chaulieu, femme d'Henri de Chaulieu, qui cherchait à détourner le marquis d'Aubrion de donner sa fille à Charles Grandet, était une coquette qui fut longtemps la maîtresse du poète Canalis. Elle paraît encore dans les *Mémoires de deux jeunes mariées* et dans *Modeste Mignon*. (Cf. *Répertoire de la Comédie humaine,* p. 99.)

370. La phrase s'arrête au mot « capital » dans les éditions de 1834 et de 1839.

371. Var. : « ce catacouas. »

372. Var. : « au bout de trois ans. »

373. La phrase s'arrête au mot « Saumur » dans les éditions de 1834 et de 1839.

374. Var. : « augmenté des deux millions de son oncle... » (1834 et 1839.)

375. Var. : « les espérances de son égoïsme, les joies de son ambition ? Dieu jeta donc... »

376. Var. : « riche de vingt-cinq millions. » (1834); — « riche de quatre cent mille livres de rente. » (1839).

377. Var. : « onze cent mille » (1834); — « quatre cent mille » (1839).

378. Var. : « l'avarice dont certaines personnes la soupçonnaient. »

379. Var. : « quelques embellissements. Elle inspire généralement... »

380. Var. : « et lui donner de la défiance pour les sentiments. »
La suite de la phrase n'est pas dans les éditions de 1834 et de 1839.

381. Ici venait, dans la première édition et dans celle de 1839,
imprimée à la suite du texte et comme en faisant partie, la postface
que voici :

« Ce dénouement trompe nécessairement la curiosité. Peut-
être en est-il ainsi de tous les dénouements vrais. Les tragédies,
les drames, pour parler le langage de ce temps, sont rares dans
la nature. Souvenez-vous du préambule. Cette histoire est une
traduction imparfaite de quelques pages oubliées par les copistes
dans le grand livre du monde. Ici, nulle invention. L'œuvre est une
humble miniature, pour laquelle il fallait plus de patience que
d'art. Chaque département a son Grandet. Seulement, le Grandet
de Mayenne ou de Lille est moins riche que ne l'était l'ancien maire
de Saumur. L'auteur a pu forcer un trait, mal esquisser ses anges
terrestres, mettre un peu trop ou pas assez de couleur sur son vélin.
Peut-être a-t-il trop chargé d'or le contour de la tête de sa Maria;
peut-être n'a-t-il pas distribué les lumières suivant les règles de
l'art; enfin, peut-être a-t-il trop rembruni les teintes déjà noires de
son vieillard, image toute matérielle. Mais ne refusez pas votre
indulgence au moine patient, vivant au fond de sa cellule, humble
admirateur de la *Rosa mundi*, de Marie, belle image de tout le sexe,
la femme du moine, la seconde Eva des chrétiens.

« S'il continue d'accorder, malgré les critiques, tant de perfections à la femme, il pense encore, lui jeune, que la femme est l'être
le plus parfait entre les créatures. Sortie la dernière des mains
qui façonnaient les mondes, elle doit exprimer plus purement que
toute autre la pensée divine. Aussi n'est-elle pas, ainsi que l'homme,
prise dans le granit primordial, devenu mol argile sous les doigts
de Dieu; non, tirée des flancs de l'homme, matière souple et ductile,
elle est une création transitoire entre l'homme et l'ange. Aussi
la voyez-vous forte autant que l'homme est fort, et délicatement
intelligente par le sentiment, comme est l'ange. Ne fallait-il pas
unir en elle ces deux natures, pour la charger de toujours porter
l'espèce en son cœur ? Un enfant, pour elle, n'est-il pas toute
l'humanité ?

« Parmi les femmes, Eugénie Grandet sera peut-être un type,
celui des dévouements jetés à travers les orages du monde et
qui s'y engloutissent comme une noble statue enlevée à la Grèce
et qui, pendant le transport, tombe à la mer où elle demeurera
toujours ignorée.

« Octobre-novembre 1833. » [Edit. de 1834. Dans l'édition
de 1839 la date est : « Novembre 1833. »]

TABLE DES MATIÈRES

ACHEVÉ D'IMPRIMER
PAR L'IMPRIMERIE ANDRÉ TARDY
A BOURGES
LE 30 SEPTEMBRE 1963

Numéro   d'éditeur   : 857
Numéro d'imprimeur : 3942
Dépôt légal : 4e trim. 1963

Printed in France